超次元自衛隊 下

米本土最終決戦！

遙　士伸

コスミック文庫

この作品は二〇一〇年六月に小社より刊行された『超次元自衛隊』を再編集し、改訂・改題したものです。

なお本書はフィクションであり、登場する人物、団体等は、現実の個人、団体、国家等とは一切関係のないことを明記します。

目　　　　　次

第一部　巨艦咆哮！　マリアナの死闘（後）

第一章　満蒙燃ゆ ………………………………………… 6

第二章　原子爆弾奪取指令 …………………………… 38

第三章　終局への序曲 ………………………………… 83

第二部　最終決戦！　米本土強襲

第一章　陽動のマリアナ沖 ……………………………134

第二章　米本土奇襲 ……………………………………206

第三章　砲撃目標、シアトル！………………………… 253

第四章　ステルス VS ステルス ……………………… 326

第五章　決　　着 ……………………………………… 373

エピローグ ……………………………………………… 395

第一部　巨艦咆哮！　マリアナの死闘（後）

運命、現実、そう理解して受けとめることができるならば、どれだけ楽なことだったろうか。

だが、男たちはあえて棘《いばら》の道を選んだのだ。歴史を変革するという神にも近い難行の道を。

その道にどんな試練が待っていようとも、投げ出すわけにはいかない。愛する者を守るために、愛する者を救うために。

見つめる先は新たなる未来。そこに差し込む光は、己の力で導くのだ。

第一章　満蒙燃ゆ

一九四五年二月三日　ハイラル

開戦五年めの年初は、日本にとって新たな危機の始まりだった。

北緯五〇度に迫る大陸はこの時季、まさに厳寒の大地といっていい。

雪と氷の分厚い塊《かたま》りの下に草花は消え去り、赤茶色の地面が露出しているところなどどこにもない一面白銀の世界だ。ところどころに顔を覗かせている灌木も、厳しい氷点下の気温に連日晒《さら》されつづけて、直立したまま凍りついている。

だが、そういった極限の環境は、かえって軍事作戦には好都合だった。

履帯《キャタピラ》を広げて接地圧を減らしても、やはり重量のある戦車や装甲車は、ぬかるんだ泥濘地では極端に進撃を妨げられる。歩兵や騎兵も同様だ。

その点、完全に凍りついた硬い大地であれば、足をとられる心配はない。スリップと低温による機械故障に注意さえすれば、それなりの進撃は可能だ。

そこをソ連は衝いてきたのである。

「しかし、共産主義には小正月や節分てものはないのかね？　少しくらい休ませてもらっても」

そんなぼやきが聞こえているときだった。

「ソ連軍、満州領内に侵入」との知らせが、旧陸軍および陸上自衛隊派遣部隊内にまたたくまに駆けめぐったのだ。

「外蒙古方面より敵大部隊。火砲一〇〇〇門、戦車およそ七〇〇。敵猛爆中！」

「東寧《とうねい》、綏芬河《すいふんが》正面の敵は攻撃を開始せり！　兵力およそ一万」

西部のハロンアルシャン、北西部の満州里《まんしゅうり》、東部の虎頭《ことう》など、各地の国境守備隊から悲鳴のような報告が相次いでいる。

「日ソ中立宣言は？」

「宣戦布告なき侵攻だと？」

「なにかの間違いではないのか？」

中国東北部の満州を管轄する陸軍関東軍司令部は、衝撃を受けながらも各地の国境守備隊に警報を発令し、防衛戦闘を指示するとともに全力で情報収集と抗戦態勢を整えようとしていた。

「我々の記憶では、ソ連の侵攻開始は八月九日だったはずだ。やはり、すでに歴史は変わってきているということか」

陸上自衛隊北部方面隊第七師団第七四戦車連隊第二中隊長原崎京司《はらざききようじ》一等陸尉は、薄暗い九〇式《きゆうまる》戦車の中でつぶやいた。

原崎は満州北西に位置する国境の街・満州里から一五〇キロ、大興安嶺《だいこうあんれい》以北のホロンバイル高原を臨むハイラルに駐屯していた。

すでに満州里の国境守備隊は突破され、敵はこのハイラルに向けてなだれ込もうとしているという。

「ソ連に不穏な動きあり。国境守備には厳重な注意を」と、スイスから警告を促《うなが》す外交情報が寄せられてきたのは、先月中旬のことだ。

日米戦が新たな局面を迎えて混沌とする中、ソ連も傍観者ではいられなくなったのだろう。

領土拡大を狙うには、今のうちに参戦したほうがいい。もしここで日本が盛り返したら侵攻の機会は永久に失われるだろうし、アメリカが攻勢に出たらなかなか横槍は入れづらくなってくる。

歴史は日本の意志を試すかのように、大きなうねりを突きつけてきたのだ。

しかし、これらの外交情報と工作員からの報告などで、原崎の第二中隊が国境近くに待機していたのは幸いだった。

フィリピンの防衛戦に従事して以来さしたる活躍の場がなかった原崎らは、信憑性《しんぴょうせい》はともかくとして備えあれば憂いなしとばかりに満ソ国境近くに移動していたのだ。

史実どおりならば、南方戦線に精鋭を引き抜かれて骨抜きになっている関東軍は、対独戦で経験豊富なソ連軍に一方的に押しまくられて惨敗と敗走を繰り返すばかりだったのだ。

「だが、今は違う」

原崎は表情を引き締めた。

「満州には少数ながら我々陸自がいる。ソ連も対独戦が終結していない今はまだ全力でぶつかってくる余力もないはずだ。だからこそ、今の季節を選んだということか」

寒冷地での戦闘は、経験、知識、装備、いずれをとっても日本軍よりもソ連軍に分がある。

厳しい環境は、誰も同じことだ。ならば、ソ連軍としては少しでも自軍が有利に戦える環境を選んだほうがいい。となれば、敵も自在に行動できる夏ではなく、踏み出すのは厳寒の今ということになる。

また、陸上戦闘ばかりに目を奪われがちだが、冬の強風と悪天候というものは航空作戦そのものを困難にさせる。

日ソの航空戦力を比べれば、差は歴然としているはずだ。対米戦で修羅場をくぐり抜けてきた日本軍は、陸海軍ともパイロットの練度にしろ機体の完成度にしろ、ソ連の数段先をいっている。そんな空からの脅威を排除できるだけでも、冬場は大きなメリットがあるのだ。

これらソ連軍が開戦を決意した理由を、原崎は的確に把握していた。

「前進！」

原崎の号令とともに、一個中隊一四両の九〇式戦車が移動する。冬用の白い迷彩を纏《まと》った車両が、雪煙をあげて進む。

敵はセオリーどおりに、重砲の準備射撃を経て進撃してきた。一二〇ミリや一五

○ミリクラスの砲弾がたっぷりと降りそそいだが、原崎らはこれを後方でやり過ごして、その後に進撃してくるであろう敵の機甲部隊を迎え撃つのだ。
「おいおいおいおいおい、話が違うぞ」

前方に展開する無人陸戦ロボット・ランドキーパーが送ってくる映像に、原崎は顔をしかめた。

敵の戦闘車両は数十両との情報だったが、それが大きな誤りであったことは映像を見れば明らかだった。

突進してくる戦闘車両は、ざっと見てその三倍はいるのだ。

数十両というのは戦車のことで、そのほか自走砲や軽装甲車両などが混在して向かってくる。横に広がった隊列は画面から完全にはみ出ているし、車両の隙間をさらに無数の歩兵が埋めている。

強風とともに吹きつける雪が視界を遮《さえぎ》ろうとするが、それをはねのける勢いだ。

「うっ」

原崎は無言の圧力を感じて、のけぞった。

レイテで相対したアメリカ軍など比較にならない迫力だ。これが大陸国の陸軍というものなのだろう。

続けて画面が切り替わる。

雪中に身を沈めて、各種センサーで構成された頭部を雪上に突き出したランドキーパーの至近を敵戦車が通過する。幅広い履帯がうなりをあげて氷を噛み、画面いっぱいに転輪が広がっていく。勇壮さを売りものにする戦争映画なら監督が泣いて喜びそうなシーンだが、これは現実だ。

敵が間近に迫っているのだ。

不確かな情報と、その多くが過小評価だったという現実——「いつもこうだ」と上級司令部をののしりながら、原崎は現実をどう処理すべきか思考をめぐらせた。

正面からぶちあたって撃退するという考えは、捨てるしかない。

いかに九〇の性能がこの時代で隔絶したものであっても、一両で一〇〇両も二〇〇両も相手取るというのは、漫画や空想映画の中のことでしかない。

増援が到着するまでは、敵に出血を強《し》いながら後退という戦術を繰り返すことになるだろう。

ソ連参戦の可能性を感じて原崎らを前線配置させてはいたものの、陸自派遣部隊の本隊は内地にあり、また対ソ戦を見越した本格的な増援部隊はまだ時空の先＝二〇一五年の世界＝なのだ。

旧陸軍の九七式中戦車や九五式軽戦車も、合わせて十数両といったところだ。大戦末期のこの時期、いかに日本が困窮していたかがわかるというものだ。

「まあ、あてにもできないが」と、原崎は考えていた。

海に囲まれた島国である日本は戦車開発に着手した時期こそ早く、それなりの技術も持ってはいたが、大陸国と違って本格的な戦車戦の経験がなかったために、その後の発展がまったくなかったのだ。

急速な戦車開発競争から取り残された日本は、陳腐化した旧式戦車を終戦まで使いつづけていたのだ。

「まったく、参るよな。お偉方はさ！」

原崎はあえて車中に響くように、大声でわめきたてた。

上司批判は軍に限らず、どういった組織でもご法度かもしれないが、原崎は「駄目なものは駄目。間違っていることは間違っている」と主張や発言をためらわないタイプの男だった。

「俺だから言う。お前たちも上司のご機嫌をとっている暇があったら、腕を磨け。お世辞がうまくても戦《いくさ》には勝てん。ごますりは、決して自分の命を守る手段にはならない」

そう公言してはばからない原崎だったのだ。

それで出世が遅れているのかもしれないが、それならそれでいいと原崎は割り切っていた。馬鹿な上司をイエスマンになって持ちあげることなど、自分にはできない。そんなことを戦場でしていたら、待つのは死だけだ。そんな阿呆な死に方はまっぴらご免だと、原崎は自分の生き方を変えるつもりはなかった。

「第一小隊は左翼に、第二小隊は右翼に展開。作戦案二に切り替え」

「三号車、了解」

「四号車、了解」

「五号車、了解」

部下たちの快活な返答が響く。

原崎は上からの評価はいま一つでも、部下たちからは圧倒的な支持を得ている。

多くの士官が言いたくても言えずに陰でぶつぶつこぼしていたり、挙句の果てには下の者にあたることで憂さ晴らししたりしているのを見ている中で、原崎の生き方は胸のすくものだったのだ。まさに、現場指揮官には適役といえる男だ。

原崎の選んだ作戦案二というのは、縦深陣地に敵を誘い入れて十字砲火によって殲滅《せんめつ》する、という防御戦闘の基本戦術だった。

原崎をはじめとする戦車隊は今、なだらかな丘に向かって前進している。

本来採ろうとしていた作戦案一は、この丘の頂《いただき》にのぼって高低差の優位を生かして敵を撃破し、機を見て中央突破の上、敵の中枢を叩く、という一撃必殺の戦法だった。陣形は楔《くさび》形で、積極策といえる。

それに対して作戦案二は、丘の手前で待ち伏せて稜線を越えてくる敵を各個撃破し、牽制しつつ地雷原に誘い込んだ上で包囲殲滅する、という待ちの戦法であった。陣形は鶴翼形となる。

もちろん地雷原に誘い込んだところで後方に待機する歩兵や砲兵らがいっせいに飛び出して、携帯火器や対戦車砲で敵を一網打尽にするのがポイントだ。

問題は、思惑どおりに敵を誘導できるかどうかだった。

「来るぞ！」

合計一〇両（いや、一〇頭か）放たれたランドキーパーのうち、もっとも手前に位置するものの側方を敵先頭車両が駆け抜けた。

当時としては先進的な避弾経始の思想を取り入れた傾斜装甲の車体と、丸みを帯びた砲塔を車体前部に据えつけたソ連の傑作中戦車T－34だ。

建艦思想と同様に、戦車の開発にはそのお国柄が表われる。

無骨と称されるドイツは、垂直に立てた装甲板を可能な限り分厚くして、敵の砲弾をまともに受けとめて貫通を許さない、あるいは敵の砲弾そのものを砕くという愚直な設計思想をとっていたが、東部戦線においてドイツ戦車兵および関連技術者は、身をもって思想の違いと技術革新というものを知らしめられることになったのだ。

避弾経始の思想を取り入れたT－34の登場である。

T－34の装甲は砲塔前面こそ九〇ミリと分厚かったが、車体前面は四七ミリしかなく、ドイツの主力戦車である三号、四号といった戦車に比べるとむしろ薄弱なものだった。

ところが、その装甲をドイツ戦車はなかなか撃ち抜くことができなかった。六〇口径五〇ミリ戦車砲KWK三九だとか四三口径七五ミリ戦車砲KWK四〇といった砲から放たれた徹甲弾は、むなしくT－34の装甲の上を滑って跳ねたのである。

そう、T－34の装甲の秘密はその角度にあった。R《湾曲》をつけたり、斜めに寝せて角度をつけたりすることで、ソ連戦車は敵弾を逸らして躱《かわ》すという避弾経始の思想を取り入れていたのだ。

装甲の薄さがもたらす重量軽減は、機動性向上といった点も加えて、どちらが優れているかは、ドイツが三号、四号の正統的な後継車である六号戦車ティーガーよりもソ連的設計思想を取り入れた五号戦車パンターの生産と配備を優先したことからも明らかだ。

（ぬかるなよ）

原崎は胸中で部下たちの奮闘を期待した。

攻撃は、敵が稜線を越えようとしたときがチャンスだ。

無防備な下腹があらわになったところを狙い撃てれば威力の低い砲でも強力な敵戦車を撃破することが可能だし、ソ連戦車特有の傾斜装甲も車体が前のめりになっていればその効果は失われる。砲弾を垂直にあてて、比較的容易に撃破できるはずだ。

また、防御という面でも、敵の車体が上下動していれば照準を定めることができず狙い撃たれることはない。

「弾種、徹甲弾！」

「装塡よし！」

稜線から砲身が覗いた。長い。T－34はT－34でも、七六ミリ砲搭載の初期型ではなく八五ミリ砲搭載の後期型かもしれない。

「あわてる乞食はもらいが少ないってね」

敵の姿が覗いたところで思わず攻撃を命じたいところだったが、原崎はそこをぐっとこらえ、わずかに間を置いた。

砲身に続いて、履帯の一部から車体の前端が見えてくる。

「ファイア！」

原崎の号令一下、ラインメタル四四口径一二〇ミリ滑腔砲が吠え猛《たけ》った。

七〇年の時を遡《さかのぼ》って、ドイツ製の戦車砲が再びソ連戦車に牙を剝《む》いた瞬間だった。

「命中！」

二一世紀の各種の最新機器を備える九〇は、大戦型の戦車に比べれば照準や砲の安定性などは比較にならないぐらい進歩している。

初弾必中を確信した原崎は、すでに次の目標を見据えていた。

砲塔が吹き飛び、首なしになった最初の目標がのけぞるようにして稜線の向こうに消えていく中、次の敵が続々と現われてくる。

「ファイア！」

再び一六五〇メートル毎秒という高初速のＡＰＦＳＤＳ（翼安定装弾筒付徹甲弾）が飛び出していく。

部下たちも発砲を始めていた。

左右から浴びせられる九〇《きゅうまる》の一斉射撃によって、少なくとも五両のT－34が炎上していた。

一両は砲塔と車体の間から炎を噴き出し、砲身がうなだれるように俯角をかけて停止している。また、別の一両は火柱をあげて車体全体が炎の塊りと化している。その横には黒焦げになった砲塔がさかさまになって転がり、高熱で大量の雪を溶かしている。

砲塔に描かれた「ZA　STALINA！（スターリンのために）」という文字や、ダイヤ形の枠とキリル文字で形成された部隊マークは跡形もなく消え去っている。敗北という二文字が意味する象徴的な結果だ。

そしてもう一両は左側面の下部に被弾し、まるで蛇のように履帯をくねらせながら横転して動かなくなる。

大量の雪が舞いあがり、脱落した転輪やワイヤー、粉砕されたサイド・スカートの破片などがぶちまけられるが、それも降りしきる雪にかき消されていく。

擱坐《かくざ》した車両の中から背中に火がついた戦車兵が飛び出してきたが、絶叫をあげながらそこらじゅうを転げまわったあと、痙攣を繰り返しながら息絶える。

また、走って逃げようとする健在な戦車兵には、七四式七・六二ミリ機関銃の掃射が浴びせられる。その射線と交差した瞬間、ゼンマイが切れた人形のように突如ソ連軍戦車兵が雪中に突っ伏して絶命する。

だが、ソ連軍は数にものをいわせて強引に突破をはかってくる。

撃破されたT－34の合間を縫うようにしてくるのは、BT－7快速戦車だ。前端部が湾曲した車体と、車体に比して巨大な砲塔が特徴的だ。それらが自慢の高速力を生かして向かってくる。

原崎は気づいていなかったが、しゃにむに突進するソ連軍は数的優位を生かしただけではなかった。

ソ連は共産党による独裁国家である。

戦績や功績といったものは、上の者の主観がすべてなのだ。その逆も然《しか》り。客観的な評価や、第三者の意見などはいっさいとおらない。スターリンや共産党幹部が「ニェット（ノー）」といえばニェットなのだ。

つまり、赤軍でいったん無能というレッテルを貼られれば弁明の余地はない。人生そのものの終わりに等しく、待つのはシベリア送りでの重労働か、下手をすれば銃殺刑すらありうる。だからこそ、ソ連兵も皆、死にものぐるいだったのだ。

「まあいい」

原崎は敵の流れを見てつぶやいた。

どのみち、すべてを食い止めようとは思っていない。敵の七、八割に突破されるのは折り込み済みだ。

問題はその敵の突破方向だが、原崎の中隊が左右に分かれていたことが功を奏して、敵は思惑どおりにまっすぐ前進している。敵にしてみれば中央突破をはかったつもりだろうが、その先には地雷原を用意しているのだ。

（そろそろか）

目印にした灌木の横を、敵先頭車両がとおり抜けた。続けて二台め、三台めと、最大出力五〇〇馬力のV－2ディーゼルエンジンをうならせたT－34が進んでいく。

いずれもソ連軍の冬用塗装である、白色の下地にダークグリーンの帯状迷彩を纏った車両だ。

原崎の脳裏には、これらのT－34はすべて地雷の爆発で擱坐して、後続の車両が追突炎上するという光景が描かれていた。

そうすれば、後方の林に潜んでいる砲兵が対戦車砲を引き出して至近距離の射撃を敢行し、手榴弾や地雷を抱えた歩兵が殺到して接近肉弾戦を仕掛ける。

そこまで持ち込めば、旧陸軍の非力な火力でも敵を殲滅できるはずだ。

（いけ！）

今にも地雷が爆発して雪塊を吹きあげるのではないか、轟音《ごうおん》とともにT－34が横転するのではないか、と原崎は期待した。

だが、なにも起こらなかった。

敵戦車は悠々と地雷原を進んでいく。二両、三両とT－34が時速五二キロメートルの高速で突進し、先を争うようにして複数のBT－7が続く。

「中隊長！」

「追撃しますか」

各小隊長から、指示を請う声が届く。切迫した様子がありありと感じられる。

これでは本当の中央突破になってしまう。

正面に残った旧陸軍には、ソ連軍の強力な戦車とまともにやりあう力などない。

肝心な自分たちは遊兵と化して、敵の進撃を後ろから眺める立場になってしまうのだ。

「いや待て。こんなこともあろうかと、旧軍は自爆装置もセットしていたはずだ。待つんだ」

地雷が反応しないのは、恐らく降雪のせいだ。あまりに積雪が激しかったために、地雷が雪中深くに埋もれてしまって敵戦車の重量を感知できなかったのだ。

だが、そういった場合も鑑《かんが》み、旧軍は工兵を使って地雷を自爆させることも考えていた。導火線を敷いて、強制的に地雷を爆発させるのだ。

しかし、五秒待っても一〇秒待っても、変化はなかった。敵戦車群は、何事もないように雪崩《なだれ》をうって突進していく。

「中隊長！」

「中隊長！」

「くそっ。俺が出る」

恐らく、導火線が降雪と寒さで凍りついたか、砲撃で断線したかのどちらかだ。悪いときには悪いことが重なるものだ。

「反転。全速！」

原崎は指揮官車を突出させることに決めた。

自分が地雷原を撃つことで、自爆を誘発させるしかない。このままいけば、旧軍は全滅だ。

敵中に単独で飛び込むことになるが、このまま残っていてもやがて敵に包囲されるのは目に見えている。

黙っていても袋叩きにされるのなら、いちかばちか殴りかかって突破口を探るほうがいい。危険なことは百も承知だ。

だから、指揮官が率先して実行するのだ。

雪混じりの強風を衝いて、九〇が行く。低く構えた車体が、降り積もったばかりの軽い雪とその下の固い氷を蹴散らして進む。

地雷原に向かった敵を、斜め後ろから追う格好だ。

「目標、二時のBT－7。ファイア！」

高初速の弾体が、大型砲塔を貫く。

炎を噴き出すこともなく、黒煙を湧き立たせるわけでもないが、撃ち抜かれたBT－7は異音を伴ってその場に停止した。

恐らく音速の三倍を超える砲弾貫通の衝撃波によって敵兵の身体は切り刻まれ、装置類も瞬時に使いものにならなくなったのであろう。

「次。前方のT－34。行進射、ファイア！」

地雷原を撃ちたくても、敵が殺到してしまった後ではそう簡単にはいかない。

敵戦車という邪魔な障害物を排除しない限り、射点に入れないのだ。

足を止めることなく、原崎の九〇は撃ちまくる。

最大出力一五〇〇馬力を誇る三菱一〇ZG水冷二サイクルV型一〇気筒ディーゼルエンジンが、全備重量五〇トン、全長九・七六メートル、全幅三・四メートル、全高二・三四メートルの車体を軽々と引っ張っていく。

薄い角型の砲塔が右に左に動いて、敵戦車を血祭りにあげる。

しかし、原崎の中隊長車一両ではもとより、中隊の全車でも食い止めることが叶《かな》わない敵の圧倒的な数である。

はじめは思いきった原崎の行動に驚きたじろいでいたソ連軍も、すぐに包囲と反撃に転じてくる。火力密度は、半端ではなく濃いものだった。

前後左右いたるところで発砲炎が閃《ひらめ》き、原崎の九〇を襲う。異音が車内に響き、不気味な振動が次々と車体を震わせる。

それでも九〇は耐え抜いた。

七〇年という長きにわたって発展を繰り返してきた強力な砲弾にも耐えうるよう設計された装甲は、大戦型ソ連戦車の徹甲弾と高速徹甲弾をことごとく弾き返したのだ。

しかし、神はあくまで試練をぶつけ続けてきた。次に八五ミリと思われる敵砲弾の直撃を受けた直後、車内の電源はすべてロストし、ディスプレイはブラック・アウトしたのだ。

「くそっ」

幸い数秒と経たないうちに大半の機器は元どおりに動きはじめたものの、ディスプレイは死んだままだ。YAGレーザー測遠器もいかれてしまったらしい。

「個別照準からデータ・リンクに切り替え。二号車、データ送れ」

素早く原崎は命じた。

九〇式改とでも呼べる、データ・リンク装置を搭載した最新ヴァージョンの九〇ならではの戦法だ。

自分で測的と照準ができなくなった場合や、遮蔽物を越えての射撃を実施する場合など、他車やヘリの観測データを流用することができるのだ。

ディスプレイに光が戻り、一瞬歪んだ後に三次元的に地形が破線で映し出される。

「そこだ!」

大型のマズルブレーキを備えた大戦型の戦車砲とは明らかに異なるすらりとした砲身が、寒風を切り裂いて振り向く。

「ファイア!」

轟砲一発!

弾着までの時間は、ごくわずかだった。

原崎の中隊長車が放った榴弾は、敵戦車間を絶妙にすり抜けて目的の地雷原に突入し、巨大な雪煙を噴きあげた。

拡散した砲弾弾子が埋設されていた地雷を触発させ、作動した地雷がさらに隣接した地雷誘爆の引き金を引く。

連鎖は瞬間的だった。

戦車という乗り物は、今も昔も静粛性とは無縁のものだ。

轟々と伝わるエンジン音や履帯のきしみ音、ロード・ノイズ、さらには不整地を乗り越える際の異音など雑多な騒音で車内は満たされる。

だが、それらすべてをかき消すような轟音を原崎は聞いた気がした。安定性抜群の九〇の車体も、かすかに揺らいだ気がした。

事実、活火山噴火のような轟音とともに、一帯は真っ白な雪原から灼熱の火炎地獄に変わり果てていたのである。

中央突破をはかろうとしていたソ連戦車群は、突きあがる衝撃に跳ね飛ばされ、膨れあがる業火に飲み込まれ、一瞬のうちに戦闘力を失った。

巨大な松明《たいまつ》と化した車両に、後続の車両が次々と追突し停止していく。運の悪い敵車両は積載したガソリンや砲弾薬に引火を招き、炎上して仲間入りを果たしていく。

「今だ！」

そこに旧陸軍の集中砲火が降りそそぐ。

発射速度が迅速で照準速度が大きくかつ大方向射界を特徴とする戦車砲、野戦砲の主砲であり歩兵などとの共同戦闘に従事すべく発射速度と射程および方向移動を重視する野砲、分解と組み立てが容易で携帯性を重視した山砲等々、ありとあらゆる火砲の総動員だ。

ありったけのぼろ布と雪をかき集めて作りあげた偽装網を取り去って九四式三七ミリ戦車砲が火を噴き、口径七五ミリ、射程一万三八九〇メートルの九〇式野砲が砲声を轟《とどろ》かせる。

勢いづいた兵が接近して迫撃砲までぶち込むと、最大射程八三〇〇メートルの九四式山砲がここぞとばかりに躍り出て、足止めされた敵戦車に砲火を浴びせる。

重々しい砲声は少ない。列強の陸軍に比べると、国力に乏《とぼ》しく、また島国という環境から海軍力に相当の予算を持っていかれる日本陸軍の装備は、貧弱で数も限られているのだ。

花火が爆《は》ぜる音に毛が生えた程度の砲声も少なくないが、それでも陸軍将兵の敵闘精神は旺盛だった。

長年、仮想敵国と目《もく》してきたソ連を相手に、「ここでやらねば誰がやる」とばかりに戦意を燃やしていた者も多い。日本が対米戦で弱ったところを見はからって、一方的に日ソ中立条約を破棄して攻め込んでくるというソ連の卑劣なやり方に、怒りを覚えないほうがおかしいというものだ。

「この火事場泥棒が！」

「この薄汚いハイエナどもが！」

「ロスケなんか、この世の中からいなくなれ！」

などと絶叫しながら砲を放つ砲手もいる。

「反転！　全速退避」

敵の足止めと地雷の誘爆、そして集中砲火を見届けた原崎は、してやったりという表情で命じた。

だが、そこまでだった。

敵がなだれ込んできている中で、それを追撃する格好での突撃は、勇敢であることをとおりこして無謀でさえあった。原崎の九〇《きゅうまる》は敵中に孤立し、逆に味方の大損害に怒り狂うソ連軍に完全に囲まれていたのだ。

戦車は基本的に視野が狭い。今も昔も、少なくとも肉眼で見る光学的視野という意味では変わりない。その狭い視野の中を、多数のソ連軍戦車がうごめいている。

「あれは……」

その中の一両に原崎の視線がぴたりと止まった。

台形の砲塔を持つT－34に混じった異質の戦車であった。

ひときわ大きい車体と丸みを帯びた低い砲塔から突き出た長い砲身、高い防御力を予感させる車体と砲塔が見事に一体化した側面傾斜……。全長一〇メートル、全幅三・二メートル、全高二・七一メートル、搭載する戦車砲は一二二ミリの大口径砲というJS－3重戦車だ。

大戦末期に登場し、その発展的な性能からポスト大戦型戦車のさきがけともいえるソ連自慢の重戦車が、原崎の九〇を睨んでいた。

ドイツの誇るティーガーやパンターといった傑作戦車を圧倒し、ドイツの量産戦車中最強と謳《うた》われるキング・ティーガーをも凌駕《りょうが》する戦車が、至近距離で砲を向けている。恐らく距離は五〇〇メートルもないだろう。

「進退窮まったか」

原崎は覚悟を決めた。

いくら九〇の装甲が優れていようと、一二〇ミリクラスの砲弾を至近距離でぶちこまれればさすがにもたない。

「南無阿弥陀仏」

もとより地雷原の誘爆を狙って突進したときから、いやそれ以前にこの世界に来て戦おうと決めたときから（一応、陸自はオペレーション・タイムレヴォルーションへの参加は志願制をとっていた）、死は覚悟していたつもりだ。

未練がましく生に固執するつもりはないが、強いて言えば大戦勝利という歴史変革の結果を見ることができなかったのが心残りだ。

（やられる！）

そう思った瞬間、原崎は不覚にも両目を閉じた。

最後の瞬間を見届けることなく臆病な行為とは思ったが、人間の動物としての防衛反射神経が勝手に身体を動かしていた。

双眸が塞《ふさ》がる寸前に、眩《まばゆ》い閃光が飛び込んだような気がした。

鈍い金属音に続いてなにかがつぶれる音や、金属が引き裂かれる甲高い音などが、渾然一体となって鼓膜に殺到した。

（終わった。俺はあの世に行くのか）

だが、不思議と意識ははっきりしていた。妙な浮遊感や夢心地になる気分でもない。第一、焼けつくような痛みや骨格を砕かれる衝撃などもいっさいない。

原崎は恐る恐る目を開けた。

かすむ視界に飛び込んできたのは、敵が新しく繰り出してきた例のJS－3重戦車だった。

だが、それはついさっきまでの砲を正面から向けた脅威の姿ではなかった。砲塔はうなだれたように前のめりに外れており、車内からは褐色の煙が噴き出している。十中八九、一発や二発の砲弾誘爆があったものと思われる。

もちろん車体は完全に停止しており、乗員の生死など考える余地もない。

恐らく砲弾直撃の衝撃によって首の骨や頭蓋骨を割られて即死、あるいは装填済みや次発装填待ちの砲弾の爆発によって、四肢《しし》がひきちぎられたり内臓が焼かれたりして絶命したに違いない。

どちらにしても、さほど時間はかからなかったろう。状況からして、絶叫したり苦しんだりする間もなく敵戦車兵全員があの世に送られたであろうことは、火を見るより明らかだった。

「あれは」

原崎は目を見張った。

撃破されたＪＳ－３の後ろから、砲口に白煙をたなびかせた九〇が現われたのだ。

「あれは、香坂《こうさか》」

原崎は近づく九〇の車長の名をつぶやいていた。

直率する小隊二号車の車長である香坂無口《むくち》三等陸尉だ。

「無口」とは、あまりに口数が少ないことから付けられたあだ名だが、その性格が災いしてか、れっきとした防大出の士官でありながら長く一介の車長に留まっている。

しかし、原崎はそんな香坂を信頼していた。

変に世辞を連発したりする者やお調子者に比べると、よっぽど芯が強くまじめだ。腕もいいし戦術眼などもたしかだった。

原崎は人をうわべの性格で判断する男ではない。

前任者には冷や飯を食わされてきたであろう香坂だが、言葉でなくてもコミュニケーション手段をもう少しつけてやって小隊を任せるくらいにはしてやりたいと、考えていた。

その香坂が信頼に応えて、原崎の危急に駆けつけてきたのだ。

香坂としても、かなり危険な賭けだったろう。よく見れば砲塔や車体には黒く焦げた跡が多数あるし、微細なへこみや激しいこすり傷も無数にある。部隊マークである「烈」の文字は、ほとんど消えかかっている。

「あいつ」

相変わらずひと言も発しないでいる香坂に向かって、原崎は苦笑した。

「大丈夫ですか。動けますか」とこちらの様子を窺《うかが》ったり、「なんとか間に合わせましたわ」「俺の腕なら、ざっとこんなものです」とアピールしたりしてもいいだろうとも思ったが、余計な飾りつけはせずに黙々と必要なことをやり遂げるのが香坂だと、原崎は非難する言葉を飲み込んだ。

香坂の切り開いた突破口に、ほかの部下たちも続々と突撃してきた。

原崎を包囲していた敵戦車はたちまち散り散りになり、各個撃破されていく。

側面に人が入れそうな大穴を穿《うが》たれたＴ－34が炎も煙も噴きあげることなくその場に放棄され、車体と砲塔が一体化したような台形型のＴ－70軽戦車は、車体半分を粉砕されて半ばスクラップと化している。

Ｔ－34の車体に一二二ミリ榴弾砲Ｍ三〇Ｓを搭載したＳＵ－１２２自走砲も撃破されている。車体前部に設けられた巨大な戦闘室は、まるで拳を突き出しているような印象を与えるが、逆にそこに痛烈な殴打を食らって停止している。見事につぶされた戦闘室の前で、ねじ曲がった砲身が地面に突き刺さっているのが滑稽だ。

旧陸軍の集中砲火を浴びた敵先頭集団は、ほぼ壊滅状態にあった。

白一色だった雪原を炎が焦がし、油煙と煤《すす》が強風に煽《あお》られて拡散していく。残されたのは、赤黒く焼け焦げた鉄塊だけだ。

先頭集団の惨状に、敵の後続部隊はたまらず撤退していく。超信地旋回をかけた敵戦車が、全速で西に向かって遁走《とんそう》していく。砲塔を後ろ向きにしてなおも発砲を続ける車両も多いが、それはいかにも追撃を逃れるための牽制や苦しまぎれのものだ。

時折、至近に着弾するものはあっても、大多数はただ単に雪と氷を掘り返すに終わっている。

原崎の第二中隊は旧陸軍と協力して、敵に出血を強いるという目的を達したのだ。

国境防衛が主任務ではない。

膨大な補給物資と予備兵力を後方に抱えるソ連軍と違って、自分たちの手持ちの装備と物量は限られている。

だが、原崎は今日の戦闘で確信を得ていた。古来より質より量といわれる戦争の本質だが、少なくとも限定された局面ではそうとは限らないと。

優れた戦術と相応の装備、卓越した質、そして高い士気をもってすれば小よく大を制す。

良くも悪くも、日本人の気質にはこういったことが合っていると再認識した原崎だった。

原崎の知る旧史では、日本がポツダム宣言を受け入れて無条件降伏した後もソ連は侵略を続け、略奪と暴行のかぎりを尽くしたという。

ソ連の占領地域に残された日本人は、軍民問わず老若男女ともソ連軍に強制連行され、シベリアの寒冷地で過酷な労働を強いられた。

もちろんそういった厳しい環境でも、生き永らえた人たちはまだ良かったという歴史研究家もいる。

終戦前後の満州は混乱を極め、ソ連軍のみならず中国人や朝鮮人の暴動も頻発して完全な無政府、無法地帯と化したのだ。それらの暴動に巻き込まれて虐殺されたり、両親や親類縁者と離れ離れになって、頼るあてもなく、いや、どうすればよいかもわからないままのたれ死んだりした小児や幼児も数知れなかったという。

奇跡的に心優しい中国人に引き取られるなどしてかろうじて生き残った子供は、その後何十年も経てから中国残留孤児として名乗り出て、政府の責任を追及するのだ。

「そんな悲劇は繰り返させない」

原崎は誓った。

それらの悲劇の責任の一端が日本陸軍＝当時満州一帯を管轄していた関東軍＝にあるという見方は、多くの歴史家が支持していることだ。関東軍は在満邦人の保護や脱出を軽視したどころか、一部の部隊は戦わずして我先に逃げ出したというのだ。

その日本陸軍の流れを汲《く》む自分たち陸上自衛隊は、その汚名をそそがねばならない。

戦うこと、敵に勝つこと、それ自体が目的だった「軍」ではない。

シビリアン・コントロール下にある自分たちは、政治や大戦略に口を出すわけにはいかないが、国民の生命と財産を守るために存在する組織であるという意識は徹底されてきている。

在満邦人の脱出は始まっている。それが安全圏に逃れるまで、戦線は可能な限り持ちこたえる。玉砕はしない。

圧倒的な戦力の敵に押し込まれたとしても、後退しながら敵にひと泡もふた泡もふかせ、時間を稼いでみせる。

吹雪の中に消えていく敵に向かって、原崎は決意を強くするのだった。

第二章　原子爆弾奪取指令

一九四五年六月四日　マリアナ近海

海溝の深みは、潜水艦にとっては格好の隠れ場所である。水上艦や航空機の探知から逃れられるし、また仮に攻撃を受けても様々な対抗手段や回避行動を講じやすいからだ。

とはいえ、それは大戦型の潜水艦にはあてはまらない。可潜艦とでも呼ぶべきこの時代の潜水艦は、最大でも一〇〇メートル程度の水深までしか潜れないからだ。冶金《やきん》技術にしても溶接技術にしても、またその他の関連技術も未熟なために、深海の水圧に耐えうる艦体を作れなかったのである。

だが今、世界最深となる最大水深一万九二〇メートルのマリアナ海溝を進む鋼鉄の鮫は、そういった意味で真の潜水艦に近いものだった。なぜなら、この潜水艦は遠く七〇年後の二〇一五年の世界から送られたものだったのだ。

もちろん、上には上がある。半永久といっていいほど燃料の補給がいらず、非大気依存型の原子力推進装置を持つ潜水艦であれば、理論的には（実際には乗員の保養や食料の補給などの問題があって無理だが）常時潜航しての永久作戦行動が可能であり、かつ抜群の水中高速力の発揮が可能なのである。

こういった利点があるのを理解しながら、自衛隊が〝原子力〟といったものを拒否しつづけているのも、世界唯一の被爆国という大戦敗北のレッテルを背負っているゆえのことだ。

大戦の結果が覆《くつがえ》ればそれもまた覆るのか、現時点ではそれはまだ濃い霧の向こうの話だ。

しかし今マリアナ海溝を行くこの潜水艦は、そういった原子力推進式潜水艦にはない絶対的な静粛性という武器を備えていた。

原子力推進装置には、避けがたい振動という問題があるのだ。

また、この潜水艦は水中高速力こそ従来型の内燃機関搭載潜水艦と同等だが、水中航続時間を格段に向上させる非大気依存システムが搭載されていたのだ。ヘリウムなどの媒体を、シリンダーの外で加熱と冷却を繰り返して動力を得る外燃機関の一種であるスターリング機関である。静粛性と水中航続力、さらには対ソナー・ステルス性と全周捜索・探知システムなど、それらを高い次元で並立させたこの潜水艦こそ海自が誇る最新型潜水艦ひきしお型であった。

今、ひきしお型潜水艦の一番艦『ひきしお』、二番艦『おおしお』、三番艦『つゆしお』の三隻は、第一〇潜水隊を編成してオペレーション・タイムレヴォルーション＝時の改革作戦＝に参加していたのだった。

「それにしても、上もとんでもない作戦を考えてくれたものだねえ」

第一〇潜水隊司令南部《なんぶ》三郎海将補は、わざとらしく大げさにため息を吐いた。

「衛星情報があるならまだしも、こんな広い太平洋上では一隻の船を見つけることすら難しいってことをわかりませんかね。だからって目的地のそばで待ち受けるって、ここはあんた、敵地も敵地、つい数カ月前に我がほうが奪回に失敗したマリアナじゃありませんか」

南部は両眉を激しく上下させた。ここまでくると、漫才だ。

南部は上に対する不平不満を漏らすつもりではない。言葉の端々《はしばし》に真実を盛り込んで部下に周知徹底をはかるとともに、それを飲み込みやすくするために、また任務そのものをスムーズに遂行するために、部下の緊張感をほぐそうと阿呆な上官を演じているのだ。

「少数で洋上を行動する敵艦を捕捉し、しかも撃沈ではなく積荷を奪えだなんて、正気の沙汰じゃございません」

南部の不謹慎な言葉も、心情的にはもっともなことだった。

なぜなら、第一〇潜水隊に与えられた任務は、陸自の特殊作戦群と協力してアメリカが開発に成功した原子爆弾をインターセプト（横取り）せよという、破天荒なものだったのである。

「『アメリカが、ニューメキシコ州ロスアラモスで開発した原子爆弾を西海岸サンディエゴで重巡『インディアナポリス』に積み込んだ。『インディアナポリス』は現在マリアナに向けて航行中だ。マリアナへの原子爆弾輸送を許し、B－29による日本本土への投下を招くという事態は絶対に避けねばならない。諸君らはそれを未然に阻止すべく、万難を排して本任務を遂行すべし』だってさ。まあ、なんとかなるでしょうけど」

南部は高らかに笑った。

「こんな、ひとたび故障したら暗黒の海底で水圧につぶされかねない日々を送ってりゃ、前向きに考えないとやっていけませんって。なあ、艦長」

南部は同意を求めるように、『ひきしお』艦長波多野周平《はたのしゅうへい》二等海佐に視線を向けた。

「ただやるだけですよ。ミッション・コンプリートに向けて。……失敗しようとして失敗する奴はいません。もしいたとすれば、それは人間の屑です。向上心のない奴に生きている価値はありませんから」

「頼もしいねえ」

波多野の反応は、南部とは好対照のものだった。

ものごとを楽観的に見据えておちゃらけ気味に言う南部に対して、完璧主義者で断言口調に言いきる波多野。一見、正反対な二人は合いそうもないものだが、実はこの二人はまるで切り離したパズルを組みあわせたように、抜群の相性でテンポよく事を運んでいるのだ。

ただ、波多野が言葉の間に挟んだ間《ま》に、南部は気づいていなかった。いや、気づいていたとしてもそれを気にすることはなかった。

波多野は口にこそ出さなかったが、今回の任務にはいささか齒がゆいものを感じていたのだ。

日本本土への原子爆弾投下を阻止するとするなら、アメリカが作りあげた実物を奪うだけでは不十分ではあるまいか。

仮に今回、任務が成功したとしても、第二、第三の原子爆弾をアメリカは作ってくるであろう。

本当の意味で脅威を掃滅するのなら、開発拠点を徹底的に叩き、研究開発者全員の抹殺あるいは拉致と、関連機材と施設の完全破壊が必要である。

だが、日本にも同盟国ドイツにも、その拠点であるニューメキシコ州ロスアラモスを叩く手段がない。

太平洋のハワイやマリアナすらアメリカに押さえられている状況では、艦隊はアメリカ本土に近づくことさえできず空襲も上陸作戦も夢でしかない。

また、太平洋や大陸を横断する超長距離の航続力を持つ重爆撃機などもない。

空自機が空中給油を繰り返して、というのも現実的には不可能だ。

これらをすべて波多野は理解していた。

今回の任務が不完全と知りつつ、これが自分たちの限界であるという矛盾――それを押し殺した波多野の間だったのだ。

そういったことも気にせずに、今回の任務もうまくいくはずだと、クルーは頼もしげに二人の後ろ姿を見ていた。

「さあさあ。陸自の人たちも乗っているわけだから、笑って笑って。笑う門《かど》には福来たるってね。張りつめてばかりじゃ本番まで持ちませんよお」

本気かどうかわからない南部の笑みを乗せて、『ひきしお』はマリアナの深海を進む。

一九四五年における原子爆弾の投下阻止という意味では限定的な作戦だが、決してハードルは低くはない。

人類史上最悪の所業とされる原子爆弾投下を防ぐために、陸自と海自の共同作戦は極秘裏に進んでいたのだった。

同日　四国沖

この夜、四国沖は雨だった。

停滞する梅雨前線による降雨は、雨足こそ強くはなかったがしばらく止む気配はなかった。気象班によると、今晩に限らず明日の日中いっぱいは降りつづくだろうとの予報だ。季節がら仕方のないこととはいえ、やはりからっと晴れた月夜に比べれば鬱陶《うっとう》しい夜だった。

だが、そこをあえて出港してきた二隻の艦があった。

太く長い九本の主砲身は、風雨を衝いて前方を睨み、異様なまでに横幅の広い艦体は、多少の時化《しけ》など問題外とばかりに抜群の安定性を見せていた。

前後に護衛の駆逐艦を従えて進む二隻の巨艦は、日本海軍の誇る第一戦隊の戦艦『武蔵』『大和』であった。

昨年一一月の第二次マリアナ沖海戦で負った傷もすっかり癒《い》えた二隻は、再び力強い姿を日本の海に見せていたのだ。

「まもなく予定の海域に到着します」

「いつもながら正確だな」

航海長目黒蓮史《れし》玖《く》中佐の声に、『武蔵』艦長吉村真武《まさたけ》大佐は微笑した。

夏用純白の第二種軍装のポケットから取り出した懐中時計は、予定時刻ちょうどを示していた。艦隊の連携、天候、機関の調子、いずれも絡めた航海計画が完璧だったという証拠であった。

「太平洋を縦断するわけでもなく、庭先に行くようなものですしね。また、大和型戦艦は安定感という意味では我が軍随一ですから、航海屋としては楽なものですよ。

お褒《ほ》めにあずかるなら、しっかりついてきた随伴の駆逐艦のほうでしょう」

相変わらず謙遜する目黒だったが、それも自信に裏打ちされたものだろうと吉村は理解していた。

どんな些細な任務でも真剣かつ全力で取り組む。そうした末の結果が中途半端なものであるはずがない。

目黒の内心には、そういった自負が秘められているのだろう。

「第一戦隊、針路二二五《ふたふたご》」

「宜候《ようそろう》。針路二《ふた》、二《ふた》、五《ご》」

凜《りん》としたベルの響きが羅針艦橋に響く。

第一戦隊旗艦の『武蔵』が回頭し、『大和』が続く。

「目標までの距離、三《さん》、五《ご》、〇《まる》（三万五〇〇〇メートル）」

「気圧、水圧、正常」

「装填、よし！」

「照準、よし！」

「主砲、射撃準備、よし！」

「司令官。射撃準備、完了しました」

「うむ」

吉村の報告に、第一戦隊司令官早川幹夫《みきお》少将は小さくうなずいた。

「『大和』からも同様の報告が入っています。そろそろ始めますか」

通信参謀の声に、早川はいささか怪訝《けげん》そうな表情を見せた。

「三万五〇〇〇か」

「やってみる価値はありますよ。駄目でもともという言葉もありますし」

これまでの常識からすれば、夜間の砲戦距離は一万五〇〇〇から二万がせいぜいである。いくらなんでも遠すぎないかといった感じの早川に、吉村は子供のような期待感のこもった笑みを見せた。

これは実戦ではない。夜間射撃演習だ。しかも、ただの夜間射撃ではない。レーダーを使った、いわゆる電探射撃の演習だった。

測距儀を用いた従来の光学照準と違って、電波の目は夜の闇を苦にしない。また、よっぽどのことでなければ悪天候も影響ない。そういった意味では、雨天の今晩は演習日和《びより》であった。

果たしてどれだけの効果が得られるのだろうかと、吉村は期待に胸を膨らませていた。

戦いに勝つためには、進化が必要だ。

敵もこちらを打ち負かすために新兵器や新技術を投入してくるのだから、こちらはさらにその上をいく必要がある。

精神論も重視するが、積極的に新しいものを取り込んでいこうとする柔軟性も、吉村は併せ持っていた。

こういった経緯に至ったのは、第二次マリアナ沖海戦の戦訓によるところが大きい。

敵飛行場への艦砲射撃を企図してサイパンに接近した第一戦隊ら第二艦隊は、敵新鋭戦艦群の迎撃を受けて夜間砲戦に突入した。

隻数も主砲の門数も敵が上だったが、『武蔵』『大和』の四六センチ砲をもってすれば敵を一蹴することが可能であると、第二艦隊司令長官伊藤整一中将は判断した。

ところが、現実はそう甘くはなかった。

たしかに大和型戦艦が搭載する四六センチ砲は、その破壊力、射程とも文句なしに世界一だ。大和型戦艦に優る戦艦など、世界中どこを探しても存在しない。日本海軍および日本の造船界がそういって胸を張るのも当然だ。

しかし、それらはあくまで射弾が命中すればの話だ。

『武蔵』『大和』らが測的と照準に手間取っている間に、敵新鋭戦艦群は射撃精度をもって対抗してきたのだ。

『武蔵』『大和』らの射弾がむなしく海面を抉《えぐ》りつづけている間に、敵新鋭戦艦群は次々と命中弾を送り込んでくる。

第二艦隊および第一戦隊司令部としては、悪夢を見るような展開だった。

その状況を打開したのが、ＤＤＧ（対空誘導弾搭載護衛艦）『あしがら』から駆けつけた艦載ヘリのＳＨ－60Ｋだった。

『あしがら』のＳＨ－60Ｋから無線で送られてくる測的と弾着観測結果に、『武蔵』『大和』らは辛くも形勢を逆転して敵新鋭戦艦群を撃退することができたのだ。

もちろん、弾着観測そのものであれば『武蔵』『大和』らが搭載する水上機でも可能といえば可能だが、当日の月明かりも乏《とぼ》しい闇夜では肉眼での観測は困難を極めたはずだ。また、動きが鈍重なため、熾烈《しれつ》な対空砲火に耐えられたかどうかもはなはだ疑問だ。

その点、『あしがら』の艦載ヘリＳＨ－60Ｋは違った。ホバリングなどのトリッキーな動きによって敵の攻撃を躱《かわ》しつつ高性能レーダーによる正確な観測結果を送り、『武蔵』『大和』らの危機を救ったのだ。

この戦訓を現場が見逃すわけがない。

陸海軍とも、上層部はメンツもあってか二〇一五年から各自衛隊が持ち込んだ装備を優秀とは認めつつも、それを自軍に積極的に展開しようとはしてこなかった。

だが、実際に敵と生死を懸けた戦いに臨んでいる前線の将兵は違う。それだけの実績を見せつけられれば、「すぐにでも」となるのは当然だ。

『武蔵』の砲術長仲繁雄大佐などは、「優れた電探なくして今後の夜戦の勝利なし」と完全に脱帽して、海自のレーダー導入についての嘆願書を提出したほどだ。

狂喜乱舞する仲砲術長に、吉村も同意した。

艦政本部の技術者たちはもともと〝未来兵器〟には興味津々だったため、いったん許可が出ると話は早かった。

もちろん、事はそう簡単には運ばない。

海自艦艇の標準装備となるレーダーは、三菱電機が製作するLバンドの対空レーダーOPS―14や、日本無線が製作するOPS―28対水上レーダーなどがあるが、それらハードを積み込めば済む話ではない。そのハードを動かすためのバック・グラウンドが必要なのだ。

安定した電源、情報処理装置、管制機器、各種関連ソフト、教育された人員等々である。

これらをすべて揃えることは、容易ではなかった。時間も必要だ。だが、戦場は待ってはくれない。

そこで採られたのが、簡易的なデータ・リンク・システムの導入だった。

測的や観測そのものは海自の護衛艦や潜水艦と航空機が行ない、そのデータを共有するのだ。

それはデータの受信装置と表示装置さえあれば可能なことである。無線による音声通信に比べると、高速大容量の通信が可能で誤差もなくリアルタイムでの情報入手が可能となる。最悪、データの読み取りと処理の人員は、海自側から出せばいい。

こういった折衷案によって、『武蔵』は比較的早期に希望の工事を済ませて前線に復帰してきたのであった。

雨まで降っている今晩の天候では、いくらなんでも厳しすぎないか。恐らく、普段なら水平線まで見渡せる艦橋最上部の射撃指揮所でもそう遠くまで見えないだろう。あくまで光学的にという意味だが、視界は最悪だ。

半信半疑な早川の表情には、そんな気持ちが見てとれた。

「『大和』より入電。『演習開始の許可求む』」

「有賀《あるが》め」

吉村は舌打ちして、続行する『大和』へと振り返った。

第二次マリアナ沖海戦のときと同様に、『武蔵』艦長が吉村、『大和』艦長が同期の有賀幸作《こうさく》大佐であることに変わりはない。

第二艦隊司令部参謀長の要職に就く森下信衛少将を加えた海兵四五期の三人は、互いにライバルとして友として切磋琢磨《せっさたくま》しながら連合艦隊と日本海軍を支えているのだ。

(有賀の奴)

謹厳実直な性格からして、有賀がこのような上官を催促するような意見を具申してくるとは思えない。恐らくは、砲術長あるいは副長あたりが血を沸き立たせているのに違いない。

(こっちも同じだがな)

吉村は上目づかいに微笑した。

あまり待たせていると、上層に陣取る砲術長の仲から艦内電話をとおして「まだですか！」と怒鳴る声が降りかかってきそうだった。

今ごろ射撃指揮所直下の電探室には、標的上空を旋回する海自のSH－60Kヘリから正確な測的値が届いているはずだ。

「司令官」

「よし。撃ち方はじめ」

「主砲戦。撃ち方、はじめ！」

早川の砲撃許可に、吉村は高声電話に飛びつくようにして命じた。

「撃ち方、はじめ！」

受話器の向こうから、射撃指揮所内に轟《とどろ》く仲の復唱が聞こえてくる。

待ってましたとばかりの様子がありありだ。

ほどなくして、鋭い閃光が羅針艦橋に射し込んだ。轟音《ごうおん》が艦内を貫き、砲口から噴き出た紅蓮《ぐれん》の炎が闇と雨とをまとめてなぎ払うように拡散させる。

主砲発砲に伴う爆風と衝撃波は、相変わらずすさまじい。各砲塔一門ずつの射撃だが、海面は真っ白に叩かれ、艦橋にいる者全員がずしりと重い衝撃に身を震わせる。

『大和』も同様に発砲する。艦上に三つの火球が現われたかと思うと、それはみるみる膨張して『大和』の左舷に炎の幕を垂れかける。

「第一射、弾着まであと五秒。四、三、二、一、弾着、今！」

弾着までの時を刻む弾着時計がゼロを示すが、視界が極めて悪い今、羅針艦橋から弾着の水柱を視認することはできない。見えるのは、降りつづく雨粒と夜の闇だけだ。報告が来る前に、『武蔵』が第二射を放つ。

大和型戦艦が搭載する九四式四五口径四六センチ砲は、金剛型戦艦や長門型戦艦などの自由装塡方式と違って固定装塡方式が採られている。すなわち、砲身がどんな角度でも砲弾を装塡できるわけではなく、砲弾を装塡するためには砲身を決まった角度＝仰角三度＝に戻さねばならないということだ。

これは砲弾重量一・五トンというあまりの大重量がもたらす装塡機器の制約のためだ。そのため発砲間隔は長くなるが、装薬が露出しにくく被弾時に砲塔内部に損害が達しにくいというメリットもある。

一射めの右砲が装塡角に戻る代わりに、各砲塔の中砲三門が仰角を上げている。その砲口が閃《ひらめ》くとともに爆風が艦上を駆け抜け、猛煙が海上に噴き伸びる。

「どうやら初弾命中とはいかなかったな」と吉村が思っているところに報告が寄せられる。

「電探室より報告。第一射全遠。下げ一、苗頭《びょうとう》そのまま」

「下げ、一か。ほう」

早川が感嘆の吐息を漏らした。

「下げ一」というのは、弾着位置を手前に一〇〇メートル寄せろという指示である。砲術の世界では、極めて至近距離といっていい。

また、苗頭すなわち方位は、修正の必要がないという報告だ。

上々の結果に、吉村は満足げな笑みを向けてくる。早川に対して、「ほら、試してみてよかったでしょう」と言いたげな表情だった。

やがて、第二射弾着のときが来た。

これは砲術長の仲が直接連絡を入れてくる。いてもたってもいられなくなり、直接電探室で海自ヘリの観測データを見ていたようだ。

「命中です！　第二射に命中弾を確認しました」

仲の弾む声に、羅針艦橋がどよめいた。拍手喝采で喜びを表わす以前に、予想以上の結果に驚く者が多かったのだ。

「いけますね。司令官」

吉村の言葉に、早川は鷹揚《おうよう》にうなずいた。

もちろん今回の結果がすべてではない。常に今の結果が繰り返されるとも思えない。

遠距離になればなるほど、その間での風向、風速の変化、気温気圧の上下動などの不確定要素が多くなる。

だが、雨天の夜間射撃で三万五〇〇〇メートル遠方の標的をたったの二射で撃ち抜いたという結果は、充分評価に値する。

二万五〇〇〇や三万といった距離での実用性なら、確実にあると見ていいだろう。

また、忘れてはならないのが、正確な測的をし、観測値を着実に生かすことができた砲術科員の練度だ。

装塡から発射に至る一連の操作が全自動で行なわれる海自の護衛艦艇と違って、日本海軍の諸艦艇では砲撃の正確性は砲員の腕に由来する。

せっかく正確な測的と観測値が得られていても、それを生かすことができなければ、豚に真珠ということだ。

これまで電子機器の遅れで幾多の苦杯を舐めてきた日本海軍だが、これで五分以上だ。

夜戦や悪天候下での戦闘はこの戦争中に米軍有利に覆されていたが、再度それをひっくり返してみせる。

夜戦は日本海軍の十八番《おはこ》であるという称号を、再び輝かせてみせる。

そう思いつつ、吉村は胸を張った。

時代を超えた融合——陸海空三自衛隊の加勢と援軍は、単なるハード面としてのみならず、既存の旧軍を底上げするソフト面にも影響が及びはじめていたのだ。

「次はどこですかね。台湾か、沖縄か、あるいはフィリピンか」

次の作戦予定地を考え、吉村は南方に目を向けた。

このまま内地に留まって防衛に徹するのか、あるいは前線に進出して敵に圧力をかけるのか。どのみちマリアナを奪われている以上、太平洋上の日本海軍の最大拠点トラック諸島への進出はありえない。

「どうだろうな」

早川が首をひねる。

「今のところ軍令部も連合艦隊司令部もなにも言ってきていないようだが、さすがに前回のことがあるからな」

早川の言う〝前回〟とは、言うまでもない。昨年一一月のフィリピン攻防戦での大勝に気をよくした連合艦隊司令部が、敵情把握の不十分なまま拙速に作戦を押し進めたことだ。

勢いだけで勝てるほど戦争は甘くはない。久しぶりの勝利に、連合艦隊司令部にはどこか浮ついた雰囲気があったことは否定できない。

結果、周到な準備をして待ち構えていた米軍に航空戦力は完敗し、水上艦隊もあわやというところまで追い込まれたのだ。

B－29による本土空襲という事態に狼狽して、連合艦隊司令部の暴走を止められなかった軍令部も同罪だ。

そういった背景があるからこそ、次の動きには一層慎重になっているのだろうと早川は考えていた。

だが、現実は違った。

もちろん早川の考えもまったく見当違いというものではなかったが、未来情報をもとに日本側は着実に次の動きを始めていたのだ。

このとき進行していた前代未聞の破天荒な作戦は、早川や吉村にすらいっさい知らされることのないトップ・シークレットであった。

一九四五年六月七日　マリアナ近海

その破天荒な作戦に従事していた潜水艦『ひきしお』があわただしく動きはじめたのは、マリアナ沖に潜伏して三日が経過した夕刻のことだった。

衛星情報があれば二四時間おきに目標の正確な位置が特定できるためなんの問題もないが、七〇年前のこの世界ではそうはいかない。

西海岸サンディエゴを出港した目標、つまり原子爆弾を積載した重巡『インディアナポリス』が途中ハワイのオアフ島に寄航した情報はつかんでいたが、オアフ島のパール・ハーバーを出港した後は、文字どおり広大な太平洋上をピンポイントで捜索するという恐ろしく確率が低くて手間がかかる手探り作業を強《し》いられていたのだ。


「ソナーに感あり」

予想した速力と航路を辿《たど》って針路上に待ち伏せたものの、さすがに三日もすると「外したか」と疑念を抱きはじめたところだった。

「探知せし目標は複数。四軸推進艦を含む」

「可能性、高い。やりましたね」

ソナー員の報告に、第一〇潜水隊司令南部三郎海将補は大げさな笑みを見せた。

この戦時に、しかも最前線たるマリアナ近海に民間船が航行しているとは考えにくいが、軍の輸送船や病院船がいる可能性はある。

しかし、四軸推進というのは間違いなく軍艦だ。しかも巡洋艦以上の大型艦に限られる。

「だからいったでしょう。なんとかなるって。さて……」

南部は、司令塔中央から伸びる潜望鏡に目を向けた。

「ほう。さすがうちの艦長は優秀だねえ」

潜望鏡には、すでに『ひきしお』艦長波多野周平二等海佐が取りついていた。

四軸推進艦の存在は確認できても、それが必ずしも目標とする重巡『インディアナポリス』とは限らない。状況証拠からすればかなりの確率でビンゴだろうが、やはり最終的には自分の目で確認する必要がある。

音紋、すなわちソナーの特徴的エコーから艦の特定も可能なはずだが、あいにく一九四五年のこの時代の艦では照合すべきデータ・ベースが存在しないのだ。

波多野は先々の展開を読んで、あらかじめ行動に移していた。

将棋の世界では、プロの対局は素人から見れば理解し難《がた》いくらいに時間をかけて一手を打つが、これは五手先まで読むというプロの思考ゆえのことだ。しかし冷静で頭の切れる波多野にしてみれば、五手どころか一〇手先まで読んでいるのかもしれない。

「いきましょうか」

南部の顔が、海自の敏腕将官の顔に変わった。表情が引き締まり、爛々《らんらん》とした眼光が獲物を狙う狼のように鋭く光る。

「潜望鏡深度に浮上。ゆっくりとだ。焦《あせ》る必要はないぞ」

「潜望鏡深度に浮上します」

波多野の声に、三次元ジョイ・ハンドルを手にする操舵手が復唱を返す。

水上艦の乗組員に比べれば、小声でのやりとりだ。これも昔日から続く静粛性を重んじる潜水艦ゆえのことだ。

大戦型の潜水艦と違って、『ひきしお』は急潜航も急浮上もお手のものである。しかも、バルブをいくつも操らなくともジョイ・ハンドル一つで艦の操作が可能なように簡便化も進んでいるのである。

だが、調子に乗って海面に出たりしたら作戦は台無しだ。あくまで潜水艦の命は隠密性なのだから。

『ひきしお』の艦首が上向く。急浮上時はなにかにつかまっていなければ転倒するほどの傾斜になるが、あえて今は抑えている。両足を踏ん張っていればなんとかなる程度だ。

「深度一《ひと》、五《ご》、〇《まる》。……一《ひと》、二《ふた》、〇《まる》。……一《ひと》、〇《まる》、〇《まる》」

深度を読みあげる声が、次第に緊張感を帯びてくる。

「深度八〇《はちまる》、……五〇《ごまる》、……潜望鏡深度です」

海面を仰いでいた『ひきしお』の艦首が徐々に下がり、水平潜航に移る。

「現深度を維持。微速前進。潜望鏡、上げ」

波多野は立て続けに命じた。

潜望鏡には、視野が広く大きめの捜索用と敵に発見され難《にく》い小型の攻撃用の二種類がある。今上げるのはもちろん攻撃用だ。

「目標は、方位二《ふた》、〇《まる》、〇《まる》。近づいてきます」

海水のざわめきが治まるのを待って、ソナー員が報告した。

(ほう)

南部はほくそ笑んだ。

彼我《ひが》の位置関係は、目標が自分たちを追う形になっているようだ。となれば、こちらは艦首を振り向けるだけで容易に襲撃が可能だ。

原子力推進艦ならまだしも、そうでない『ひきしお』では、水中二〇ノット、水上一二ノットの速力が限界だ。こちらが追う立場であれば最悪敵に振り切られるところだが、どうやら運も味方しているようだ。

時刻もおあつらえむきの夕刻だ。太陽は西の水平線に浸かっており、空は茜色《あかねいろ》に染まっている。海上の明るさはまだ昼間の名残りをとどめているが、今後急速に夜の闇に支配されていくことだろう。

薄暗い時間帯に攻撃を敢行して目標を足止めし、暗闇に紛《まぎ》れて内部に侵入して積荷を奪うにはうってつけのタイミングだ。

海面上にわずかに突き出した潜望鏡をとおして、波多野が目を凝らす。

海面が揺らぐたびに視界が遮《さえぎ》られ、飛沫《しぶき》が目標をかすませる。

「上空に機影なし。艦影二。駆逐艦一、巡洋艦一」

ターゲットはその巡洋艦だ。

波多野はすぐに潜望鏡のグリップから手を離し、軽く首を回した。

「ビンゴ、ですね？」

南部の問いに、波多野はただ短く「はっ」とだけ応じた。

外したのかと心配そうな視線を向けていたクルーに、安堵の息が漏れる。

出撃前や航海中に、波多野は襲撃目標である重巡『インディアナポリス』の艦容をしっかりと脳裏に焼きつけていた。

潜望鏡の狭い視野の中、船首楼型の艦型、三脚檣を中心とした大型の艦橋構造物、二本の煙突に挟まれた航空設備と後檣といった特徴を即座に見極めた波多野は、目の前の艦が襲撃目標に間違いないと判断したのだ。

「護衛の駆逐艦が一隻とは、都合がいいねえ」

出撃前に、第一〇潜水隊は明確に役割分担を済ませていた。

旗艦『ひきしお』がメイン・ターゲットである『インディアナポリス』を、『おおしお』『つゆしお』が護衛艦を狙うのだ。

総勢二隻なら迷うこともない。

駆逐艦一隻だけということは、重要な任務であることを悟られないようにという

カムフラージュなのか、あるいは日本軍を舐めてのことなのかはわからないが、とにかくあとは実行あるのみだ。

「目的を忘れてはいけませんよ。あれを沈めたら駄目です。沈めずに足止めする。

陸自の人たちを移さねばなりませんからね。難しいですが、できますか」

「言うまでもありません。やります」

即答する波多野に、南部はにこにこと笑みをふりまいた。

困難な任務だが、臆せずにやり遂げようとする意志、またそれを支える自信と実力――それら波多野への信頼を示したものだ。

「USM（Underwater to Surface Missile＝水中発射対艦ミサイル）を使います。魚雷では万一のことがありますから。リスクは最小限でいきます」

「任せます」

南部の了承を確認して、波多野は立て続けに命じた。

「総員配置につけ。対艦戦闘、用意。USM発射準備。警戒怠るな。始めます。移乗の準備を」

陸自のリーダーの特殊作戦群所属沼部《ぬまべ》孝道《たかみち》三等陸佐が緊張した面《おも》持ちで敬礼する。

敵艦に侵入して原子爆弾を奪うなどということは、恐らく後にも先にもありえない任務だろう。その困難な任務が、いよいよ本格的に始まるのだ。

『ひきしお』の艦内が、一気にあわただしさを増す。戦闘準備のブザーが鳴り、封印されていた攻撃兵装のスイッチ類が次々に解除される。前部六門の発射管には、魚雷の代わりに耐圧カプセルに包まれた対艦ミサイルが装塡される。

水線下を抉る魚雷だと、あたりどころが悪ければ一発でも沈没という可能性がある。本来なら一撃必殺の最高の攻撃手段だが、今回ばかりはそうではない。過度な戦果は任務の失敗になるのだ。

波多野は対艦ミサイルで『インディアナポリス』の上構を破壊し、その混乱のさなかに陸自の隊員たちを送り込もうと考えたのだ。

「チーム・アルファ、チーム・ベータ離艦します」

さすがに陸自の中では精鋭中の精鋭を集めた特殊作戦群だ。声をかけてから数分と経たないうちに、組織的行動を開始している。

一チーム一二名、総勢二四名の決死隊だ。

陸自はこの作戦に、虎の子である特殊作戦群の精鋭を送り込んだ。

特殊作戦群というのは、有事対処の先鋒となる中央即応集団の一部隊であり、日本初の対テロ、対ゲリラ専門の特殊部隊である。

千葉の習志野に駐屯するこの部隊は、陸自最強と言われる第一空挺団の空挺レンジャー隊員を中心に、各地のレンジャー有資格者で構成される精鋭部隊なのだ。

小型潜水艦に乗り込んで目標に取りつく。ゴムボートを展開して接近する。ヘリに応援を頼む。

目標に接近して侵入する方法はいくつもの案が入念に検討されたが、それぞれ一長一短があって結論を出すには時間がかかった。

小型潜水艦は隠密性は抜群だが、スピード感に欠けるとともに一隻あたりの搭乗人数が限られ、多数を用意しなければならないのが欠点であり、ゴムボートは目標に侵入した後の廃棄が容易で形跡を消せる利点がある反面、これもスピード感に欠け、接近する前に敵に発見される危険性が高い。

また、ヘリは迅速に移動し強行着艦も可能だが、敵に発見されるのは必至で、必然的に作戦は強襲となりリスクは倍加すると見送られた。

その結果、最終的に選択されたのが水中スクーターという手段だった。航続力は限られるが、速度、投棄性とも優れ、また二四人分の機材を揃えるのも容易だった。

ただ、攻撃が始まれば敵も血眼《ちまなこ》になって周囲の捜索を始めるだろうから、敵の警戒が緩《ゆる》いうちに接近する必要がある。

それを受けての攻撃前の離艦だ。

もちろんリスクはある。生身の身体を晒《さら》し、無防備で移動することになるからだ。

攻撃時に接近しすぎていれば巻き添えになる可能性があり、仮に侵入に成功したとしてもあとは狭い空間に周りが敵だらけという環境である。複雑な艦内で目的とする原子爆弾を探し出して運び去るというのは、困難を三度重ねてもおつりがくるほどの難易度だ。

帰路はさらに困難だ。敵に追われる状況で母艦に泳ぎつかねばならず、艦内で負傷でもしていればまず無理な話だ。最悪は「ブッ」ともども爆破して、ということだが、正直、生還できる可能性は極めて低いと思われた。

そうわかっていたとしても、行かねばならないのが軍人というものなのだ。

波多野は、今ごろ次々とハッチをくぐって飛び出していったであろう特殊作戦群の隊員たちに、颯爽《さっそう》とした敬礼を送った。

その数分後、艦体が微妙に揺らぎ、くぐもった爆発音が耐圧殻をとおして伝わってきた。

ソナー員が顔をしかめてレシーバーを投げ捨て、眉間《みけん》に深い皺《しわ》を寄せつつ報告する。

「魚雷の命中音です。敵駆逐艦、被雷の模様」

『おおしお』か『つゆしお』が、早くも雷撃で護衛の駆逐艦を仕留めたらしい。

「ほう。手際がいいね」

南部は満足そうに幾度もうなずいた。

今度は『ひきしお』の番だ。

「発射管、開け。ＵＳＭ、発射用〜意。五秒前、四、三、二、一。撃《て》えー」

ほどなくして、海面を突き破って二発のミサイルが飛び出した。一発が本命で、もう一発が予備だ。

これも加減が難しい。やりすぎて積荷を水没させたら元も子もないし、かといってかすり傷程度では敵の警戒を強めさせるだけで、全速で逃走される恐れもある。

まあ、そのときは立て続けにミサイルをぶち込むだけだが……。

「ＵＳＭ、目標到達まであと五秒、四、三、二、一。時間です」

その瞬間、波多野は海上を貫く閃光をはっきりと認めた。

立て続けに二つだ。

一つは敵艦を真一文字に切り裂くようにほぼ真横に走り、もう一つはスパークした火花のように左右斜め上に突き伸びた。

閃光に続いて艦中央に火の手が上がり、黒煙が濛々《もうもう》と湧き出した。メインマストがへし折れて後方に倒れ、多量の破片が舞いあがった。

普通なら「ミサイル命中！」と誇らしげに艦内放送を流したりするところだが、波多野はいたって冷静だった。

今回は単に命中すればいいというものではないのだ。

固唾《かたず》を呑んで見守るクルーを背に、注意深く観察を続ける。

炎と黒煙を背負った敵艦は苦悶にのたうち、よろよろと足取りを緩めて、やがて停止した。傾斜はやや左舷寄りに進んだ様子はあるが、一気に傾く気配はない。

どうやら攻撃は完璧に成功したようだ。

「敵艦にミサイル命中。敵艦は炎上。洋上に停止せり」

潜望鏡のグリップをたたみながら、波多野はつぶやくように言った。

あまりにあっさりとした波多野の言葉に、司令塔に詰めていた者たちは一瞬きょとんとして言葉もなかったが、すぐに歓喜の思いを爆発させた。

ある者は思いきり拳を振りあげ、またある者は片目をつぶって親指を突き立てた。

南部も笑みを見せてゆっくりとうなずいている。

「潜望鏡、下げ。急速潜航。深度、三〇〇《さんまるまる》」

波多野の命令に操舵手がジョイ・ハンドルを押し込み、『ひきしお』は再び暗い深海に姿をくらませていく。

あとは特殊作戦群の者たちの、任務成功を願うのみだ。

原子爆弾奪取を担う特殊作戦群の決死隊は、ミサイル被弾で混乱する敵の隙《すき》を衝いてまんまと重巡『インディアナポリス』に侵入した。

水中スクーターを乗り捨てた決死隊の二四名は、一人も欠けることなく『インディアナポリス』の甲板に足を踏み入れた。

ウェットスーツを脱ぎ捨てて、全員がアメリカ海軍の軍装を身につけている。士官服と兵のセイラー服とを、怪しまれないようにわざと混在させている。

髪も今回の任務に合わせて短髪に刈り、金色に染めている。白色のボディ・ペインティングも完璧だ。

「チーム・ベータ、スタンバイ」

「オーケー。チーム・アルファ、スタンバイ。レッツ・ゴー」

イヤホーンと襟に仕込んだ小型マイクとで連絡を取りあう。

決死隊のリーダーは沼部孝道三等陸佐であるが、沼部はチームを二手に分けて艦内を捜索しようと決めていた。

今、沼部が直率するチーム・アルファの一二人は、損害対処を装って駆け足で艦内深くに潜入しようとしていた。

あらかじめ艦の見取図は頭に叩き込んでおいたつもりだったが、さすがに一万トンクラスの艦艇の中は複雑で広い。普段は開けた陸上かせいぜい市街戦を想定した訓練しかしていなかった沼部らにとっては、迷路のようなものだった。

だが、わからない、できない、ではすまない。自分たちの働きに、何万、何十万という人々の運命が懸かっているのだ。

あらかじめあたりをつけておいたところに急ぐ。

戦闘はなるべく避けるに限る。自分たちが死傷するかどうかよりも、敵の警戒を煽《あお》る危険性があるからだ。

タイム・リミットは二〇分。それまでになんらかのサインを送れないときは、原子爆弾もろとも海自の潜水艦が『インディアナポリス』を始末する予定になっている。

なぜ破壊ではなく奪取なのか。

沼部はその目的を聞かされてはいなかったが、恐らく政治的な思惑が潜んでのことだろうとはあたりがついていた。

しかし、さすがに推定七、八〇〇人が乗り組む艦だけに、素通りでいくのは無理だった。

「Where! You goin!（おい、こら、どこへ行く）」

艦尾の中甲板に下りようとしたときに、下士官とおぼしき長身の男が立ちはだかった。テキサスの牧場あたりで牛を追いまわしていたら、ぴったりの大男だ。腕力ではとてもかないそうにない。

沼部は問答無用に消音銃の引き金を引いた。軽く空気の抜けるような音がしたと思うと、下士官はもんどりうって転倒した。

後ろからも同じような音が抜けていく。現場に飛び出してきた兵を、部下が同じように撃ったのだ。

こうなれば、さらに事は急を要する。銃殺された死体が発見されれば、敵は侵入者の存在に気づいて警戒が一気に高まるはずだ。

「ハリイ・アップ！（急げ！）」

沼部は声をかけ、上半身すべてを使ってハンド・サインを送った。

会話はすべて英語だ。日本語は厳禁。英語が堪能な隊員を集めてきてはいるが、自信がなければいっさい口をきかないように命じてある。

ラッタルを下ったところで数名の兵に出くわしたが、沼部らの勢いに圧倒されて向こうからよけたところをすれ違う。思惑どおりにダメージ・コントロール・パーティと思ったのかどうかはわからないが、結果オーライだ。

艦内は混乱している。白煙が流入し、熱気が充満しつつある。火災が広がってきているのかもしれない。

（そろそろか）

目的の場所までわずかというところで、士官服の男に出くわす。完全に目が合ってしまった。相手が拳銃を取り出そうとしたところに、部下の一人が飛びかかった。柔道三段の屈強な男だった。消音銃を放つよりも先に、胸倉をつかんで壁に投げ飛ばす。きれいに決まった背負い投げだ。

鈍い音がして、敵士官は床に倒れ込んだまま動かなくなった。頭をやられたのか、首の骨が折れたか、痙攣することもなくぴくりとも動かない。白色の軍装が赤く染まり、一筋の液体が流れ出てくるだけだ。

さらに部下が高級士官と思われる男を拘束した。原子爆弾のありかを聞き出そうとしたが、白状せずに抵抗する。

沼部は顎《あご》をしゃくった。

拳銃のグリップで後頭部を殴り、気絶させて放り出す。

だが、そこまでだった。いつのまにか鳴りやんでいた緊急ブザーが再びけたたましく響きはじめたかと思うと、多数の靴音が前後から迫ってきた。

「くそっ。隔壁閉鎖、隔壁閉鎖！」

もはや英語も日本語もない。沼部は小型マイクに怒声を吹き込んだ。

追撃を逃れるために、すぐ後ろの防水扉を閉めにかかる。扉に手をかけたところで、銃弾がやってくる。甲高い金属音とともに火花が弾けた。

「急げ！」

幸い現在地は逆L字形の通路だ。後ろを閉めれば、あとは角《かど》から飛び出してくる敵に注意するだけでいい。

二人が扉を閉めにかかり、四、五人が銃を構えてフォローする。残りは床に伏せて、前方を警戒した。

扉を盾代わりにして、一気に押し入った。敵の銃弾の何発かが、隙間から入り込んで壁に当たって跳ね返る。伏せた隊員たちの足元に、顔の脇に、弾痕が穿《うが》たれて白煙があがった。

「佐藤！」

「軽傷です」

「大丈夫、いけます」

「高橋！」

　負傷者は出たが、幸い大事には至っていない。とりあえず布を引き裂いて止血するレベルの負傷だ。

　閉鎖した防水扉にはしばらく銃弾が弾ける音が続くが、やがてそれも終息する。巨大な水圧に耐えられるように作られた隔壁を、小銃弾ごときが貫通できないことは敵が一番知っているのだ。

　しかし、休んでいる暇はない。前側の角から、敵兵が躍り込んできたのだ。

「全員、応戦せよ！」

　再び、沼部は怒鳴った。

　一挺だけ持ち込んでいた一一・四ミリ短機関銃M３A１がうなりをあげる。全長七五七ミリ、重量三・六三キログラムと軽量コンパクトな機関銃で、毎分四〇〇から六〇〇発の弾丸を有効射程五〇メートルの距離にばら撒いていく。
　五、六人の敵兵がばたばたと倒れ、残りはあわてて逆L字形の陰に身を翻《ひるがえ》していく。

「下がれ！」

沼部は部下に声をかけて、手榴弾のピンを抜いた。床にそっと転がして、耳を塞《ふさ》いで伏せる。すぐさま盛大な爆発音が艦内に響き、多量の塵埃《じんあい》が頭上に降りかかった。

だが、逆にそれで助かっているとはいえ、逆L字形の陰に手榴弾を転がすのは難しい。また数も限られており、いずれ限界はやってくる。

大航海時代や海賊でもあるまいし、艦内での白兵戦など想定していなかった敵の攻撃は、沼部ら陸自の隊員からすれば、幸いにもアマチュアレベルだ。グリーンベレーやシールズといった米軍の特殊部隊が相手だったら、とっくに制圧されていたに違いない。

だが、そうは言っても進むに進めない、戻るに戻れない状況に変わりはない。

（どうする？　玉砕覚悟で突っ込むしかないか）

いくら考えても有効な打開策は見いだせなかった。

確率はかなり低いが、どうあっても前進以外に任務継続、かつ成功の可能性はなさそうだ。

思案している間にも敵の攻撃は続き、一人また一人と負傷する者が相次いでいる。

「ぐっ」

次の瞬間、沼部は左腕に焼けつくような痛みを感じた。肘のやや下側に銃弾が食い込んだらしい。白い軍装がみるみる赤く染まっていく。

もう時間もない。恐らく千分の一や一万分の一の確率かもしれないが、突撃以外に道はなさそうだ。

痛みは痺《しび》れに変わり、感覚そのものがなくなってくる。

しかし……。

「チーム・ベータ、キープX。ミッション、コンプリート。チーム・ベータ、キープX。ミッション、コンプリート」

(やった)

ともすれば失いそうになる意識の中で、沼部はたしかに朗報を聞いた。

「X」、すなわち原子爆弾を確保したという報告だった。

沼部の率いるチーム・アルファが苦境に陥っている間に、別働隊のチーム・ベータが目的を達したのだ。これで自分たちが全滅しても、特殊作戦群の能力に疑問符がつくことはないだろう。

(最低限のノルマは果たしたか)

安堵感が沼部の胸中を満たした。中央即応集団の一組織として発足して約一〇年、正直初めての本格的作戦だったが、評判倒れと言われないで済む。税金泥棒などと国民の非難を浴びなくて済む。

作戦遂行の最高責任者である沼部の双肩には想像もつかないプレッシャーがかかっていたが、それからようやく解放された瞬間だった。

（どのみち逃げ道がないならば……）

沼部は覚悟を決めた。

「G（o！）」

玉砕覚悟の突撃を命じる沼部の声は、激しい爆発音と振動に遮られた。

沼部をはじめとするチーム・アルファの一二人がとっさに伏せた向こうで、悲鳴と絶叫をあげて敵兵が吹き飛んでいる。

剝《は》がれ落ちたペンキや埃《ほこり》や細かな破片が大量に降りかかってくるが、幸いチーム・アルファに大きな損害はなかった。

硝煙の臭いが鼻をつくが、強風がそれを押し流していく。

沼部は顔をあげて煤《すす》を拭った。

白煙をたなびかせた風が、前から吹いている。どうやら月明かりが射し込んでいるようだ。

耳になじみのあるエンジン音が響き、再び轟音と衝撃が艦を揺るがす。今度は上のほうでなにやらあったようだ。

それと前後して、イヤホーンから再び朗報が飛び込んできた。

「エア・ナイトよりチーム・アルファへ。貴隊無事なりや？　オーバー」

どうやら後方に控えていた支援の護衛艦がヘリを飛ばしてきたようだった。

(遅いぜ、おい。しかもエア・ナイトだって？　空の騎士だと？　格好つけすぎだぜ)

舌打ちしつつ、沼部は安堵の笑みをこぼした。

九死に一生を得るというのは、こういうことかもしれない。

「アルファ・リーダーよりエア・ナイトへ。支援に感謝する。収容を願うが可能か。オーバー」

「ラジャ。そのつもりで来ている。チーム・ベータも収容中。Xはもちろんオーケーだ」

「感謝する。ただ負傷者がいる。できるだけ近づいてくれ」

「ラジャ。目につく対空火器はつぶしたが、急いでくれ。強行着艦は無理だが、海に飛び込んでくれれば必ず拾う。信じてくれ」

「ラジャ」

沼部はぐるりと周囲を見回して、ハンド・サインを送った。

「撤収。撤収だ！　Ｇｏ、ゴー。Ｇｏ、ゴー！」

自らの負傷も顧みず、沼部は重傷者の肩をかついで走りだした。ほかの者たちも月明かりに向かって突進する。舷側に開いた穴から、艦外に飛び出すのだ。

チーム・アルファの一二人が、次々と海上に身を躍らせる。ホバリングするヘリの風圧で、海面は真っ白にさざなみ立っていた。

負傷者がいるという連絡を受けて、オレンジ色のブイが投げ入れられていた。ロープで身体を固定し、あとはヘリに引きあげてもらうという寸法だ。無傷の部下が沼部に代わって重傷者のフォローにまわる。

数十メートル横からは、チーム・ベータを収容したヘリが離脱にかかっている。何人かをぶら下げたまま、長居は無用とばかりにエンジン音を高めていく。

ヘリは少なくとも五機はいる。機数からして、支援にはあたごクラスのＤＤＧ（対空誘導弾搭載護衛艦）ではなく、ひゅうがクラスのＤＤＨ（ヘリコプター搭載護衛艦）が控えていたようだ。

だが、敵も指をくわえて見ているわけではない。「このまま帰してたまるか」と、上甲板に一〇人、二〇人と塊《かたま》りになって出てくる。

すかさず待機のヘリが機関砲を掃射して、それらを牽制して黙らせた。

収容を担当するヘリのキャビンから、リーダーらしき男が身を乗り出してなにやらわめいている。

「しっかりしろ。もう少しだぞ」とか「急げ！　早く引きあげろ」とか、あるいは「邪魔をさせるな。蹴散らせ！」とか怒鳴っているのかもしれない。

ヘリの爆音にかき消されてまったく聞きとることはできないが、そういった必死の姿勢に沼部は感謝した。

ワイヤーをがっちりつかみ、フックで身体を固定する。

(これで最悪でも海没はしなくて済みそうだ)

そう思うと、どっと疲労が湧いて出た。

薄れゆく意識の中で、沼部は繰り返しつぶやいていた。

「ミッション、コンプリート」と。

第三章　終局への序曲

一九四五年六月八日　スイス

指定されたホテルの一室に、相手は時間ちょうどにやってきた。

「今日は、ミスター・ダレスはご一緒ではないのですか」

スイス駐在武官である藤村義一《よしかず》海軍中佐は、見慣れた顔に向かって第一声を放った。

後ろの様子を窺《うかが》いながら注意深く入室してきた男の名はゲベルニッツ。アレン・ダレスOSS（アメリカ戦略情報局）欧州本部長の代理人を務める男だ。

ゲベルニッツは言った。

「まあ、見てのとおりですよ。地位が上がるにつれて、責任も役割も大きくなる。交渉事にも毎回自分が顔を出すというわけにはいかないでしょう。代理人というのは、そのためにいる。それは貴国とて一緒でしょう？　ミスター・フジムラ。ヴァイス・アドミラル・イノウエ（井上中将）もいないわけですから」

「たしかに」

藤村はうなずいた。

ゲベルニッツとの交渉は、かれこれ十数回を数える。はじめはお互いの接点を探ることすら難しかったが、戦局の変化もあってここのところは具体的な条件提示にまで進展してきている。

決定的だったのは、アレン・ダレス本人との交渉だった。

藤村も中央にかけあって井上成美《しげよし》中将を駆り出し、日本が停戦と講和を本気で考えていることを知らしめた。

それまでは日本側が条件提示しても具体的な返答はいっさい得られていなかったが、ダレス——井上会談以後は、たしかにホワイトハウスの意向を徐々に感じられるようになってきていた。会話の端々《はしばし》に、これは譲れる、譲れないという印象が滲《にじ》み出てくるようになったのだ。

今日はそのダレスと井上会談後の三度めの交渉だった。

井上中将はもともと他の重要な案件を抱えていたらしくスイスからとんぼ帰りし

てしまったが、それはダレスも同様だったようだ。

井上が未来政府との調整役を担《にな》っていることを、藤村はいまだに知らされていなかった。

(まあいい)

藤村はゲベルニッツの顔をあらためて見つめた。

軍人でありながら、米内光政海軍大臣や井上成美海軍次官の後ろ盾を得て政府の代理をしている藤村と違って、ゲベルニッツは生粋《きっすい》の情報屋であり、本国政府とのパイプも太いようだ。ダレスからの信頼も厚く、交渉結果が後日反古《ほご》にされることはないだろうと藤村は考えた。

「本日は我が合衆国からの新たな提案はありません。先日、貴国から申し出のあった和平内容については本国で検討中であり、今この時点で是非を問うこともできません」

ゲベルニッツは飄々《ひょうひょう》とした態度で、藤村を見返した。

やはりこういった交渉事にも手馴れている。表情を変えたりして手の内を見せることはまずないのだ。

先日、井上成美中将同席で提案した、開戦後に占領した地域からの全面的撤退と、内南洋および満州地域の既得権益放棄、日米での有効平和条約締結、などについてもそのまま受け入れるつもりはない、アメリカはこれ以上の譲歩を行なうつもりはない、といった意思を暗に示していた。

「貴国からなんらかの追加提案があると期待してきたのですが、なにもないようでしたらすぐにでも失礼させていただきたい」

席を立とうとするゲベルニッツに、藤村はぽつりと言った。

「本日は貴国が開発中の反応兵器について、お話ししたいと思っております」

ゲベルニッツの両眉がぴくりと動くのを、藤村は見逃さなかった。

「反応兵器ですと？」

「とぼけなくても結構ですよ。嘘や駆け引きはやめましょう。事実だけを話し合いたい。ご存じでしょう？　貴国がニューメキシコの砂漠で開発しているという爆弾のことを」

「反応兵器かどうかはともかく、新兵器を開発しているのはどこの国でもそうでしょう。戦争に勝利するためには、技術革新は不可欠なものですからな」

ゲベルニッツは精一杯の抵抗を見せた。

ここでも否定せずに相手の出方を窺うというのが、いかにも情報屋らしい。だが、この話題に乗ってきていることが、ゲベルニッツが情報を得ているという動かぬ証拠だった。

藤村は続けた。

「聞けば、その反応兵器なるものは途方もない威力を持つとか。理論的には都市一つを吹き飛ばせるらしいですな。たしかに兵器開発には威力の追求は当然のことでしょう。ですが、やはり世界と人間には超えてはならない一線があるのではないでしょうか。戦時国際法たるハーグ陸戦協定やジュネーブ条約を持ち出すまでもありません。戦争といっても、ある一定のルールの下でなければ破壊と殺戮のみになり、世界は滅びてしまうでしょうに」

ゲベルニッツは藤村を睨みつつ、話に聞き入っている。都合の悪いことを言われているというのは、たしかなようだ。

「どうでしょう。そんなことが世界に知れれば、貴国は全世界を破滅に追いやる無法者の国、勝つためには手段を選ばない野蛮な国、と非難を浴びることになりませんか」

「…………」

ゲベルニッツは藤村を睨んだまま動かなかった。いや、動けずに言葉も出ないといったほうが正解だったかもしれない。

だが、さすがに国を代表して交渉のテーブルについている男だけのことはある。ゲベルニッツは再び精一杯の抵抗を見せた。

「その反応兵器たるものがどの程度のものか、私は知りうる立場にありません。また、仮に知っていたとしても、それに対する世界の反応などを評する立場にもおりません。ですが、一つだけ言っておきましょう。我がアメリカ合衆国は、自分たちの正義を貫くためにはいかなる努力をも惜しみません。正義を守るためならば、いかなる犠牲をも厭《いと》いません。それだけは言っておきます。では」

言うだけ言うと、ゲベルニッツは立ちあがった。

（自分たちの好き勝手なことが正義だと？　なにが正義だ。今のうちにせいぜいほざいておくがいい。その傲慢《ごうまん》で不遜な態度を続けていられるのも今のうちだ）

退室するゲベルニッツの背に、藤村は胸中でそう浴びせかけた。

反応兵器、すなわち原子爆弾の実物を奪取したという情報は、まだ藤村までは届いていなかった。

だが、ゲベルニッツとアメリカの鼻っ柱をへし折ってみせる、必ずや納得できる形で交渉をまとめてみせる、という藤村の気持ちは、単なる空元気ではなく日本全体としての動きに支えられていた。

次の段階に交渉をステップ・アップさせる日は、そう遠い日のことではなかったのだ。

一九四五年七月二五日　日本近海

夜空には、白い筋がいくつも絡みあっていた。遠方から見るそれは、時折り静電気を帯びたように閃《ひらめ》き、またそのうち何度かは弱い稲妻のような赤い光を引きずっていた。

「性懲《しょうこ》りもない奴らだ」

第七航空団第三〇五飛行隊長梅村悠哉《ゆうや》二等空佐は、愛機F－15FXのコクピット内でつぶやいた。

第三〇五飛行隊は、これまで硫黄島に展開していた同じ第七航空団に属する第二〇四飛行隊と、交替する形でこの世界に派遣されてきていた。装備機は、F－15FXアドバンスト・イーグルとF－15Jとの混成である。

F－15FXは、F－4EJファントムⅡの代替として、空自がF－22J導入までのつなぎおよび補完として検討した機だ。Ｆ－15ＦＸアドバンスト・イーグルという名のとおりＦ－15の最新型の機であり、ベースはＦ－15Ｅストライク・イーグルといえる。

空自がすでに主力機として運用しているＦ－15Ｊに対し、エンジン出力や機体の強化を施《ほどこ》して最大離陸重量と対Ｇ《重力》制限を大幅に増加させているのが特徴だ。もちろん電子機器や火器管制装置など、ソフト面の進展も反映させてある。

メンテナンスのノウハウに長《た》けていること、部品の共通化がはかれること、バック・アップ体制に大きな変化がいらないこと、などのメリットが大きいＦ－15ＦＸだったが、その採用競争では新開発のＦ－２Ｄ型に敗れ去った。

すでにＦ－15Ｅを導入している隣国韓国に対する対抗意識と、国内航空産業の育成を目的とした国内開発の必要性のためだと言われているが、梅村はＦ－15ＦＸが決して性能面で劣る機体だとは考えていなかった。

事実、アメリカのＦ／Ａ－18スーパーホーネットやフランスのラファール、ロシアのＳｕ－37スーパーフランカーなど、新世代機が続々と登場してきた二一世紀においてもなお運動と速度性能に限ってみれば、Ｆ－15は世界で一線級の戦闘機であることに変わりはない。

言い換えれば、空戦の空戦たるドッグ・ファイト（格闘戦）であれば、世界のどの戦闘機と戦っても互角以上に渡りあえるということだ。

さすがにステルス（低被発見）性を生かした先制発見および先制撃破といった戦術や、敵地奥深くに潜入しての偵察と爆撃といった任務となるとアメリカのF－22ラプターには及ばないが、それでも各種最新電子機器の導入などによって欧州の新戦闘機などに劣るものではない。

それになにより、梅村にとってはF－15Jの時代から慣れ親しんだ機体はもはや自分の手足も同然だった。

良くも悪くも機体の癖を隅々まで知る梅村は、F－15FXの性能を一二〇パーセント引き出せるというアドバンテージがあったのだ。

採用競争に敗れたために、空自が保有するF－15FXは先行テスト機として購入した五機だけにとどまったが、そのまま遊ばせておくには惜しいとして全機が第三〇五飛行隊に編入されている。その五機を含めて、梅村が率いる第三〇五飛行隊は、七〇年前の一九四五年のこの世界に出撃してきたのだ。

「フュエル・チェック。ウェポン・チェック。セカンド・アタック、Ｇｏ！」

燃料と弾薬の確認をさせた梅村は、再び攻撃の指示を出した。

空に浮かんでいる塊《かたま》りは、雲ではない。灰色ならぬ銀色に光るそれは、超重爆撃機B－29スーパー・フォートレスの編隊なのだ。

硫黄島が今も日本軍の勢力下にあるため、アメリカ軍はマリアナから出撃するB－29に護衛戦闘機を付けることができない。また、エンジン不調やなんらかのトラブルが発生した場合、不時着できる場所もないということだ。

必然的に日本本土空襲に向かうB－29の損害は決して少なくないはずなのだが、それでもアメリカは本土空襲をあきらめようとはしなかった。叩かれても叩かれても、落とされても落とされても、B－29は湧くようにやってきた。

これが日本をはじめとする世界を圧倒したアメリカの国力というものだろうと考える梅村だったのだが……。

「スプラッシュ（撃墜）！」

「スプラッシュ！」

次々と撃墜の報告が入る。

梅村も部下に花を持たせるだけではなく、自らもゆく。敵編隊の前上方から高速を生かして突進し、最右翼の一機に照準を定める。

ＡＡＭ（Ａｉｒ ｔｏ Ａｉｒ Ｍｉｓｓｉｌｅ＝空対空ミサイル）を撃ち尽く

した後は、右主翼の付け根に設けられたバルカン砲での攻撃だ。HUD（Head Up Display）上のエイミング・レティクル（照準マーク）に目標を据えて、発射ボタンにかけた指に力を込める。

蜂の巣を思わせるB－29の機首から、エンジン・カウリング、そして主翼へと、上から斜めに銃撃を浴びせて降下する。まるで鋭い日本刀のひと振りを思わせる攻撃だ。

梅村の銃撃を浴びたB－29は、しばらくは何事もなかったかのように飛び続けたが、やがて損傷箇所が風圧に耐えられなくなったのだろう、主翼が鈍い音をたててへし折れ、バランスを失って落ちていく。

B－29は首都東京に向かっている。洋上で殲滅するか、少なくとも大打撃を与えて引き返させなければ、東京は焼け野原にされてしまうのだ。第三〇五飛行隊の奮戦は続く。

零戦や雷電、鍾馗といった旧陸海軍の戦闘機相手には十二分の防御性能を持っていたであろうB－29だが、F－15FX相手ではそうはいかない。

機関砲の口径こそ差がなくとも、弾丸そのものの貫通力や集中度には雲泥《うんでい》の差があった。高々度飛行で躱《かわ》すことなど、もちろん不可能だ。

低空、高空に限らず、F－15FXは食らいつく。

コクピットを撃ち抜かれた一機は原形をとどめたまま墜落し、爆弾槽に銃撃を食らった一機は大音響を残して木っ端微塵に砕け散る。エンジンや推進プロペラを破壊された機は、コントロールを失ってまるで千鳥足のように空をさまよい落ちていく。

だが、そうした第三〇五飛行隊の独壇場も最後までは続かなかった。

「シルバー2、被弾！」

「パール3、被弾！」

「ミサイル！」

「振り切れない！」

突如として舞い込んだ通信内容に、梅村は耳を疑った。

たしかに昨年一一月の第二次マリアナ沖海戦（航空戦を含めて日本側はそう呼称している）ではF／A－18やF－16の確認情報があったが、それらの痕跡が見られない。レーダーが映すのは、B－29の巨影だけだ。

（まさか、ステルス機？　F－22か。航続力の限られた制空戦闘機を空中給油でここまで進出させてきたというのか。可能性はある。しかし……）

思考をめぐらす梅村を、警戒装置のアラームが現実に引き戻す。

「ミサイル？　馬鹿な！」

しかし、現実は現実だ。切り立った二枚の垂直尾翼上端に設けられた警戒装置が警告を発しているということは、敵ミサイルのレーダーが梅村の機を捕捉しているということなのだ。

「どこから来た。くそっ」

正体不明の敵に、むざむざやられてたまるかとばかりに、梅村はスロットルをいっぱいにして機速を上げた。アフター・バーナーの鞭《むち》も入れて、機体の限界を絞り出す。Ｆ－一一〇－ＩＨＩ－二二九エンジンの轟音《ごうおん》がさらに高鳴り、身体がシートに押しつけられる感覚が高い加速度を思わせる。

Ｆ－15ＦＸが搭載するＦ－一一〇－ＩＨＩ－二二九エンジンは、Ｆ－15Ｊが搭載するＦ－一〇〇－ＩＨＩ－二二〇Ｅエンジンの発展改良型のエンジンだ。出力は二割ほど増しておりベース・エンジンの熟成が進んでいるため、こういった強引な操作にもよく対応できることを梅村は知っていた。

初期にはフラッタリング（主翼のばたつき）やエンジン不調などのトラブルもあったＦ－15ではあるが、その後の長期にわたる就役期間中に細かなトラブルの解消も進み、今では信頼性は世界最高の戦闘機といっていい。

だが、いかに信頼性に優れ、最高速度マッハ二・五の高速力を誇るF−15FXといえども、速度競争でミサイルにかなうわけがない。直線的な飛行ではいずれ餌食《えじき》にされてしまう。

右旋回をかけるが、敵ミサイルはまるでこちらの航跡をなぞるようについてくる。チャフ（欺瞞《ぎまん》の金属片）をばら撒いても、効果がないのだ。

（ならば）

梅村は敵ミサイルを引きつけた上で、急旋回によって躱そうと考えた。

コクピット内にけたたましいアラーム音が鳴り響く中、慎重に距離を見極める。

「三、二、一。今だ！」

ラダーペダルを蹴り飛ばして中央に突き立つ操縦桿を倒し、次いで力任せに引きつける。全長一九・四三メートル、全幅一三・〇五メートルの機体が横倒しになりつつ後ろを向く。高G《重力》挙動だが、チタン合金を多用した強靱な機体は梅村の要求によく応えた。

しかし……。

「駄目か」

数々の手を打ちながらも、警戒装置のアラームが消えることはなかった。依然として敵ミサイルは追尾してきている。しかも、梅村のF－15FXは急激な機動で速度が鈍っていた。

「土壇場の梅村を舐めるな！」

かなり危機的な状況だったが、それでも梅村はあきらめなかった。

「脱出」の二文字が頭をかすめたが、梅村は一人絶叫してその考えを打ち消した。

(射出座席で海水浴なんてご免だぜ)

梅村は高校時代ラグビー部に所属していた。いつも試合の終了間際にペナルティー・キックやトライを決める梅村のことを、周りはいつのころからか「土壇場の梅村」と呼ぶようになっていたのだ。

高校最後の県予選の決勝で、後半ロスタイムに逆転のトライを決めて花園の切符を手にした思い出は、一生忘れられないものだ。当時の監督は、前半からエンジンがかかっていればもっと楽に勝てるものをと嘆いていたが、「追いつめられて初めて真価を発揮するのが僕ですよ」とうそぶいた梅村だった。

「これでどうだ！」

ラグビー・ボールを片手に走る感覚で、梅村は突進した。

視線の先にいるのは、敵の屈強なバックスならぬB－29だ。当初密集していた敵編隊はばらばらになり、目の前にいるのは三機だけだ。そのままタックルをかける勢いで接近する。

B－29三機が防御火器を振り回す。合計一三挺の一二・七ミリ機銃を可能な限り動員して、弾幕を張る。

梅村の鬼気迫る突進に圧倒されて、B－29から放たれる火箭《かせん》はかなり当てずっぽうだ。防御や攻撃というよりも、群がり寄る蚊や蜂に苦しむ草食獣を見るようだった。

そこに梅村のF－15FXが果敢に飛び込む。

ほんの点だったB－29が小豆大に、そして拳大になり、やがてHUDからはみ出すほどの大きさに膨れあがる。B－29のコクピットの中に、驚愕するパイロットの姿が見えた気がした。

「！」

タックルをかけてくる相手を躱すように、華麗なステップを踏む。勝負は一瞬だ。

梅村のF－15FXは機体をひねって、急降下に転じていった。ライト・グレーに塗装された梅村の機体が、B－29の巨体を舐めるように躱していく。

その数瞬後だった。梅村を追ってきた敵ミサイルが、修正しきれずにB－29に突き刺さったのだ。

眩《まばゆ》い閃光とともに、全幅四三・一メートル、全長三〇・二メートルの機体は、真っ二つに折れて吹き飛んだ。前半部は真横を飛行していた僚機に激突し、炎と爆煙とを高空に弾け散らせた。

無数の火の粉と破片が、後続していた三機めに襲いかかる。ある意味、この三機めがもっとも不幸な末路を辿《たど》ったといえるかもしれない。まるで榴弾射撃を受けたかのように、コクピットや胴体ばかりか主翼や尾翼にも無数の微孔を穿《うが》たれた三番機は、ぱっと見、原形をとどめたまま墜落していったのだ。

機内にあるのは、クルーの悲鳴と絶望的な叫び声だ。高度一万メートルからの自由落下がどういったものなのか、それを生きて語れる者はいない。

だが、こうしてうまく敵の攻撃を躱すことができたのは、梅村のほかごく少数の者だけだった。

不意を衝かれたこともあって、第三〇五飛行隊は敵のミサイル攻撃に完璧に蹴散らされ、生き残ったB－29はそのまま東京に向かった。

残弾も燃料も乏《とぼ》しい第三〇五飛行隊に、もはや状況を立て直す余力はなかったのである。

「くだらん爆撃なんかよりも、往路の対戦闘機戦闘のほうがよっぽどやりがいがありましたね」

「まったくだ」

ロッキード・マーチンF－117ステルス戦闘機のコクピット内で、アメリカ第五空軍第三五航空団所属のトニー・ディマイオ大尉とウィングマンのショーン・フリンツ少尉は、余裕の笑みを見せていた。

暇を持て余していたディマイオとフリンツは、東京空襲に向かう第二〇爆撃集団第五八爆撃飛行団のB－29に混じってF－117で出撃し、トーキョーの沿岸部を火の海に変えた帰路にあった。

爆撃そのものはさしたる意味をもたない。ディマイオとフリンツにとってのハイライトは、往路に現われるであろう敵邀撃《ようげき》機との空戦だった。

その意味では、F－22ラプターで出撃したかったディマイオだが、それでは許可が下りない。F－22では主目的が制空と護衛任務になってしまい、機数不足では用をなさないし、リスキーだと判断されるためだ。この時代に到着しているF－22はまだ少数なのだ。

そこでディマイオとフリンツは持ち前のマルチ・パイロットぶりを発揮して、F－117での出撃と爆撃を提案し、上の了承を取りつけた。

当然、誘導、無誘導爆弾に加えて、AAM（空対空ミサイル）を搭載して出撃したわけだ。

案の定、敵は本土近海でASDF（Air Self Defence Force＝航空自衛隊）の邀撃機を繰り出してきた。

ディマイオとフリンツは、F－117のステルス性を生かして敵に発見されることなくAAMを撃ち込み、敵をさんざんに蹴散らした。

その後の空襲の成功などは、おまけのようなものだ。

「ジャップの好き勝手にはさせせんよ」

胸くそ悪いとばかりに、ディマイオは吐き捨てた。

「旧軍に肩入れして敗戦を覆《くつがえ》そうというつもりだったのだろうが、そうはいかんぞ。奴ら劣等民族は、我らの足元にひれ伏してちまちまと生き延びるのがせいぜいだ。それが相応の生き方だってことをわからせてやらんとな」

「ごもっともです」

フリンツが相槌《あいづち》を打って微笑した。

「思いあがった黄色い猿が、自分たちの分《ぶん》をわきまえたのが第二次大戦であり太平洋戦争だったというのに、またまた奴らはよからぬことを」

「ああ。未来の政府も黙ってそれを見逃すわけがない。明日にも空軍の一個飛行中隊が揃うって話だが、せいぜい俺らはハンティングを楽しませてもらうとするさ」

「ハンティング」ディマイオははっきりとそう言った。ディマイオにとって日本機を落とすことは、狩猟と同じ感覚だった。生命の尊厳、相手が持つ記憶、人権、意思、それを取り巻く周囲の期待、愛――それらはディマイオにとってはなにほどのものでもなかった。

日本人など、人であって人ではない。強烈な人種差別主義思想に身体の芯から染まりきっているディマイオにとっては、日本機のパイロットは野生の鹿や鳥と大差なかった。

一般社会では、仮想と現実との同居やその境界線がぼやけた場合に犯罪が発生すると危険視されている。

だが、ディマイオにとっては仮想と現実が完全に同一化していた。ゲームとしての空戦、チップとしての命、黒人や黄色人種を排斥する――その手段が空戦なのだ。

冷酷非情な殺戮者＝トニー・ディマイオ＝を乗せたF－117は、再び夜空の中に黒色の機体を消していった。

一九四五年七月二八日　柱島

瀬戸内の夏は暑かった。目の覚めるような真っ青な空と、肌に突き刺さるような強烈な陽光は、まさに夏を実感させるものだった。

日本海軍連合艦隊の本拠地として、長く栄華を極めてきたこの柱島泊地は、久々の活気に満ちていた。

日本海軍の誇る第一戦隊の大和型戦艦一番艦『大和』と二番艦『武蔵』が比類なき巨軀《きょく》を陽光に晒《さら》し、空母に改設計のうえ竣工した三番艦『信濃』も空母とは思えない重厚な巨体を『大和』『武蔵』に並べていた。

このほか、熾烈な戦闘をしぶとく生き抜いてきた伊勢型の航空戦艦『伊勢』『日向』や、『扶桑』『山城』といったベテランの戦艦もいる。

昨年六月の第一次マリアナ沖海戦で『大鳳』『翔鶴』『飛鷹』を、一一月の第二次マリアナ沖海戦で歴戦の『瑞鶴』『千歳』『千代田』を失うなど消耗の激しかった空母も、改飛龍型ともいうべき中型空母雲龍型の各艦が相次いで竣工され、戦力化されたことで往年の輝きを取り戻しつつある。

また、巡洋艦や駆逐艦も、幾多の海戦で僚艦を失いながらもまだまだ質量とも豊富な姿を見せている。城郭のような大型の艦橋構造物が特徴の高雄型重巡や、イギリス海軍に〝飢えた狼〟と形容された妙高型重巡の各艦、秋月型防空駆逐艦や陽炎型駆逐艦なども複数艦が健在だ。

それに加えて、戦時に急ピッチで仕上げられた新造艦も仲間入りを果たしている。阿賀野型軽巡『酒匂』、大淀型軽巡『仁淀』、それに松型や橘型の戦時急造駆逐艦だ。

これらが柱島に勢揃いするのは、開戦以降初めてのことだった。

それもこれも、前年一〇月のレイテ沖海戦で圧倒的戦力のアメリカ軍に勝利し、フィリピン奪回というアメリカの野望を打ち砕いたことが大きい。それによって辛くも南方資源地帯とのシー・レーンがつながり、内地が干上がらずにすんでいるのだ。

その後、海自の支援を受けながらシー・レーンの安全を確保した日本海軍は、原油や天然ガスといったエネルギー資源や、ボーキサイト、鉄鉱石などの金属類、米をはじめとする大量の食料を内地に運び込むことに成功している。

　原料はあくまで元となる材料だ。加工精製して初めて使うことができるのだ。となれば、艦隊や航空隊は加工地に隣接するのがベターということになる。そのための南方から内地への回帰だった。

「弾薬と燃料の積み込みは、あらかた終了しました。あとは食料ですが、あれだけはため込むだけため込んでというわけにはいきませんので」

「そうだな。ご苦労」

「はっ」

　報告に来た副長加藤憲吉大佐を帰し、戦艦『武蔵』艦長吉村真武大佐はぐるりと泊地内を見回した。

　海面から約四〇メートルの高さにある『武蔵』の昼戦艦橋からは、泊地全体を一望できる。早朝や夕刻ともなれば、美しい朝焼け、神々《こうごう》しい夕焼けが拝めてまさに絶景だ。

　しかし今、眼前に広がる光景は絶景とはほど遠いものだった。泊地を埋め尽くさんばかりに小型船舶がひしめき、それらがひっきりなしに人と物を運んでいる。小型船舶に囲まれる形で投錨《とうびょう》している海軍と海自の艦艇は次々とそれらを飲み込み、徐々に喫水を深めている。

『武蔵』もその一隻だった。

最上甲板から見ればはるか下方にあったはずの海面が、はっきりとわかるほどに上昇している。前トリムが強ければ錨鎖孔まで達するのではないか、と錯覚させるほどだ。

「ハワイ作戦以来ですね。こんな大規模な補給は」

「ハワイとミッドウェーとな」

「司令官」

「おっと。ミッドウェーは禁句だったか」

吉村の咎《とが》める視線に、第一戦隊司令官早川幹夫少将は苦笑して額を叩いた。

開戦以来、破竹の進撃を続けてきた日本軍が初めてつまずいたのが、開戦翌年一九四二年六月のミッドウェー海戦だった。

ハワイ攻略の足がかりとしてのミッドウェー占領と、跳梁《ちょうりょう》する米機動部隊の捕捉撃滅を目的として文字どおり総力を挙げて臨んだこの戦いで、日本海軍は虎の子の空母四隻と多くの熟練搭乗員を失うという大敗を喫している。以後、戦局は雪崩《なだれ》をうって米軍有利に傾いていったのだ。そのため日本海軍内では、「ミッドウェー」という言葉がトラウマとして重くのしかかっているのである。

「さて」

吉村は右舷から左舷にゆっくりと視線を動かした。

この柱島の光景からすれば、そう遠くない日に一大作戦が控えていることは瞭然だ。

問題はその目的と場所だった。今回は厳重な情報セキュリティ体制が敷かれており、作戦の詳細はごく一部の将官にしか知らされていない。

「艦長。食料の補給を含めて、搬入は明日いっぱいで終えてくれ」

「明日、ですか」

怪訝《けげん》そうな表情を見せる吉村に、早川は続けた。

「ああ、明日だ。急な話ですまんが、できるな？」

「はっ。できる限り急がせてみます。ただ、出港は一週間後の予定と聞いておりましたが」

「いやな」

早川は思わせぶりな笑みを見せて、吉村にそっと耳打ちした。

「本当ですか、司令官！」

吉村の表情がみるみる変わっていく。確認するように幾度も早川に目を合わせ、そして瞬《またた》く。早川が伝えたことは、それほど重大なことだった。

「と、いうことだ。艦長」

「はっ」

吉村は信じられないといった面持ちで唾を飲み込み、大きく息を吐いた。次いで、踵《かかと》を揃えて見事な敬礼の姿勢をとった。

「すべての物資搬入を明日中に完了し、本艦は出撃準備にかかります！」

「それでいい」と早川は軽くうなずき、胸を張って宣言した。

「第一戦隊は明後日、七月三〇日一三〇〇《ひとさんまるまる》をもって抜錨、柱島泊地より出撃する！」

このまま防衛戦を続けていても、いたずらに消耗を繰り返すだけだ。開きかけた停戦と講和の扉を完全にこじ開けるには、インパクトある戦果が不可欠である。

ここで、日本は大きな賭けに出た。実戦部隊の全力を投入して、確固たる戦果を残すとともに敵の戦意を挫《くじ》くのだ。

敵の戦意を挫く？

戦術的な損害が大きかったとしても、それでアメリカが講和に応じるのか。

疑問は当然だ。だが、勝算はあった。

なにも砲を撃ち敵を切りつけるだけが戦争ではないのだ。政治的そして軍事的、あらゆるチャンネルを使って敵を揺さぶり、戦略的な勝利を得る。

そのための準備はすでに整いつつあったのだ。

同日　日本近海

半月の夜だった。こうこうとした月明かりはなく、しばしば雲に遮《さえぎ》られながら柔らかな光が海上に注いでいた。半分しか顔を見せていない月は、光と影を思わせる。この移ろいやすく見える月の表情は、そのまま変化に富んだ戦況を反映していたのかもしれない。

「こちらレッド・アイ。敵は現在、北緯二三度、東経一三〇度の洋上を北に向かっている。敵の今回の爆撃目標は東京ではないようだ。このままいけば九州、あるいは中四国に到達する見込みだ」

「敵の規模は？」

「B－29と思われる大型機が約一五〇機前後だ」

「一五〇機？」

AWACS（Airborne Warning And Control System＝空中早期警戒管制機）の管制官の報告に、第三〇二飛行隊長里中勝利《しょうり》二等空佐は首を傾《かし》げた。

「ずいぶん中途半端な戦力だが、それだけ敵も消耗している証拠かもしれない。だが、三日前の件もある。充分気をつけてくれ。オーバー」

「ラジャー」

里中は自戒の意味を込めてうなずいた。

三日前、首都東京を襲ったB－29の編隊に立ち向かったのは、硫黄島を飛び立った第三〇五飛行隊だった。

F－15FXを装備する第三〇五飛行隊は、戦闘開始当初こそ優勢に戦いを進めたが、結果的には蹴散らされ、敗れた。敵AAM（空対空ミサイル）のためだ。

複数のパイロットの証言や様々な角度からの戦闘解析から、やはり敵はステルス機を投入していたとの結論が下された。今回もそのステルス機が襲来してくる可能性が高い。心してかからねばならない。

（あのF－117のパイロットに違いない）

第三編隊長木暮雄一郎《こぐれゆういちろう》一等空尉は、台湾上空で遭遇した敵を思いだした。的確な状況判断と決断の鋭さ、そしてあの大胆な行動は容易に組める相手ではない。

木暮は再度、操縦桿を握りなおした。

「しかし、東京じゃないってえと、敵はどこへ行くんですかね。福岡か神戸か広島あたりですか。また東京に来られたらとんでもないことになるところでしたね」

ウィングマン橋浦勇樹《はしうらゆうき》三等空尉の声に、木暮はうなった。

「まだ東京のほうがよかったかもな。俺の思い過ごしだといいが」

「東京のほうがよかったって、リーダー。東京は三日前の空襲でがたがたですよ。ここに第二撃を食らったら、今度こそ致命的な損害になりかねない。首都崩壊のような……」

「いやな。福岡や神戸だったらいいってこともないが、なにか忘れてないか」

「…………」

「呉だよ」

木暮は恐れていたことを口にした。

「呉って。えっ！」

橋浦が頓狂な声を上げた。

「まさか」

「そうだ。そのまさかだ。呉港外には海軍や海自の艦艇が集結している。次の作戦のためにな。身軽な俺たちと違って、長駆作戦ときたらかなりの準備が必要だろう。恐らく出撃に備えて補給中の今は身動きもままならないはずだ」

「そんなところを襲われたら」

「そうだ。ひとたまりもない。防諜体制に不備があるとは考えたくないが、『壁に耳あり、障子に目あり』という言葉もあるからな」

密集したF－2の編隊が進む。雲の上をいく高々度飛行は、月光を遮るものはない。弱い光を受け、機体上面がうっすらとした光沢をたたえる。尾翼に描かれた尾白鷲《おじろわし》の飛行隊マークも、僚機のものがかすかに見える程度だ。

「レッド・アイより全機へ」

緊迫した空気の中、AWACSから続報が入った。

「敵の予想針路が確定した。広島方面だ。繰り返す。敵の目標は広島方面」

(やはり、そうか！)

木暮は戦慄を覚えた。

敵はこれまで都市を狙った無差別爆撃、いわゆる戦略爆撃を繰り返してきたが、今回は違う。どういう経路で情報が漏れたかは知らないが、敵の狙いは集結中の艦隊だ。

航空作戦だけで敵を屈服させられないことは、歴史が証明している。第二次大戦のバトル・オブ・ブリテンしかり、二〇世紀末の湾岸戦争しかり。

日本とアメリカの間には、広大な太平洋が横たわる。アメリカを屈服させるには、制空権だけではなく制海権の獲得が必要不可欠だ。ここで海軍戦力を失うということは、戦争そのものを失うのに等しいからだ。

「このままいけば、接触まで約一〇分。敵の面前に出られるはずだ。旧海軍機も出撃したとの報告も入っている。貴隊の奮闘を期待する。オーバー」

「トルネード・リーダーより全機へ」

ＡＷＡＣＳの管制官に続いて、飛行隊長里中二佐の声がレシーバーから響いた。

「聞いてのとおりだ。呉には今、海軍と海自の艦艇が作戦準備で集結している。敵の狙いはそこにある可能性大だ。旧海軍も邀撃機を出しているというが、知ってのとおり高々度戦闘は実質我々のみにかかっている。心してかかれ」

「ラジャー！」

男たちの声が、いっせいに重なった。

歴史を変えるという広大な夢のため、名誉と出世のため、そして愛する妻や恋人、子供を守るため、目的は様々だったが、今、男たちは自分の腕を信じて空戦のリングにあがったのだ。ゴングはもう間もなくだった。

アメリカ第五空軍第三五航空団所属のトニー・ディマイオ大尉とそのウィングマンを務めるショーン・フリンツ少尉の二人は、ロッキード・マーチンF－117ステルス戦闘機のコクピットから夜空を睨んでいた。

漆黒の塗装と数多くの平面を組みあわせた独特の機体は、まさに闇を行く、という表現がぴったりだ。夜間奇襲のために開発されたようなF－117を操り、二人は今回も日本空襲の任務を帯びてマリアナを飛び立ってきたのだった。

「思いあがった黄色人種どもに、そろそろ引導を渡してやらないとな」

「まったくです、大尉。あれだけマリアナで痛めつけてやったにもかかわらず、まだ我々に刃向かってくるとは」

「そうだな。そういう奴らには死をもってわからせてやらないとな。まあ、自分の庭で死ねるんだから、奴らも本望だろうよ」

「そうですよ」

ディマイオとフリンツは、高らかに笑った。

陸軍航空隊第二〇爆撃集団第五八爆撃飛行団のB−29に続いて、F−117がゆく。

攻撃目標は、やはり集結中の日本艦隊だった。


「タリホー（敵機発見）！」

「タリホー！」

第三〇二飛行隊が敵編隊に遭遇したのは、きっかり一〇分後のことだった。しかし敵は思ったより進んでおり、横合いから仕掛ける構図になった。目的地を前にして、敵は速度を上げたのかもしれない。

（どちらにしても、やるまでよ）

第三〇二飛行隊長里中勝利二等空佐は、スロットル・レバーを握る手に力を込めた。

「フュエル、チェック。ウェポン、チェック。ファースト・アタック、Ｇｏ！」

互いにリンクした各機のコンピュータが目まぐるしく演算処理し、目標を割り振った。

敵は多い。まずＡＡＭ（空対空ミサイル）の一斉射撃で敵を葬る。そして散開しながら第二撃の発射だ。こういった連続発射が可能なのは、空自が装備する中射程空対空ミサイルAAM－12Mの性能によるところが大きい。

AAM－12Mは、自機のレーダーによる情報は発射段階に与えるだけでいいアクティブ・レーダー・ホーミング式AAMだ。目標情報をインプットされたAAM－12Mは発射後慣性誘導で飛翔を始めるが、すぐさまミサイル内蔵のレーダーが作動して目標を捕捉し、誘導を始める。

有効射程はおよそ七〇キロメートルから一〇〇キロメートルだ。このため、ミサイルを発射した各機はすぐさま次の目標に新たなミサイルを振り向けることができるのだ。

これが、かつて空自やアメリカ空軍が装備していたAIM－7スパローであればこうはいかない。ミサイルが目標に到達するまで自機のレーダーで目標を照射し続けなければならなかったため、連続発射は不可能だったのだ。またこの場合、敵を狙い撃っているにもかかわらず、敵に向かって接近し続けるわけだから今考えればマヌケな話だ。

多数のミサイルの軌跡が、レーダー・ディスプレイに現われる。

「スプラッシュ（撃墜）！」

「スプラッシュ」

「スプラッシュ」

次々と撃墜の報告が入る。

ＢＶＲ（Ｂｅｙｏｎｄ　Ｖｉｓｕａｌ　Ｒａｎｇｅ＝視認距離外）戦闘のため、撃墜を示す証拠はミサイル到達の電子音と目標を示す輝点の消滅だけだ。

だが、次は有視界での戦闘になる。目で見て、耳で聞いて、空戦というものを実感しての戦いになるのだ。

用いるのは、小型の短射程ＩＲ（赤外線）誘導式のＡＡＭだ。一機あたりの携行重量に限りがあるために、今回第三〇二飛行隊は中射程と短射程のＡＡＭを一対二の割合で携行して出撃してきていた。

再び内蔵コンピュータが目標を割り振る。

ＨＵＤ（ヘッド・アップ・ディスプレイ）上に小さく捉えはじめた敵機はまだ肉眼での識別は困難だが、デジタル制御の火器管制システムは確実に目標を認識していた。

第三〇二飛行隊の各機は、敵編隊の針路を直角に刺す形で突進している。

初期の短射程ＡＡＭであれば、敵機の熱源となる排気口を追いやすくするために敵機の真後ろにつくことが必要だったが、現在空自が装備するＡＡＭ－13Ｓ短射程ＡＡＭはその必要はない。ワイドレンジ・シーカーと飛躍的に向上した運動性能によって、ほぼ正対する目標にも充分追随するものになっているのだ。躊躇《ちゅうちょ》せず、ここは攻撃あるのみ。

暗視モードに入ったヘルメット〝ゴッド・アイ〟のバイザー越しに敵を捉える。薄緑色に浮かぶ巨人機、Ｂ－29だ。

「ターゲット、ロック・オン！」

間欠の電子音が連続音に切り替わると同時に、攻撃可能を示すサインがＨＵＤに赤く躍った。

「Ｓｈｏｏｔ！」

眩い炎を発して、ＡＡＭ－13Ｓが突進する。

一つ、二つ、三つ。まるで流星雨のようなミサイルの軌跡が、Ｂ－29の大群に殺到する。

次々と機体を翻《ひるがえ》すＦ－2の向こうで、閃光が夜空を裂き、炎が闇を焦がした。大音響とともに火球が膨れあがり、ジュラルミンとガラスの破片がその光を反射して星屑のように高空に輝いた。

「スプラッシュ！」

「スプラッシュ！」

「スプラッシュ！」

「フォース・アタック。ファイア！」

一定の円を描いて一方向から攻撃を続ける機がある一方で、一度敵編隊を飛び越えてループをかけて頭上から攻める機もある。

第三〇二飛行隊稼動全機二四機のＦ－２による波状攻撃は、しばらく続いた。

半月の夜空はＢ－29の墓場と化しつつあった。


一方的な展開に、アメリカ第五空軍第三五航空団所属のショーン・フリンツ少尉は声にならないうめきを発していた。

爆発の閃光を残して果てているのは、味方のＢ－29ばかりだ。前下方の空域は、まるで花火大会のように無数の火花で満ちている。

今またネズミ花火のように不規則に回転した光が、水につけられたように消えていく。

「さすがにジャップの戦闘機も、七〇年も後のものになると甘くはないわな」

「そんな悠長なことを言っている場合ですか、大尉」

エレメント（二機編隊）リーダーであるトニー・ディマイオ大尉の言葉に、フリンツは声を荒らげた。

「まあ、そう熱くなるな。はなから連中には期待していなかったからな、俺は。あくまで攻撃の本命は俺たちってわけだ」

「そうは言っても、大尉」

酷薄なディマイオの言葉に対して、フリンツはなお納得し難《がた》い様子で口をつぐんだ。挫折、屈辱、敗北、それらをあまりにストレートに感じてしまう感情のコントロール不足が、フリンツの若さであり弱点だった。

（やむを得ん。そろそろいくか）

本来なら爆撃目標であるクレ《呉》の近傍まで姿をくらましているつもりだったが、そうもいかなくなってきたようだ。

まずは敵の戦闘機隊を蹴散らす必要がある。ＡＳＭ（Ａｉｒ　ｔｏ　Ｓｕｒｆａｃｅ　Ｍｉｓｓｉｌｅ＝空対地ミサイル）と誘導爆弾で真の目標＝敵艦隊＝を血祭りにあげるのはその後だ。

兵装としてＡＡＭ（空対空ミサイル）を選択する。

多機能液晶ディスプレイに表示された自機の透視図上に、ＡＡＭが赤く点滅しながら表示される。

ステルス（低被発見）性を重視するＦ－１１７は、基本的に携行火器や増槽を外部に持たない。ＡＡＭやＡＳＭは、すべて胴体内の格納槽に収納されているのだ。

「さて」

空撃目標には事欠かない。なにも知らずに攻撃に没頭する敵機を通り魔のように狙うだけだ。

「ファイア！」

格納層の扉が開いてＡＡＭが点火し、勢いよく前進しはじめる。闇を貫くという表現がぴったりの光景だ。

ディマイオに続いてフリンツもＡＡＭを発射する。二機のＦ－１１７は、夜空にＡＡＭをばら撒きながらなお呉に向かって突き進んでいた。

「敵レーダー波！」

「ミサイル！」

「フェイズ２に移行！」

切迫した報告に、第三〇二飛行隊長里中勝利二等空佐は間髪入れずに命じた。

態勢の整っていた機が、混載していたＡＡＭを撃ち放つ。

「フェイズ3、移行準備！」

立て続けに里中は叫んだ。

約一五〇機といわれた敵Ｂ－29の編隊は、大損害を被《こうむ》って撤退しつつある。

だが、やはり敵はその陰にステルス機を潜ませていた。勝利に気が緩むころを見はからって、こっそりＡＡＭを放ってきたのだ。

ここで三日前の第三〇五飛行隊と同じ轍《てつ》を踏むわけにはいかない。里中以下第三〇二飛行隊の面々は、二段構えで敵ステルス機を待ち構えた。

呉まではあとわずか一五〇海里。数分も飛べば、攻撃可能圏内に入るだろう。まさに勝負どころだった。

「パッシブだと！」

（小癪《こしゃく》なまねを）

トニー・ディマイオ大尉は、殺到してくる敵ミサイルに向けて罵声《ばせい》を放った。

敵は自分たちが攻撃するのを待っていた。レーダー波を受信し、それを追跡するパッシブ・レーダー・ホーミングＡＡＭを撃ち込んできたのだ。

が、対処は簡単だ。

「フリンツ！」

「わかってますって」

二機のＦ－１１７はいっさいの電波発信を中止した。これで敵ミサイルは失探して虚空をさまようはずだ。

が……。

「なにい！」

続けて襲った現実に、ディマイオは両眉を跳ねあげた。

各種のディスプレイが、砂を撒いたように真っ白に変わっていたからだ。ＥＣＭ（Ｅｌｅｃｔｒｏｎｉｃ　Ｃｏｕｎｔｅｒ　Ｍｅａｓｕｒｅｓ＝電子対抗手段）だ。

すかさずディマイオはＥＣＣＭ（Ｅｌｅｃｔｒｏｎｉｃ　Ｃｏｕｎｔｅｒ－Ｃｏｕｎｔｅｒ　Ｍｅａｓｕｒｅｓ＝対電子対抗手段）を作動させた。

一瞬ディスプレイが元どおりになるが、すぐにまた歪《ゆが》んで真っ白に戻っていく。

敵はかなり強力なＥＣＭを仕掛けてきている。この状態では、ペイヴウェイ２・レーダー誘導爆弾や、マーベリック、ハープーンといった誘導ミサイルも使えない。

もちろんGPS誘導のJDAMなども論外だ。

日本側が用意していたフェイズ3とは、このことだった。

敵レーダー波受信とともに、パッシブ・レーダー・ホーミングAAMを放って敵を攻撃する。これがフェイズ2だ。

これで撃墜できればしめたものだが、駄目ならば続けて強力なECMを仕掛けて敵の目を奪う。これがフェイズ3で、敵の爆撃を阻止する。

それでもなお敵が向かってくる場合は……。

「いい気になるなよ、ジャップ。無誘導爆弾でもやってやる！」

そう決めてから、

「フリンツ！」

なおも攻撃をあきらめないウィングマンのショーン・フリンツ少尉に対して、デイマイオは叫んだ。

たしかに誘導兵器ばかりが攻撃手段ではない。そもそもこの時代に、そういったものはないはずなのだ。

目標は密集している。一発でも命中弾を放り込めば、二発分、三発分の相乗効果が見込めるかもしれない。格納槽にはMk－80通常爆弾が眠っている。

しかしこれほどの策を講じてきた敵ならば……。

だが、ディマイオの声はもはや届いていなかった。頭に血がのぼったフリンツは、もう爆撃以外のなにものも受けつけなくなっていたのだ。

「フリンツ！」

木暮雄一郎一等空尉は、本隊とは分かれて柱島前方の空域に待機していた。いわば最終ラインを守る役目である。

敵味方を問わない強力すぎるまでのＥＣＭ（電子対抗手段）によって、周辺空域の電波状態は最悪だ。レーダーはもちろん無線も通じない。音声情報はおろか、文字情報すら飛ばせない電波の乱れようだった。すなわち、自分で見るもの、聞くもの以外に情報はない。

敵は来るのか、来ないのか。来るとすれば、いつだ。もうすぐか、まだか。

正直、木暮の内心に不安はあった。ふだんクールでとおる冷静沈着で強気な木暮でも、この大事な場面で目隠しをされているような状態では手も足も出ない気がしていたのだ。

（どうすればいい。どうすれば）

自問自答しても答えは出ない。

焦《あせ》りは不安を呼び、不安は思考を鈍らせる。

木暮は静かに目を閉じた。ゆっくりと息をし、一つ一つ雑念を振り払って心を静めようとした。

使命感、責任感、重圧……。

気負いが消え、徐々に気持ちが澄んでくる。

「お父さん」

ささやくような小さな声だが、たしかに自分を呼ぶ声が聞こえたような気がした。

「お父さん」

(京香、京香か)

間違いなく一人娘の京香の声だった。

(京香。具合はどうなんだ。大丈夫なのか)

しかし、京香は答えない。

(京香。どこにいるんだ。京香)

もちろん、現実ではない。夢というには言い足りない。心と心の会話だった。

「あなた。今は自分のなすべきことをして」

今度は妻の千秋《ちあき》の声だった。

(千秋。わかった)

木暮は再び心を静めた。

「あなた。敵が来るわ」

「お父さん。進んで」

木暮のF－2は、なにかに曳《ひ》かれるように進んでいった。

目の前に広がるのは夜空の闇、そして双眸《そうぼう》を閉じた木暮にはなにも見えない。それでもこのままでいいのかという疑問は、不思議と湧かなかった。

それからどのくらいの時間が経っただろうか。数十秒から一分程度だったかもしれないし、あるいはほんの数秒の間だったかもしれない。

突如、木暮の胸中に電流が走り、親友谷村英人《ひでと》が叫びかけた。

「急降下だ！　木暮」

(ラジャー！)

木暮はかっと目を見開き、機体を反転するなり逆落としに突き進んだ。

(艦隊には指一本、触れさせはしない！)

眼前には緑色に浮かびあがるF－117の姿があった。

「フリンツ！」

叫んだときは、もう遅かった。海上に爆炎が湧き、火の粉が躍った。爆撃態勢に入ったF－117がその源にあったことに、疑う余地はなかった。

「あれほど熱くなるなと言っただろうが」

トニー・ディマイオ大尉は、そうひと言つぶやいて機体を翻した。

部下を失ったという失望感は、ない。能力のない者、柔軟性に欠ける者に待つのは死だけだという戦いの掟《おきて》があらわになっただけだと、ディマイオはすぐさま気持ちを切り替えていた。

ディマイオの表情には、笑みさえ躍っていた。その酷薄な笑みの裏に潜んでいたのは、次の戦いに対する期待だった。

想像以上に手応えのあった敵を、どう倒すか。強ければ強いほど倒しがいがあると、ディマイオは指を鳴らしていた。狂気の空戦鬼トニー・ディマイオの本質が、ここに現われていたのだ。

「あわやというところでしたな。こんなところを爆撃されたらと思うと、考えるだけで冷や汗が出ますわ」

「そうだな」

戦艦『武蔵』艦長吉村真武大佐と第一戦隊司令官早川幹夫少将は、顔を見あわせて汗を拭った。額から脇の下、背中と、体中汗でびっしょりだ。できるならすぐにでもシャワーを浴びたいほどだった。

立錐《りっすい》の余地もないほど大小の艦艇がひしめきあっていた柱島泊地に空襲警報のサイレンが鳴り響いたときは、本当に絶望的な気分になったものだ。肝を冷やすとは、まさにこんなことを言うのだろう。

広い洋上ならいざしらず、こんな状態では回避行動も取れやしない。その上、接触せんばかりに各艦が隣接しているため、一隻が被弾すればたちまち延焼するのは目に見えている。しかも、出撃前の補給中とあってどの艦も砲弾や装薬、それに燃料が満載ときている。

今考えるとあまりに無謀な補給計画だったといえるかもしれないが、そうせざるを得ないほど日本海軍に余裕がないのもたしかだったのだ。

とにかく自分の身は自分で守らねばならないと、吉村は「対空戦闘用意」を下令し、三式弾を装填した主砲九門は最大仰角で南東の夜空を仰ぎ見ていたのだった。

もちろん海軍の航空隊も邀撃に向かっていたが、敵が高々度で進撃してきたために効果的な攻撃はほとんどできなかったらしい。また、その高度になると各艦の対空砲や機銃もまず届かない。

こういった何重にも重なった悪条件を払拭してくれたのが、一機の空自機だったのだ。

「後で司令部を通じてでも、感謝の意を伝えねばならんな」

「恐らくそれには及びません」

早川の言葉に、吉村は微笑した。

「森下のことです。我々が言わずとも、もうなんらかの連絡をしているでしょう。あいつはそういう男ですから」

海兵四五期の同期で、第二艦隊司令部参謀長の要職に就く森下信衛《のぶえ》少将のことを、吉村は思い浮かべた。

森下は指揮統率力や戦術眼に優れる一方、人の和を尊ぶ男だ。そのへんはぬかりないだろうと、吉村は考えていた。

「それにしても、戦って死ぬならともかく、こんな無様な思いは金輪際ご免被りたいものですな。停泊中に空襲を受けて戦死では、死んでも死にきれませんよ。海軍軍人として末代までの恥です」

「そうだな。しかしもうこんな機会はないだろうよ。二度とな。たとえやりたくても今回が最後だ」

「そうでした」

早川と吉村は、神妙な顔つきで前を向いた。

今度の戦いは、日本の命運を懸けた一大決戦になる。敵も死にものぐるいで抵抗してくるのは間違いない。

勝っても負けても、これほどの数の艦が揃うことはもうないだろう。自分たちと、この柱島に二度と戻ることがないかもしれない。

空襲を免れた泊地は、徐々に静けさを取り戻していた。

柔らかな月明かりを受けて、『武蔵』の巨体は鈍色《にびいろ》の光沢を放っていた。一番主砲塔から二番主砲塔にかけて反りあがる最上甲板、通称「武蔵坂」もかすかな光をたたえている。

空に消えた幾多の光――それは死にゆく者の魂が燃えた炎か、あるいは次の者へと思いを託す炎か。

すべてを覆い隠す闇の中で、命を預けた男たちの息吹きが高まる。

向き合う現実は、涙と嘆きに満ちた敗北か、あるいは希望と栄光に満ちた勝利か。
激突のときは近い。
なにも語らぬ月と星の陰で、時を刻む針は静かに、しかし確実に歩を進めていく。
再び砲声が轟くとき、その一閃の向こうに見えるものは……。

第二部　最終決戦！　米本土強襲

戦争は、しない、させない。だからこそ、自分たちは戦わなければならなかったのだ。過去という世界で。

そして、勝った。勝ったはいいが、大いなる矛盾だ。代償は決して少なくはなく、戦死傷者は一〇〇〇人を下らなかったのだから。

それだけの犠牲を払ったのだ。理想が夢想で終わるはずがない。

自分たちを待つのは、新たなる日本、そして、新たなる世界だ。自分たちは、間違いなくその幕開けを切り開いたのだと信じたい。

第一章　陽動のマリアナ沖

一九四五年八月八日　マリアナ沖

ＤＤＧ（対空誘導弾搭載護衛艦）『あしがら』は、西部太平洋の洋上を南東に向かって航行していた。時刻は一二時ちょうど。太陽が真南にあるころだ。

エリア・ディフェンスＡＡＭ（空対空ミサイル）、すなわち広域防御の対空ミサイルを持つ『あしがら』は、僚艦『はたかぜ』『しまかぜ』と組んだ第七四護衛隊として、艦隊本隊とは分離して前方の哨戒と警戒にあたっていた。

「レーダーに感あり。南南東三五〇海里に機影一を確認。高度七〇〇〇。機速……」

「敵レーダー波は？」

「確認できません」

「ＡＷＡＣＳ（空中早期警戒管制機）からの報告どおりですな」

「そうだな」

『あしがら』艦長武田五郎一等海佐の言葉に、第七四護衛隊司令速見《はやみ》元康《もとやす》海将補はこくりとうなずいた。

上空で警戒にあたっているAWACSからは、すでに敵の偵察機と思われる機影が接近しているという報告が寄せられていた。それが、『あしがら』の索敵圏内にまで入ってきたのだ。

「敵味方識別信号に応答なし。味方機の行動報告なし。中高度、レーダー波なし。以上から敵レシプロ偵察機と判断するが、どうかな?」

「異論ありません」

速見の視線に、武田は短く応えた。余計な飾りのいっさいない謹厳実直を具現化した言葉だった。

「対空戦闘！　速やかに敵機を排除せよ」

命じつつ、速見は大きく口端を吊りあげた。

「なるべく派手に暴れろと言われているからな。オール・ウェポン・フリー。前部六四セルと後部三二セルにミサイルが満載とくれば、ぶちかますしかないわな。艦隊司令部も承認済み、と」

レシプロの邀撃機《ようげき》一機を差し向ければ済むところを、速見はあえてSAM（Ship to Air Missile＝艦対空ミサイル）で撃墜しようと決めた。いや、正確には速見が決めたことではない。作戦全体から要求される行動であった。

ここはあえて艦隊の行動を晒《さら》す必要があったからである。


一方、さらに南方でも派手な展開に笑いを吹き出している者がいた。第一〇潜水隊司令南部《なんぶ》三郎海将補である。

「いやはや、こんなはちゃめちゃな行動ってありますかね。まあ、戦争だからって、いつもいつも緊張していたら身体がもちませんからね。いいでしょう。脅威度は低レベルですね？　艦長」

「はっ。水上艦、航空機、いずれも見あたりません。ソナーも感なしです」

潜水艦『ひきしお』艦長波多野周平《はたのしゅうへい》二等海佐の返答に、南部はにやにやとした笑みを返した。

「よろしい！　たまにはこんな大げさなこともいいでしょう。第一〇潜水隊は浮上のうえ、サイパンおよびグアムの各飛行場をミサイル攻撃せんとす。発動、今！」

「はっ！」

波多野は踵《かかと》を揃えて敬礼した。

「ミサイル戦用意。急速浮上。総員、浮上に備えよ。浮上後ＵＳＭ（水中発射対地ミサイル）発射。目標、サイパン北飛行場」

第一〇潜水隊の三隻の潜水艦『ひきしお』『おおしお』『つゆしお』は、すぐさまいっせいに海面を割って浮上した。

『ひきしお』はサイパンの北飛行場、『おおしお』はサイパンの東飛行場、『つゆしお』はグアムのオロテ飛行場がＵＳＭの目標だ。戦闘機が活動しているところをつぶして、まずは制空権獲得を狙うのだ。

南国の透明度の高い海水をぶち抜き、黒々とした鋼鉄の鮫《さめ》が飛び出してくる。大戦型潜水艦のゆっくりとした浮上とは根本的に異なる動きは、鯨《くじら》が跳ねるとでも形容したくなるような豪快な瞬間だった。

白昼堂々姿を現わした三隻の潜水艦は、そのまま攻撃行動に移っていく。

「装塡よし」

「照準よし」

「座標軸固定」

今回の攻撃は地上目標のため、あらかじめ場所が特定されている。ＧＰＳ（Ｇｌ

obal Positioning System＝全地球測位システム）がなくとも、内蔵コンピュータで誘導が可能だ。

「発射管開け。USM発射用意！」

前部に集中配置された六門の発射管が開く。

この前部集中配置は、前型おやしお型潜水艦から続く攻撃的な配置だ。攻撃は最大の防御というが、遁走《とんそう》する際に魚雷やミサイルを置き土産にする発想を完全に払拭した設計であった。

そもそも、敵に後ろを見せた場合に、などという弱気な発想そのものを排除したのがいい。やはり戦闘艦艇たるものは、攻撃してこその存在なのだ。

「五秒前！　四、三、二」

ミサイル士が快活にカウントダウンを叫ぶ。

彼の潜水艦勤務歴で、こんな大声を張りあげたことなどいまだかつてなかった。それだけ今回の任務は特殊だったのだ。

「一、撃《て》えー！」

怒号に続いて、『ひきしお』の前部に炎が躍った。

これもありえないことだった。普段は水中からの発射に伴い、かすかな気泡が漏れる程度なのだ。

ところが深海の水圧から弾体を守る耐圧カプセルを脱ぎ捨てていたＵＳＭは、海面を舐めるようなシー・スキミング飛行に移り、目標に向かっていったのである。

浮上したふてぶてしい三隻の潜水艦は、「早く打ってこいよ」と顔を突き出す無敵のチャンピオン・ボクサーのようだった。

一九四五年八月七日　東太平洋

マリアナ諸島が正午のころ、ここの時計は前日の夕刻一八時三〇分を示していた。

「第三艦隊、第一〇潜水隊、行動を開始せり」

「いよいよ始まったか」

通信参謀の報告に、戦艦『武蔵』艦長吉村真武《まさたけ》大佐は両腕を組みながらつぶやいた。

「現在位置は？」

「北緯四八度、西経一三五度。あと一日もすれば大陸が見えるはずです」

「予定どおりか。さすがだな、航海長」

航海長目黒蓮史玖《れしく》中佐に、吉村は満足げな笑みを見せた。

「航海計画は艦隊司令部が策定したものですし、自分はそれを着実に実行したにすぎません」

「相変わらずだな。そう答えると思ったよ」

いつもどおりの目黒の謙遜に、吉村は苦笑した。

「この第二艦隊の中心は、間違いなく第一戦隊だ。そして第一戦隊の一番艦が、この『武蔵』なのだ。本艦がしっかりと航行せねば、艦隊云々《うんぬん》もあるまいよ」

吉村の言葉に、第一戦隊司令官早川幹夫《みきお》少将も横目でうなずく。

「しかし、それにしてもついにここまで来てしまいましたね」

「そうだな」

目黒の言葉に、吉村と早川の声がしみじみと重なった。

戦艦『武蔵』『大和』で成る第一戦隊を中心とする第二艦隊は、アメリカ本土を目前にしていた。現在、第二艦隊を指揮するのは海兵四〇期の岸福治《ふくじ》中将である。岸は前任の伊藤整一《せいいち》中将同様、重巡『愛宕』に将旗を掲げていた。『武蔵』や『大和』を選ばなかったのは、いざ戦闘になった場合に艦隊司令部が足かせになって自由行動ができなくなると考えたからだ。

『武蔵』『大和』『愛宕』、そして第一〇航空戦隊の空母『信濃』、第一一戦隊の軽巡

『大淀』『仁淀』および一個水雷戦隊というのが、現在の第二艦隊の陣容である。以前に比べればかなりスリム化されているが、これは長期の航海における秘匿性と機動性を重視したためであった。

この第二艦隊がアメリカ本土を目指している間に、岸と同期の城島高次《じょうじまたかつぐ》中将率いる空母機動部隊の第三艦隊と、海自の護衛隊、潜水隊がマリアナを襲撃する。

空自も全力で支援するが、これは陽動だ。すなわち、派手であれば派手であるほどいい。とにかく目立てということなのだ。

アメリカの目がマリアナに向いた隙《すき》に、第二艦隊がアメリカ本土に突入する。

当然、これは大きな賭けだが、それだけアメリカに与える衝撃も大きいはずだ。

本土が脅《おびや》かされるというかつてない危機を味わわせることによって軍と政府の信頼を失わせ、アメリカ国内にある潜在的な厭戦《えんせん》気運を爆発させる。同時に様々な情報戦を展開して講和、最低でも停戦にこぎつける――というのが、日本の総力を結集した「決号作戦」の骨子《こつし》だった。

多分に希望的観測が混じっているように見える作戦だったが、そのための準備は着々と進んでいた。それなりの裏づけがあるからこそ、作戦は決行されているのだ。

「『天佑を信じて、全軍突撃せよ』なんて指示が突然飛んで来たりしないでしょうね」

「草鹿《くさか》長官なら、もっと具体的な指示を出してくるだろうよ」

念を押す吉村に、早川は即答した。

「自分は長官の下で働いたことはないのですが、司令官はおありですか」

「ああ。少しだがな。現実主義者だよ、草鹿長官は。もともとは砲術出身だったんだが、航空分野に進出して海軍全体を見渡していた。変化に対応する柔軟性と的確な判断を下せる人物だと、俺は見ている」

早川は、豊田《とよだ》副武《そえむ》大将に代わって連合艦隊司令長官の座についた草鹿任一《じんいち》大将の顔を思い浮かべた。

草鹿は早川から見て七期上の海兵三七期の出だ。海軍次官井上成美《しげよし》中将や、前第三艦隊司令長官小澤《おざわ》治三郎《じさぶろう》中将らの同期にあたる。海大一九期を出た後、戦艦『長門』砲術長、砲術学校教官、軽巡『北上』艦長、戦艦『扶桑』艦長を務め、将官に昇進してから第一航空戦隊司令官、第二航空艦隊司令長官などの航空の要職を歴任している。

吉村は、前任者の豊田が精神論者だったことから、同じようにならないかと危惧していたのだ。

「本当は小澤さんを（連合艦隊司令長官に）という話もあったようだが、第一次、第二次マリアナ沖海戦の敗北を気にして本人が固辞したらしい。小澤さんの責任ではないのだけどな」

「マリアナ……。第三艦隊はうまくやってくれるでしょうね」

「我々としては、そう信じるしかないだろうな」

吉村の言葉に、早川は左舷後方を一瞥《いちべつ》した。

ここまで来たら、信じたい。信じるしかないだろう。はるか西方で奮闘しているであろう友軍に、早川は思いを馳《は》せた。

（マリアナ。つい九カ月前、痛恨の敗北を喫した地……）

「航空参謀はどう思う？」

早川と吉村の後ろには、そのマリアナ敗北の責任を負う張本人であり、戦略的敗北の要因を作りだした男――前連合艦隊司令部航空参謀にして現第一戦隊司令部航空参謀に就く吉岡忠一《ちゆういち》中佐が立っていた。

「勝算あって送り出しているわけですから、はじめから劣勢を予想するわけにもまいりませんが」

吉岡は前置きしながら、慎重に言葉を選ぶように続けた。

「第二次マリアナ沖海戦では、艦隊編成に偏重がありました。航空を重視するあまりに砲術や水雷を軽んじ、結果的にああいう結末を招いてしまったのです。自分は重大な過《あやま》ちを犯しました。間違っていたと思います。航空と砲撃と雷撃の三位一体の攻撃があってこそ戦いに勝てると、あのときに学びました。自分はレイテでも司令官らの具申を……」

「過ぎたことを振り返る必要はない」

早川はきっぱりと言った。

「人間は失敗に学ぶ。大事なのは、失敗を犯した後その教訓を生かせるか否《いな》かだ。挫折を味わい、それを乗り越えることもときには必要だ。それができたとき、人は大きく、強くなれる。貴官もそうであってほしいと思うのだがな」

「はっ。ありがたいお言葉。こんな自分を拾っていただき、司令官にはなんと感謝してよいか」

吉岡は今一度姿勢を正した。感激する気持ちで指先がかすかに震えている。

「ところで、第三艦隊の件だが」

「はっ。今回、艦隊はあくまで空母中心でありながらも、防空や対潜などに関してバランスの取れた編成であり、いかなる脅威にも対抗できるよう考えられております。きっと期待どおりの働きを見せてくれると、自分は信じております」

「そうだな」

「はっ」

視線を交わす二人を見て、吉村は目を細めた。

人間として、一人の男としての成長と、固い信頼関係――それがまた互いを刺激し、新たな発想と実行力を育てていく。それは次々に周囲に連鎖し……。

こういった組織は強くなる。

（きっと勝てる。この戦い、もらった）

吉村は確信めいた思いを胸中に宿らせた。


一九四五年八月七日ポートランド沖　北東太平洋

戦艦『サウスダコタ』は長いドック生活を終えて、ようやく出渠《しゆつきよ》したばかりだった。

「機関快調。各動力伝達、異常なし」

「よし」

戦艦『サウスダコタ』艦長ホワード・ボード大佐は、うかない顔をしてうなずいた。

（敵がマリアナに大挙して押し寄せてきたというのに、なぜこの俺はこんなところで惰眠《だみん》をむさぼっているのだ）

開戦翌年に就役して以来、二年半もの間、休みなく太平洋を戦い歩いた『サウスダコタ』は、昨年末に深刻な機関不調に直面した。

機関は頑丈なバイタル・パートに守られた艦の最深部に設置してあるため、簡単に代替品に交換するというわけにはいかない。また、艦の心臓部でありもっとも重要な部位であることから、そのままだましだまし使うことも得策ではなかった。

結果、上層部の判断によって、『サウスダコタ』は長期のドック入りを余儀なくされた。

幸い昨年一一月の第二次マリアナ沖海戦以降、太平洋戦線は膠着状態に陥《おちい》っていたため、さしたる問題もなかったが、ここにきてついに敵は動きだした。

それに向けて太平洋艦隊が再び全力を挙げてマリアナ防衛に赴こうとしている今、自分ははるか後方の本土にある。

この大事な局面に自分はなんら寄与することができないと、ボードは苛立《いらだ》ちを隠せなかった。

「しかし敵もあきらめませんね、マリアナを。昨年末に手痛い思いをしながら、また来るとは」

「それだけマリアナは戦略的要衝なんだろうよ」

CIC（Combat Information Center＝戦闘情報管制センター）の情報管理士官ジョーダン・コリア少佐の言葉に、ボードは投げやりな言葉を返した。

「マリアナから飛来する重爆に、本土を狙われたんじゃなあ」

「しかし、敵もお粗末というか、みえみえというか。マリアナに行くぞ、行くぞ、はい、来ましたっていうんですから、我がほうも今回は楽でしたね」

「？」

訝《いぶか》しげな表情を作るボードに気づかず、コリアは続けた。

「外交筋や潜入工作員からマリアナ襲撃の可能性が高いという事前情報がありましたからね。ご存じなかったですか」

「妙だな。敵も馬鹿ではない。作戦計画が筒抜けになるようなへまをするとは思えんが」

ボードの顔は、すぐに真顔に戻っていた。海で戦う男の荒々しくたくましい顔だ。

「陽動じゃないのか」

「もちろんそういった見方もあって、主力はエニウェトクに待機していたらしいです。ですが、やはり敵はやってきた。新型艦を含む本格的な艦隊らしいです。我が太平洋艦隊も、迂闊な行動をすれば足をすくわれる危険性があります。ただ、準備は入念にできているはずですから、よもや負けることはないでしょう」

「敵の陣容はわかっているのか」

「極めて強力な潜水艦隊をはじめ、新型を含む四ないし五隻の空母を含む機動部隊です。艦載機の総機数が三〇〇機を超える一大艦隊ですね」

「水上部隊は？　戦艦の情報はないのか」

「今のところ特に情報はありません。恐らく空母の護衛についているのではないかと。輪形陣の対空火力に不可欠でしょうから」

ボードは首を傾《かし》げた。

（本当にそうだろうか）

日本軍は、そんなみえみえの作戦を行なう相手ではない。狡猾《こうかつ》で粘り強く、そして死をも厭《いと》わない強靭な精神力を持った奴らだ。

やはり陽動ではないのだろうかと、ボードの胸中にはもやもやとしたものが残ったままだった。

(奴らはそんな楽な相手じゃない。奴らは強い。そして、あきらめない)

ボードは昨年一一月の南部サイパン海戦（日本名、第二次マリアナ沖海戦）の記憶を辿《たど》った。

脳裏に、激しく撃ちあった敵戦艦群の姿が蘇《よみがえ》る。アメリカ海軍最新最強のアイオワ級戦艦四隻を相手に、たった二隻で真っ向からそれを撃ち破ったヤマトクラスの戦艦……。

(奴は本当にマリアナにいるのか)

ボードは胸騒ぎがしてならなかった。

そう、ボードの予感は正しかったのである。

一九四五年八月八日　マリアナ沖

レーダー・ディスプレイの中心を、多数の輝点が移動していた。位置からして、まさにここ。衝突していないということは、直上を意味する。

頭上を行くその源を目に、第七四護衛隊司令速見元康海将補は低くうなった。

「あれはあれで壮観なものだな」

「はっ。さすがこの時代では、世界で一、二を争う海軍であったかと」

速見とともに、DDG(対空誘導弾搭載護衛艦)『あしがら』艦長武田五郎一等海佐は航海艦橋から前方に広がる空を仰ぎ見た。

『あしがら』の頭上は、赤い丸のマークを付けたレシプロ機群で埋め尽くされていた。『あしがら』の後方に展開する第三艦隊の空母群が送り出した艦載機である。

艦載機も、時代の流れとともに変遷する。航空機が多機能、高性能、高価格化した二一世紀の空では、絶対にありえない機数だった。

開戦以来、改良を重ねながら常に日本海軍の先兵として活躍してきた零式艦上戦闘機。スリムな機体に先の尖った機首を連ねて飛行する液冷エンジン搭載の艦上爆撃機彗星。重々しそうに魚雷を抱いていくのは、艦上攻撃機天山だ。

彗星も天山も開戦後に制式化された新鋭機だが、これまでのところ、搭乗員の技量不足や制空権のない厳しい戦況の中でほとんど実力を発揮できていなかった。

それらに比べると、はるかに性能的には劣る九九式艦上爆撃機や九七式艦上攻撃機は、開戦当初に華々しい戦果をあげている。

今、彗星と天山はようやくまともな舞台にあがろうとしていた。戦爆連合二〇〇機による敵艦隊への攻撃という活劇だ。

海自や空自が登場して以来、主役の座を奪われて存在感が希薄になっていた艦載航空隊だが、搭乗員の育成と補充をし、錬成も成った今、たまりにたまった鬱憤《うっぷん》を晴らそうと勇ましい進撃模様を見せている。

「頑張ってこいよ」

速見と武田をはじめ、『あしがら』の航海艦橋に詰める誰もが敬礼の姿勢で見送る。

今回、『あしがら』は第三艦隊の防空を主任務に割りあてられており、恐らく敵艦隊と交戦する機会はないだろう。それが、この太平洋戦争から始まった空母戦というものだ。

栄二一型、熱田三二型、火星二五型の三つの異なる発動機の共鳴音が、徐々に小さくなっていく。

次は敵が来る番だ。

そう、陽動の任務を帯びた第三艦隊は、必要最小限の秘匿行動も採っていない。こちらの存在もまた、すでに敵の知るところとなっているのだ。

海自の潜水隊が、戦闘機発着場であるはずのサイパン島の北飛行場および東飛行場、それにグアム島のオロテ飛行場の三カ所すべてをミサイル攻撃し、また沖合では空母対空母の艦載航空戦が始まっていたにもかかわらず、マリアナ諸島の上空はがら空きとはならなかった。

サイパン、テニアン、グアムのマリアナ諸島にある敵の飛行場は少なくとも一一カ所が確認されており、すでに敵はほかの飛行場にも戦闘機を展開していたか、あるいは事前情報によって空中待機していたのかもしれない。

「そうそう、うまくはいきませんね」

「ああ」

直率するエレメント（二機編隊）で補佐役のウィングマンを務める橋浦勇樹《はしうらゆうき》三等空尉の言葉に、航空自衛隊南西航空方面隊第九航空団第三〇二飛行隊所属の木暮雄一郎《こぐれゆういちろう》一等空尉は淡々とした様子で応じた。

「はじめから期待などしていない」「予想の範囲内だ」といった感じの声であった。

「ハゴイやアンダーセンから飛んでくるかもしれんぞ」

「い、一尉。冗談はよしてくださいよ」

（冗談ではない）

木暮は胸中でつぶやいた。

ハゴイというのは、原子爆弾を搭載したB－29が飛び立つはずだったテニアンの北飛行場の後《のち》の名前で、アンダーセンというのもグアムの北西飛行場がアメリカ空軍の一大基地と化してからの名前である。

自分たち空自機同様、アメリカ軍もまた未来の空軍機を投入しているという事実から、冗談では済まされない真実味のある木暮の言葉だった。

そして木暮の予想どおり、第三〇二飛行隊の前に立ちはだかったのは、アメリカ空軍のF－16であった。

どうせ敵の迎撃を受けるのならリスクの少ない夜間空襲にすべきだったと思っていたが、F－16の登場によってその考えは一瞬で吹き飛んだ。互いに高度な索敵能力と火器管制システムを持っていれば、昼も夜も同じなのである。

敵がF－16ということは、もとは在韓米軍だった第七空軍の所属機か、あるいは三沢にいた第五空軍第三五戦闘航空団の所属機かもしれない。

三沢という語句が一瞬気になるが、それもすぐさま脳内から振り払う。

だが、いずれにしても機体性能で劣るものではない。

F－2はF－16を原型機として開発された機であり、かつ第三〇二飛行隊が装備するD型はF－2の中でも空戦性能に磨きをかけた最新型だ。ここで負けるということは、すなわちパイロットの腕が劣るということになる。そんな情けない結果を残すわけにはいかない。

まずは、電子戦の応酬だ。

レーダーに乱れが生じる。ECCM(対電子対抗手段)を作動させたが、容易には復旧してくれない。

これで中長射程のAAM(空対空ミサイル)は無力化された。ただし、敵のAAMが飛んでくることもないようだ。

彼我《ひが》の電子戦レベルは、互角だったらしい。

だが、AWACS(空中早期警戒管制機)の誘導も得られなくなったことになる。よって空戦は、純粋にパイロットの腕のぶつけ合いになったのだ。

「トルネード・リーダーより全機へ」

飛行隊長里中勝利《しょうり》二等空佐から指示が入った。近距離無線は健在だったらしい。

「任務は敵飛行場の爆撃だ。必要以上に空戦に巻き込まれないよう注意せよ。だがな」

そこで、里中は語気を強めた。

「無理はするな。戻ればまたチャンスはある。最悪、航空優勢を獲得すれば爆撃はいつでもできる。そのことを忘れるな」

「ラジャー」

「ラジャー」

人命を軽視していた旧軍と、自衛隊は違う。一人の戦闘機パイロットを養成するのに、どのくらいの時間とコストがかかるのか。単なる感情の問題を抜きにして、純軍事的見地から見ても人命重視の考えは正しい。

そういった意味で、航空優勢を確保できていない状況での爆撃任務の強行というのは矛盾した話だが、それも戦争というものだ。すべて予定どおり事が運ぶならば、戦争などすぐ終わる。いや、そもそも戦争自体が起こらないかもしれない。

事前の戦闘機発着飛行場への攻撃、艦載航空戦の発生、F－15装備の第七航空団第三〇五飛行隊の展開といった要素があるにせよ、現実は現実だ。

「タリホー（敵機発見）」

「タリホー」

敵を視界内に捉えてから攻撃に移るまでの時間は、ごくわずかだった。

彼我ともに散開する様子は、蒼空に広がる噴水を上下に合わせたように見える。

その中で、日米のＡＡＭが絡みあっていく。木暮と橋浦のエレメントにも、F－16二機が迫っていた。

めたものだ。

「突っ切るぞ」

「ラジャ」

木暮は、まず高速で敵を振り切ろうと決めた。そこで敵があきらめてくれればしめたものだ。


スロットルを開き、アフターバーナーを焚《た》くとHUD（ヘッド・アップ・ディスプレイ）上で機速を示すデジタル数字が跳ねあがる。

ところが、敵パイロットはその程度であきらめるような男ではなかった。木暮と橋浦の後ろについて、攻撃のチャンスを窺《うかが》ってくる。

「こちらゴースト1。ゴースト2、ついてきているか」

「後ろにいます。右やや上。こちらも敵にがっちりマークされています」

木暮は舌打ちした。

レーダーは死んでいるが、赤外線探知センサーは接近する敵機を告げている。このままいけば、いずれ捕まる。AAMの餌食《えじき》になるのはご免だ。

「ゴースト2。遅れるな！」

木暮は機体を半横転させ、急降下をかけた。二〇〇〇メートルほど下ってから、今度は急旋回に転じる。強烈なG《重力》が身体を締めつけるとともに、機体が不気味に振動する。

許容限界ぎりぎりの機動だ。デジタル制御の操縦系統でなければ、もしかしたら限界を超えて空中分解していたかもしれない。パイロットの意図に関係なく、内蔵システムが危険領域に飛び込まないように常時監視しているのだ。

すべてパイロットの技量に頼るアナログの時代に比べれば、こうした安全面でもパイロットの負担は減っている。

流れる視界の中で、僚機が一瞬目に入る。橋浦もなんとかついてきているようだ。が、敵機も離れたわけではない。木暮と橋浦の必死の機動に距離は開いたが、まだあきらめるつもりはないらしく再び増速して迫ってくる。まるで、久しぶりの獲物にありつこうと野獣が牙を剝《む》き出しにして迫ってくるようだ。

「ちっ」

木暮は再び舌打ちした。

敵機を離せない理由はわかっている。兵装重量の差だ。

自分たちが大型で重量のあるＡＳＭ（空対地ミサイル）を抱えているのに対して、敵は身軽な空戦仕様なのだ。

何割かの性能を殺している自分たちに対して、敵は機体性能を一〇〇パーセント生かすことができる。これが機体性能と技量の差を埋めているのである。つまり、木暮と橋浦は、普段の倍のパフォーマンスを発揮しなければ敵機を振り切れないということになる。

「ゴースト2、こちらゴースト1。目標を変更する」

木暮は断を下した。

「爆撃目標をコブラー飛行場に変更。イスリーでもかまわん。テニアンまでもたせるのは無理だ。手近なところに叩き込め。最悪はASM投棄もやむを得ん。無理をして撃墜されたら元も子もないからな」

「ラジャ」

本来の目標は敵B－29の主要な発着ポイントとされるテニアン島の北飛行場、つまり後のハゴイ空軍基地だったが、それはあきらめざるを得ない状況だ。

サイパン南西のコブラー飛行場にも多数のB－29は確認されている。手近な目標に変更するのも作戦遂行の許容範囲内だと、木暮は思考を切り替えた。

だが、正直なところ、手前にあるサイパン島のコブラーとイスリーの両飛行場までもたせるのも容易ではなかった。飛行空域にはサイパン島を東西に突き抜けて西岸が見えようとしているが、F－16が執拗に迫ってくるのだ。

コブラー飛行場ならあと一分も経たないうちに攻撃圏内に入るはずだが、その一分が長い。気分的には一時間にも二時間にも感じる。真綿で首を絞められている気分だった。

「AAM⁉　くそっ」

木暮はうめいた。

ついに敵は射点についた。勢いよく迫ってくるのは、AIM－9Xサイドワインダーか。射程は短いが、敵の熱源を追うIRシーカーは信頼性が高く、運動性能に優れるのが特徴だ。

とりあえずフレア（囮《おとり》の熱源）をばら撒き、旋回する。

が、さすがにアメリカ空軍が装備する一線級のミサイルだけあって、そんな手段に幻惑される様子はない。恐らく熱源自体を追うシーカーではなく、画像解析を組み込むことでフレアを躱《かわ》すタイプなのだろう。

「そんな小癪《こしやく》な手段に騙されるかよ」というパイロットの罵声《ばせい》の代わりに、ただ淡々と迫ってくる敵機の様がまた憎らしい。冷酷な殺人兵器という形容がぴったりだ。

スロー・ロールやインメルマン・ターンといったテクニックを駆使して、AAMの追跡を躱しにかかる。それでも執拗に食らいついてくるのは、サイドワインダー

（ガラガラヘビ）という名に由来するためか。

しかし、木暮は並みのパイロットではなかった。

（北に二歩、南に三歩）

厳しい状況の中でも敵飛行場への爆撃をあきらめず、回避行動を採りながらも着実に目標に向かっていた。

高度が下がる。低空の雲を突き破り、サイパン島の密林が目に入る。空から見れば、うっそうとした緑の絨毯《じゆうたん》だ。

「……ふっ」

その瞬間、木暮の口元がかすかに緩《ゆる》んだ。

木暮は敵とともに己《おのれ》に打ち勝ったことを悟った。自分を撃墜しようと追う敵と、お荷物となるＡＳＭを切り離したいという自分の誘惑——その両方を木暮は振り払ったのだ。

前方には白色の大地が広がっていた。緑の密林が切れ、直線で囲まれた空間が口を開けている。明らかに人工的に切り開かれたものだ。

木暮は目標のコブラー飛行場に達したのだ。

「ゴースト２、爆撃します！」

「よし！」

これには、さすがにクールな木暮も声を大きくせざるを得なかった。

ウィングマンの橋浦も、敵機の追撃を逃れつつ木暮に追随してきたのだ。見事だ！

ＡＡＭとの距離が縮まる。ガラガラヘビの毒牙がすぐ後ろに迫ってきたが、木暮はかまわず地上に向けて突進した。

大気の密度が濃い低空ではそれなりに空気抵抗が増えて高速飛行には不利だが、Ｆ一二一－ＩＨＩ－一四〇エンジンはオーバー・ヒート寸前まで回り続けている。

轟音《ごうおん》と衝撃に樹木が揺れ、それもすぐさま視界外に吹き飛んでいく。

駐機場とおぼしき場所に、銀色の塊《かたま》りが見える。もはや、敵コブラー飛行場は眼前いっぱいに広がっていた。

「いけ」

鈍い音を残して、ＡＳＭが機体から離れて突進していく。誘導なしの目視照準だが、ここまでくれば外しようがない。

木暮は浮きあがる機体を横倒しにして、旋回をかけた。

眩《まばゆ》い光が後ろからコクピットに射し込んだ。白色から黄色そして赤と変わるこの光は、ＡＳＭの直撃イコール爆撃成功の証《あかし》だ。

轟音は二度続いた。木暮が放ったＡＳＭに続いて、追ってきたＡＩＭ－９Ｘサイドワインダーも爆発の炎に飲み込まれたのだ。

振り返った視線の先は、すでに火の海と化していた。銀色の巨人機Ｂ－29が擱坐《かくざ》炎上し、炎は周りの機を巻き込んで飛行場全体を席巻《せっけん》していく。時折り搭載燃料が引火爆発して青白い炎が立ちのぼり、それがまた周囲の建造物に飛び火していく。

さらにその西側にも火光が閃《ひらめ》き、爆煙が湧き立った。橋浦の戦果だ。

「さあ、たっぷりと相手してやろうか」

木暮の視線の先には、追撃を続けてきた敵Ｆ－16の姿があった。

「対空戦闘用意！　一機たりとも逃がすな」

第七四護衛隊は、城島高次中将率いる第三艦隊の前衛にあって、飛来する敵艦載機隊を迎え撃とうとしていた。

「対空戦闘用意。遠慮はいらんぞ」

艦長武田五郎一等海佐の指示の下、旗艦であるＤＤＧ（対空誘導弾搭載護衛艦）『あしがら』もいよいよ本格的に戦闘開始である。『あしがら』の持つイージス・システムの真価が問われるときが来たのだ。

巨大な艦橋構造物側面に貼られたフェイズド・アレイ・レーダーは、すでに敵機を捕捉している。その情報が高性能CPU内蔵コンピュータに直結して処理され、最適な兵装を選択して迎撃を実行するのだ。

ここで特筆すべきは、データ・リンクの存在だ。

『あしがら』のイージス・システムは、『あしがら』のみならず僚艦『はたかぜ』『しまかぜ』の管制も可能なのである。

索敵データを受け渡しした兵装の一元管理によって重複する無駄な攻撃をなくし、同時多数の攻撃レベルをさらに高める。同時に一五四の目標を探知し、追尾しつつ、一二の目標を同時迎撃できるイージス・システムだが、『あしがら』一隻では、前部六四セル、後部三二セルのミサイルを撃ち尽くしたらおしまいだ。

それに『はたかぜ』『しまかぜ』の搭載するミサイルを加えることで、より多くの目標を効率よく落とすことができるのだ。敵は戦爆連合一三〇機だが、理論上はここで一〇〇パーセント排除することができる。

（なせばなる。必ず勝てる）

第七四護衛隊司令速見元康海将補は、変わった意味で自信家だった。

自分や部下を「うまくいく」「成功する」と鼓舞することで、一二〇パーセントの力を出そうとする。「失敗する可能性は?」とか「この条件が揃わなければ」といった思考は敗北主義であり、終末思想は失敗や敗北を呼び込む等々、すべてをプラス思考で考える男であった。その考えの究極的な結果ともいえる光景が広がろうとしている。

速見は大きく息を吸った。次いで、それをひと塊りに凝縮して喉元から叩きつける。

「攻撃、開始!」

CIC(戦闘情報管制センター)内の兵装ディスプレイがいっせいに切り替わった。発射を告げるサインが躍り、振動がCICに伝わってくる。

壮観な光景だった。もしこのとき外側から『あしがら』の姿を目にしていたら、恐らく大半の者は言葉もなかっただろう。

VLS(Vertical Launching System=垂直発射機構)の開閉ハッチがいっせいに解き放たれ、噴煙をあげてSAM(艦対空ミサイル)が飛び出していく。『あしがら』の甲板は、はじめのうちは紅蓮の炎に照らされ、次いで濛々《もうもう》とした白煙に覆われた。

一二本ものSAMの一斉発射など、通常では考えられないことだ。それが幾度も繰り返されようとしている。まるで無数の槍を高空に突き立てているかのようだ。

レーダーは漏れなくその航跡を辿っている。高速で移動するそれが目標の輝点に一致し、双方が消滅する。

「命中。命中。目標の撃墜を確認」

このとき前方の上空に無数の光点が閃いた。

この時代の敵機がいかなる回避行動を採ろうとも、それを許す誘導機能ではない。

「命中率一〇〇パーセント。次発斉射」

高揚を滲《にじ》ませる砲雷長の言葉に、武田は大きくうなずき、速見は満足そうに小さく拍手した。

誘導限界の許す限り、SAMが次々と発射されていく。『あしがら』に続いて『はたかぜ』『しまかぜ』も同様に甲板を発射炎で照らしていく。

轟音と白煙を曳いた航跡、閃光――一連の撃墜劇が幾度も繰り返されていく。

完璧なまでの対空戦闘はごく短時間のうちに終了した。

結局、第三艦隊の輪形陣内部に侵入した敵機はただの一機もなかった。第七四護衛隊は、なすべき役割をフルに果たしたのであった。

一方、第三艦隊と対峙していた敵機動部隊＝マーク・ミッチャー中将率いる第五八任務部隊＝には、第三艦隊の放った攻撃隊が殺到していた。艦戦は零戦、艦爆は彗星、艦攻は天山という布陣である。

一年あまり前、敵にマリアナズ・ターキー・シュートと言われる惨敗を、この地で喫した。しかし今の日本海軍にそのころの面影はもはやない。

最終決戦にふさわしく、海軍は各地で教育と指導にあたっていた教官を根こそぎ引っこ抜いて、艦載飛行隊を再編したのだ。練度は申し分なく、エース・パイロットが二、三人いる飛行隊も珍しくはなかった。

もちろんこういった捨て身のやり方を採った以上、もはや後がないのは明らかであろう。ここでの敗北は、戦争そのものの敗北を意味するのだ。

そういったことを意識した各搭乗員の気迫と執念は、絶対的な戦力の劣勢を補うものだった。

艦隊前方に展開していたF6Fの大群が、護衛の零戦に守られた彗星と天山に襲いかかる。

だが、ここで零戦に乗っているのは、海兵や予科練を繰り上げ卒業した新米パイロットではない。数々の修羅場をくぐり抜け、内地で新米を鍛え続けてきた教官たちなのだ。その腕前は、開戦時の神業的技量の者たちに迫るかもしれない。

戦闘機の機数は、敵がほぼ倍だ。しかし、空母の数にしろ一隻あたりの搭載機数にしろ、いずれも上回る敵が、多数の邀撃機を出してくるのは計算内のことだ。

各地の教官たちが操る零戦は、うかつに彗星や天山のそばを離れたりはしない。無理をして制空権を握る必要はないのだ。優先すべきは、彗星や天山を敵艦隊に突入させることである。その空域まで敵戦闘機の攻撃を妨害することが、自分たちに求められている。決して敵戦闘機を撃墜することが目的ではない。それが、少数で不利な自分たちが勝利を摑むための条件だ。

教官たちはこういったことを充分理解し、またそれを実践する力量と経験を兼ね備えていた。

前方から迫るF６F二機に、一機の零戦が立ち向かう。

F６Fが装備するブローニング一二・七ミリ機銃は、初速が速く低伸性に優れている。すなわち、口径のわりには有効射程が長いということだ。

それを見越して、やや早めに編隊の前に出て二機を待ち受ける。まさに攻撃隊の盾にならんとする位置取りだ。

が、必要以上に突出はしない。あくまで任務は護衛だ。目的は後ろの艦爆や艦攻を守ることだ。

距離はみるみる詰まる。

照準器の中でほんの点にすぎなかったF6Fが、急拡大して形を整える。零戦のスマートな機影とは対極に位置するような太い胴体と、頑丈だけがとりえのような角型の主翼だ。

「!」

頃合いを見はからって、零戦が飛び出した。

F6Fより一瞬早く火箭《かせん》を突っ込む。

護衛につく零戦は、大部分が大戦中に改良されて登場した五二型である。

零戦五二型の武装は、翼内二〇ミリ二挺、胴体内七・七ミリ二挺と、開戦時の主力だった二一型と変わりはない。胴体内の一挺を一三ミリ機銃に換装した五二乙型や、翼内左右に一三ミリ機銃一挺ずつを追加した強武装の五二丙型も存在するが、まだその数は少ない。

ここでは一撃必殺の二〇ミリはいらない。威力に乏《とぼ》しくても直進性に優れた弾道を持つ七・七ミリがベターだ。

曳光弾の描く白い軌跡がまっすぐ伸びる。

F6Fも発砲する。両翼六挺の乱射に主翼の前縁が真っ赤に染まっている。

互いの火箭が交錯し、それを追いかけるようにして零戦とＦ６Ｆがすれ違う。相対速度は時速一〇〇〇キロメートルを軽く超えている。黒い影が瞬間的に視界をよぎるといった印象だ。

零戦は二機のＦ６Ｆの間をすり抜ける。

機先を制したことで、Ｆ６Ｆの射線は大きく左右に逸れている。

零戦も命中弾を得られたわけではないが、それでいい。敵の銃撃を妨害することが第一なのだ。

距離感も抜群だった。Ｆ６Ｆ二機は次の銃撃の機会を得られずに、攻撃隊の後方に飛び去っていた。

無論、追撃などしない。すばやく定位置に戻って、次の襲撃に備えるだけだ。

密集した攻撃隊の側面や後方でも様々な駆け引きが展開されている。側面からの攻撃には、小細工は通用しない。敵が二機なら三機、三機なら四機と、部分的に数的優位を作りだして対抗するまでだ。

Ｆ６Ｆ二機に対して、三機の零戦が向かう。

一対一の空戦を挑むと見せかけて、敵がそれに忙殺されているうちに、背後から、側面から、残りの零戦が機銃弾を叩き込む。

二〇ミリの銃撃を受けたF6Fが、主翼をもぎ取られて悲鳴のような墜落音をあげながら海面に激突し、四散する。弾倉に直撃を受けたF6Fは、眩い火球と化して粉微塵に消し飛んだ。後ろ上方から襲ってくるF6Fに対しては、最後尾の零戦が反転して上昇し、ループをかけて迎え撃とうとする。

ところが、これは巧妙な罠だった。零戦が抜けたところを狙ってF6Fが飛び込んできたが、そこに彗星と天山の一斉射撃が放たれたのだ。

一機一機であったらF6Fには抗しようもない貧弱な防御火力だが、さすがに束《たば》になれば侮《あなど》れない。

彗星、天山とも後ろ上方に向けられているのは命中率の低い旋回機銃だが、それも数を頼みに押し切るのだ。

口径一三ミリの火箭が、絡みあいながら突きあがる。

隙を衝かれた形になったF6Fが、鉄と火薬の豪雨を浴びて鉄屑と化していく。

プロペラがねじ曲がり、無数の弾痕を穿《うが》たれたエンジンが煙を吐き出しながら停止する。エンジンオイルを噴き出しながら、カウリングが剝《は》げ落ち、フラップをがたがたと揺らしながら脱落していく。中の搭乗員の運命など、推して知るべしといったところだ。真っ赤に染まった風防ガラスの内側でわずかな息を漏らしているかもしれないが、もはや脱出すらできないだろう。コントロールを失った機体もろとも死へのダイブに至るのだ。

しかし、当然ながら日本側も被害ゼロというわけにはいかない。防御弾幕をものともせずに突っ込んだＦ６Ｆによって、彗星二機が立て続けに落とされる。一機は、携行してきた五〇〇キロ爆弾に一二・七ミリ弾の直撃を受けて木《こ》っ端微塵《ぱみじん》に砕け散った。その爆風が隣の機を巻き込んで無数の破片で傷つかせ、隊列から落伍させていく。そこを、複数のＦ６Ｆが狙い撃つ。尾翼が跳ね飛ばされ、主翼が、胴体が、抉《えぐ》られる。

それでもなおなんとか飛行し続けようとする彗星だが、コクピットに連射を食らって息絶える。射殺された搭乗員を抱えたまま、彗星は右へ右へと流されながら消えていく。

艦攻隊も無事ではなかった。

長大な航続力を実現するために、日本海軍機は主翼の内部を燃料タンクにするインテグラルタンク方式を好んで採用する傾向にあるが、それは同時に被弾に脆《もろ》いという欠点を抱え込むことになる。

その危険性が露呈した現実が、そこにあった。被弾して発火した天山が、両翼を橙色《だいだいいろ》の炎に摑まれながら海上に投げ落とされていったのだ。

片翼を炎に包まれた天山は、やがてバランスを失って反時計回りに回転しながら墜落していく。三座の長いコクピットをつぶされた天山は、原形をはっきりととどめたまま滑り込むように海面に着水し、白い波濤に飲み込まれていく。

彗星や天山を食われて怒り狂う零戦も、F6Fにしてみれば思うつぼだ。

熱くなるあまりに周りが見えなくなるという精神面や心理面の影響だけではなく、機数の集中と防御、火力の集中と連鎖という鉄則を逸脱した単機に待つのは死だけだ。

ブローニング一二・七ミリの集中射を浴びた零戦が、エンジンを撃砕されてうなだれるように落ちていく。低空で主翼を叩き折られた零戦は、甲高い音を発しながら海面に接触するなりもんどりうって四散する。かと思えば、橙色の炎を引きずり、左に右に必死に機体を立てなおそうとしながらも、それを果たせずに波間に着水して沈んでいく零戦もあった。

もつれ合いながらの空戦は、敵艦隊の至近まで続いた。

やがて黒褐色の花が高空に咲き乱れた。護衛艦艇の対空砲火が始まったのだ。

同士討ちを嫌って、F6Fが遠ざかっていく。

零戦隊、つまり彗星と天山は、多大な損害を出しながらも、彗星と天山を敵艦隊に突入させるという最低限の目的を果たしたのだ。

攻撃隊は散開してそれぞれの目標に向かっていく。少数機の動きは、ツ連送が発せられたことを意味する。「小隊毎《ごと》に突入せよ」との意味だ。

急降下爆撃を狙う彗星は高度を上げ、雷撃を担当する天山と対空砲火の減殺を狙った銃撃を担当する零戦は、高度を下げて目標を見定める。

二次曲線で整形された空気抵抗の極めて少ない小型の機体と液冷エンジンを組みあわせた艦爆の彗星は、開戦時の主力艦爆だった九九艦爆とはまったく違う異次元の動きを見せた。最大出力一四〇〇馬力の熱田三二型エンジンの力と、護衛なしでの任務を目標とした最大時速五八〇キロメートルの高速は伊達《だて》ではない。

全長一〇・二メートル、全幅一一・五メートルの機体が、軽やかに上昇していく。対して、九七艦攻に代わる高速にして大航続力をテーマに開発された天山も負けてはいない。

最大出力一八五〇馬力を叩き出す火星二五型エンジンは、九七艦攻より一トン近くも重い自重三〇一〇キロの機体をぐいぐいと引っ張っていく。

対空砲火はなお一層激しくなる。

高角砲弾の直撃を受けた彗星一機が木っ端微塵に爆散し、高空にジュラルミンとガラスの破片を煌《きらめ》かせる。

爆風に煽《あお》られた一機の天山が、海面に激突して果てる。全長一〇・五メートル、全幅一四・九メートルの機体が時速五〇〇キロ近い高速で水塊にぶちあたり、真っ二つに折れて沈んでいく。

ボフォース四〇ミリ機銃の十字砲火に捉えられた零戦は、もはやこれまでとばかりに手近な駆逐艦に体当たりして、砕け散る。

レーダーとVT信管で飾ったアメリカ艦隊の対空砲火の精度は開戦時とは比べようもなく高いものだったが、それでも全機を撃退するには至らなかった。

斜め一本棒の隊列を形成した彗星が、高空にきれいな線を描きながら急降下に入る。

「主翼の先端に目標を合わせて降下に入る」というお手本のような攻撃であり、まるで一本の糸でつながっているように見える様子はまさに芸術であった。

目標は艦隊中央のエセックス級空母である。

一発め、二発めは至近弾で終わる。必死に回頭を試みるエセックス級空母の右舷に、左舷に、轟音とともに水柱が突きあがった。

ひと塊りになった海水が舷側をこすり、水中爆発の衝撃が喫水線下を叩く。

そして、三発めがついに目標を捉えた。最大八〇ミリ厚の甲鈑でも貫徹可能な二式五〇番通常爆弾一型が、敵空母に炸裂したのだ。

飛行甲板前端に鋭い閃光が走ったかと思うと、火炎が湧き立ち、引き剝がされた板材が大小の破片となって四方八方に飛び散っていく。全長二六七・二メートル、全幅四五メートル、基準排水量二万七一〇〇トンの艦体が大きく身震いし、飛行甲板は前三分の一にわたって断ち割られた。それで、発着艦機能は失われた。空母でありながら空母としての働きはもはやできないのだ。

休む暇もなく、次の艦爆小隊が降ってくる。

エセックス級空母には、四〇挺から六〇挺のボフォース四〇ミリ機銃が装備されている。絶え間ない銃声を轟かせるそれらは、さながら針ネズミの様相だ。

各機銃手は、艦を傷つけられたがために鬼のような形相になって五六・二口径の銃身を左右に振り向け、初速八八一メートルの弾丸を吐き出していく。

毎分一六〇発におよぶ発射速度に合わせて絡みあう機銃の火箭は、艦上に火網を張りめぐらすかのようだが、ジュディこと敵艦爆＝彗星＝は怯《ひる》む様子もなく猛然と突っ込んでくる。

小隊長機がうなりをあげて艦を前後に飛び抜けたかと思うと、不気味な風切音を伴って五〇番（五〇〇キロ爆弾）が迫った。

「外れろ」というクルーの願いもむなしくピラミッド型の上構に命中したそれは、大音響を残して前部五インチ両用砲を爆砕した。ねじ曲がった砲身がくるくると天高く跳ねあげられ、引き裂かれたシールドが鈍い音を放って飛行甲板に突き刺さる。爆風と衝撃波に艦橋のガラスは砕け散り、悲鳴と絶叫が艦内に渦巻いていく。

二発めは投弾のタイミングを誤ったか大きく左舷に逸れて海面を抉《えぐ》って終わるが、三番機が再び命中弾を送り込む。それは、まるで悪魔に魅入られたかのように小隊長機投弾の跡を追った。

すでに直径数メートルにおよぶ破孔が口を開けているところに吸い込まれた五〇番は、艦内部でその猛烈な爆発エネルギーを放出した。全重量に対して八分の一におよぶ重量五六・三三キログラムの炸薬が、艦内を席巻する。

エセックス級空母は開放式格納庫を採用していて損害軽減に優れた一面を持つが、それは爆圧を外部に逃がして被害を軽くするといったものであり、損害をなくせるということとは根本的に異なるのだ。

鉄と火薬の暴風は、容赦なく艦内を暴れまわった。

第二次攻撃のために待機していた艦上爆撃機ヘルダイバーが、轟音とともに吹き飛ばされ、焼き払われていく。主翼を折りたたんだF6Fが、熱風に押されて二、三機まとめて海上に投げ出されていく。

予備部品も大量に艦内にぶちまけられていた。ボルトやナットが数百メートルを超える秒速で格納庫内に爆《は》ぜる。こうなると、生身の人間にとっては凶器といっていい。

ひと昔、いやふた昔か、戦車の装甲がリベット留めされていた時代は、敵戦車砲弾の直撃を受け、どうやら貫通を免れたものの、外れたリベットが乗員や随伴歩兵を傷つけたために深刻な問題となった例がある。溶接技術の発展は、こういった事例と無縁ではない。

今またエセックス級空母の格納庫内で、戦車黎明期《れいめいき》の悲劇と同様の光景が現出していた。高速で飛んできたボルトに四肢を切り刻まれて悲鳴と罵声をあげる整備員がいると思えば、額にボルトを食らって一撃で絶命するパイロットもいる。また、ある整備員は顔や胴体、手足といわず、全身に無数の金属塊を埋め込まれて見るも無残な醜態を晒け出していた。

それでも、最大出力一五万馬力を叩き出す機関は無事だった。濛々とした黒煙を噴きあげつつも、エセックス級空母は三三ノットの最大速度で回避行動を続ける。

しかし、空中を移動する航空機にしてみれば、水上艦の速度などたかが知れたものである。取舵、面舵《おもかじ》を駆使して洋上を蛇行して逃げるエセックス級空母に、今度は艦攻の編隊が牙を剝いたのだ。急降下爆撃で傷ついた空母にしてみれば、速力の低下よりも、対空火器が損なわれたことのほうが手痛い損害だったといっていい。

艦攻隊長は冷静に状況を判断して、指示を出していたようだ。

五インチ両用砲とボフォース四〇ミリ機銃の半数以上がつぶされている右舷に、天山が殺到する。対空砲火の死角から、火星二五型エンジンをうならせた天山が悠々と魚雷を海面に放って離脱をはかる。

対空砲火を避けるという点だけではなく、片舷に雷撃を集中するという点も、攻撃側にとっては大きな意味を持つのだ。艦の傾斜を強めて横転と沈没を早める。最小のコストで最大の戦果を得られるということだ。

一度海中深くに潜った航空魚雷は、あらかじめ調定した深度に浮上してエセックス級空母を目指す。

日本海軍が保有する九一式航空魚雷は、大きく分けて七つの部位から成る。

炸薬と起爆装置が入った頭部、燃焼ガスが入った気室、真水と燃料が入った前部浮室、安定舵と安定機が入った後部浮室、縦舵と横舵が入った尾框《びきょう》、それに機関室と推進器だ。

それらすべてが所定の機能を発揮してこそ、雷撃が成功するのだ。中には深度調定がうまくいかずにそのまま海中深くに沈降してしまったり、舵が狂って射線から逸れてしまったりする魚雷もなくはない。不完全燃焼で思うように進まない魚雷もある。

だが、ここまで熟成が進んだ魚雷の多くは、目的どおりの機能を発揮してエセックス級空母に向けて突進した。

艦上を飛び抜ける天山が七・七ミリ固定機銃二挺と一三ミリ旋回機銃一挺の掃射を浴びせていく。それに続き、九一式航空魚雷の群れがエセックス級空母の右舷舷側に突き刺さる。

轟音が湧き立ち、エセックス級空母はたまらず左舷に大きくのけぞった。白濁した海水が高々と天に向かって突き伸び、やがて頂点に達するや巨大な水塊に早変わりしてエセックス級空母に崩れかかる。

飛行甲板上にばら撒かれていた各種の残骸やクルーの遺体などがない混ぜになって海面にさらわれ、しばし火災の炎が海水に消し止められる。

魚雷命中後の反動で大きく右舷に揺り戻されたエセックス級空母は、渦を巻いた大量の海水を飲み込んでいく。

同じような光景が二度、三度と反復された。

傾斜復元の見込みなど、あろうはずもない。横転して沈没しかけるエセックス級空母の上は、我先にと脱出を急ぐクルーの修羅場と化していた。


黒煙と重油の膜が漂う海上を、いくつかの眼がじっと見つめていた。

波間に見え隠れしながらゆっくりと動くそれが、やがて海中に引き込まれていくのが見えた。

「大型艦の戦果は、空母二隻撃沈確実で、撃破が空母二、戦艦一、ですか。まあ、誤差の範囲はあったとしても、戦果はそんなところですかね」

海自の第一〇潜水隊司令南部三郎海将補は、そう言って足を組み直した。

潜望鏡を覗いていた潜水艦『ひきしお』艦長波多野周平二等海佐が、潜望鏡を下げながら振り向く。

第一〇潜水隊は、敵戦闘機の活動阻止を狙って飛行場へのミサイル攻撃を実施した後、テニアン島の東方沖に集結して敵艦隊襲撃の機会を窺っていた。

南部らは、やみくもに敵を攻撃するのではなく、第三艦隊の航空攻撃に呼応した行動を企図して艦載航空戦の行方を見守っていたのだ。鈍足の自分たちが最大限の戦果を得るには、自分たちが戦闘の引き金を引くより、敵艦隊の混乱あるいは損傷しての退避といったタイミングを狙うべきだと判断したためである。

戦争において一寸先は闇である。あらゆる不確定要素が複雑に絡みあうため、絶対的に優勢と言われる側が完敗を喫した戦例も数限りない。

それでも、飄々《ひょうひょう》とした態度の裏で複雑な戦闘方程式の解析を進めていた南部の判断は正しかった。

彼我の戦力、練度、士気、天候、時間、それらのデータを冷徹なまでに分析し、かつ自身の経験と勘とを合わせたナンピュータ（南部コンピュータ）は、眼前の状況を正確に予測していたのである。

期待した光景が、前方海上に広がっていた。

先刻、長長波によって受信した第三艦隊攻撃隊の戦果は、空母三隻撃沈、空母一と戦艦二撃破というものだったが、自分たちの眼前にある現実はやや違う。

まあ、戦時に戦果誤認はつきものだから、自分たちの目で見たものを信じるしかない。さほど大きな開きがあるわけでもないのだから、よしとしようではないか。

ひょうきんにも見える南部の表情は、そんな内心を物語っていた。戦果に多少の誤りがあることよりも、傷ついた敵艦隊という獲物が眼前にあることのほうが重要なのだ。

〝待ち〟を選んだ南部の判断は的確だったのだ。

「まあ、我々であの残りはいただいて、第三艦隊には別働隊に向かってもらいましょうか」

「はっ。攻撃準備に入ります」

「夜まで待たなくても大丈夫ですか」

「はっ。許可いただけるならば、やります。敵の反撃という意味からも早いほうがよいでしょうから」

「よろしい！」

自信に満ちた波多野の顔を見て、南部は指を打ち鳴らした。

少なくとも中破以上の損傷を負ったと思われる敵の空母と戦艦は、退避しようにもよろよろとした足取りでしか進めないはずだ。そうなれば、鈍足の潜水艦でも追撃は充分可能だ。となると、より奇襲の可能性が高くなる夜襲という選択肢が有望ではないかという考えも浮かぶ。

だが、波多野の選択は違った。

敵艦隊が混乱している今こそ一気に決着をつけるべきだ。

第三艦隊の攻撃隊が去った今、敵は束の間安堵しているはずだ。そこを衝く。下手に時間を与えると、敵は残存の巡洋艦や駆逐艦らを集めてそれなりの防御網を整えるだろう。

また、敵機動部隊は眼前の一群だけではない。ほかにもう一つ発見されている別働隊を叩く意味からも、ここでとどめを刺しておきたいと波多野は断じ、南部もそれを了承したのだ。

「いいでしょう。必中でね」

「魚雷でいきます」

「当然です」

上目づかいの南部に、波多野はさらりと言った。

気負っている様子はない。傲岸不遜《ごうがんふそん》な態度でもない。自信とプライドから自然に出る言葉――波多野はそういう男なのだ。

「水雷長」

波多野は前部発射管室につながるスイッチを押して、モニターに視線を移した。

ＩＴ技術の進歩が、小型、ワイヤレス、大容量、高速通信を可能にした現代では、民間レベルのセキュリティであれば腕時計サイズレベルでの動画交信が当たり前であったが、軍事的にはいまだに有線通信が必要不可欠な情報通信手段である。盗聴や妨害対策に関しては、どうしてもワイヤレスは有線にかなわないのだ。

だが、映像通信というのが、さすがに時代の革新といえるだろう。モニター上に、水雷長木幡《きばた》悟史《さとし》一等海尉の顔が現われる。

「発射管一番から六番まで魚雷装塡。目標の空母二と戦艦一に対して、二本ずつ必中で頼む。『おおしお』『つゆしお』もいるが、俺は欲張りでな。本艦一隻で仕留めるつもりで頼む。すまんな」

「いえ、自分も欲張りですから」

木幡の不敵な笑みに、波多野は鼻を鳴らした。

波多野も有言実行の実力者だが、木幡はそれに輪をかけたような男だ。嫌味に感じるほど、冷たく見える木幡の言動だが、波多野はその本質を理解していた。

「発射のタイミングは任せる。三杯（三隻）いったらビールを一ケースおごってやるからな」

水雷科員の口笛がスピーカーから伝わってくる中、波多野はモニターのスイッチを切った。

艦が緩やかに回頭する。

先刻の浮上してのミサイル攻撃とはうってかわって、今度はソナーのみでの潜航雷撃だ。潜水艦の潜水艦たる所以《ゆえん》である隠密性を生かした奇襲である。

ソナー員がヘッドフォンを押さえながら慎重に音紋を聞き分けていく。

目標の針路、速度、距離、それらのデータが解析され、最適な魚雷発射角が定まる。

誘導機能がない大戦型の魚雷と違って発射時点ですべてが決まるわけではないが、ここで注意しなければならないのは目標が複数ということだ。下手をすれば、様々個別の目標を割り振って放ったはずの魚雷が、アクティブ・ホーミング機能を持つがために同一の目標を捕捉し追跡する可能性もあるわけだ。

そのために木幡は、通称ハイブリッド魚雷、正式名称セミ・プログラミング・ホーミング魚雷を選択していた。途中まではあらかじめインプットしておいたデータにしたがって駛走《しそう》し、終端誘導は魚雷内蔵のアクティブ・ソナーで目標への命中を期するのだ。

いわゆる、いいとこどりをした魚雷というわけで、これによって駛走途中のトラブルは防げるはずである。

木幡は右人差指を立ててくるくると回した。タイミングをはかり、ぴたりと止めて、勢いよく前に突き出す。

「射《て》っ」

「射っ」

　水雷士が復唱して、六本の魚雷が次々と海中に躍り出た。

　ロシアには水中ミサイルとでも呼ぶべき速力四〇〇ノットの気違いじみた魚雷＝VA・シクヴァール＝が存在するが、誘導機能が備わったものではない。それは、ひとたび発射すれば燃料が尽きるまでまっすぐ進むだけの完全射《う》ちっぱなし魚雷なのだ。

　基本的に誘導魚雷の雷速は遅いというのが定説だ。いや、正確にいえば、あえてスピードを抑えるように設計されているといっていい。高雷速はどうしても誘導精度の妨げになるからである。

　目標到達までの残時間を示すデジタル数字が、寸分の狂いもない間隔で減っていく。雷速が遅いぶん、余計にもどかしく感じる時間だ。

「潜航用意。深度二〇〇《ふたまるまる》」

「総員、潜航に備え」

　艦内通達が流れ、着座していないクルーがステイやポールに掴まる。急角度での潜航や浮上のときは、立っていることすら難しいものなのだ。

「潜航します。深度二〇〇」

操舵手が復唱しつつジョイ・ハンドルを押し込む。

普通に考えれば、再攻撃の機会を窺わずに艦の安全を優先したように見えるだろう。大胆な行動の中にも細心の注意を払わなければ、死が待つのみだからだ。

だが、このときの波多野の決断は違った。もちろん安全確保の意味合いもないわけではない。しかし、決断を下したもっとも大きな理由は、雷撃成功の確信だったのだ。

敵が大戦型の艦艇とはいっても、油断は禁物である。旧式の爆雷でも、一発食らえば外殻《がいかく》損傷による潜航深度の制限をはじめ計器類の故障や各種システムのショート等々、なにかしらの障害が出てくるのは避けられない。それだけ潜水艦という艦種は脆弱《ぜいじゃく》なのだ。

それはわかる。しかしその前に敵を沈めれば事は足りる。それが波多野の考えだったのだ。

「失敗したときのことを考えるというのは、なにより自分が為《な》した行ないに自信がないことの証拠である。もし失敗したら、もし負けたら、と考えた時点で、それは敗者への一歩を進んでいる。すでに敵の勢いに飲み込まれているのである。全力を傾注し、己のすべてを賭けた行ないであれば、必然的に成功したときのことだけを考えるものだ。それが勝者となりうる条件でもあるのだから」

波多野は後年、戦史研究家の取材に対してこう語ったという。

『ひきしお』が前傾姿勢で海中深くに潜りはじめる。

くぐもった爆発音が伝わってきたのは、そのときだった。ソナー員がレシーバーを投げ出したのを合図として、遠雷の響きのような重低音が船殻をとおして内部に届いたのだ。

かすかに艦体も震えたような気がする。

一発、そして二発め……。

デジタル数字がゼロに達してしばらくして、再び艦内に異音が達した。

すなわち、三発めの振動であった。

「やった」

「よし」

雷撃成功を確信して拳を握るクルーの視線が、ソナー員に注がれる。

異音が水中を伝播《でんぱ》してきた爆発音だとすれば、海面も大きく揺さぶられ、損害対処に走り出した敵艦も多いであろう。これでもかというくらいに海水は攪拌《かくはん》され、雑多な音が海中に乱れ飛んでいるに違いない。当然、確認は手間取るものだ。

ソナー員は眉間《みけん》に深い皺《しわ》を寄せながら、一つひとつ丹念に水中に伝わる音を拾っていく。

また、複雑に混じり合った音を区分けできたとしてもそれで済む話ではない。

二〇一五年の話であれば、音紋、すなわち各艦に特有の音がインプットされたデータに照合することで、システム的に攻撃の成否を判断することも可能だが、各艦のデータ・ベースがない七〇年前のこの世界では、機器類は同じでも解析は完全アナログ処理となるからだ。ソナー員の力量が問われるところだ。

「目標の推進器音……」

誰もが息を呑む中、ソナー員が告げた。

「すべてロスト。雷撃成功です」

「よっしゃあ」

不必要な音を発することを嫌う潜水艦ならではの、控えめな歓声が沸いた。安堵というよりは、艦長波多野に影響されてか「俺たちの戦果だ」と拳を突きあげるクルーたちである。

法的にも、国内世論でも、長らく軍であって軍ではないという不当な扱いを受け続け、諸外国からも「戦えない兵隊たち」「立派な武器を持たされた警備員」と揶揄《やゆ》されてきた自分たち自衛隊だが、ここまでやれたのだ。その自信がクルーの目を輝かせていた。

歴史の一ページを紐解いて、それを書きなおしているなどという大それた考えを持つ者は少なかったが、皆それぞれの信念をぶつけて戦っていたのだ。

「お見事です。艦長」

「恐れいります」

破顔する南部に対して、相変わらず冷静な波多野である。

波多野にしてみれば、当然の戦果だと胸を反らせたいところだったのだろうが、純軍事的な実力のみならず素行や私生活面でも自分を律する男であった。たったひと言の反応ではあったが、上下関係をわきまえた波多野の気持ちが表われた返答といえよう。

「まだ終わりではありませんよ」

「心得ております」

決号作戦は、まだまだ序盤だ。

中央は、ここで一発停戦して講和を狙っていると聞く。

第一〇潜水隊に課せられた任務は重く大きいが、大戦終結の朗報を耳にするまで自分たちは進み続ける。

そういった気持ちで海中から戦況を見つめる南部と波多野であった。

「待たせたな」

空自南西航空方面隊第九航空団第三〇二飛行隊所属の木暮雄一郎一等空尉は、小さくつぶやいて機体を反転させた。

対地攻撃を終えたので、自分たちは晴れて空戦に集中できる。大型のＡＳＭ（空対地ミサイル）を切り離して身軽になった今、ようやく本来の機動で敵戦闘機を迎え撃つことができるのだ。

すぐ後ろには自分たちを散々追い回してきた敵のＦ－16が二機いる。

「ゴースト2。こちらゴースト1。（自分に）つけるか」

「こちらゴースト2。ラジャ。いけます。追ってください」

「ラジャ」

ウィングマン橋浦勇樹三等空尉が自分をフォローできるかどうかを確認してから、

木暮はF－16に機首を向けた。単独で空戦に入ることも可能だが、共同であたれるならそれに越したことはない。どうせなら勝算の高いほうを選ぶべきだ。

F－16のパイロットも状況の変化を悟ったか、二機が二機とも離脱をかけようとしている。真正面から右へ右へと流れていく。

機体上部から下部のエア・インテークへとつながる曲線がよくわかる。F－2に酷似した一枚の大型垂直尾翼が陽光を照り返して輝いている。F－2と違ってドラッグ・シュートがないぶん、突起がなくすっきりとした印象を与えるように見える。単発の尾部排気口は橙色に光っている。

（逃がさんぞ）

木暮は胸中でつぶやいた。ラダー・ペダルを踏み込み、スロットルを開く。

木暮と橋浦が今乗っているF－2は、空戦性能を向上させたD型だ。エンジンも高出力型に換装されており、馬力勝負では分がある。

F－16のパイロットもそれは理解しているらしく、直線的に逃げようとはせずに旋回を繰り返していく。

木暮機のHUD（ヘッド・アップ・ディスプレイ）に映るF－16は、左右にぶれている。照準を示す電子音が不連続に響くだけだ。

しかしそれこそが、木暮が狙っていたことだった。

突如として閃光が視界を横切り、赤い光束が陽光をなぎ払った。唐突に電子音は途切れ、眼前には白煙と無数の火の粉が残された。

「スプラッシュ（撃墜）」

橋浦の声がレシーバーから響く。

木暮の追撃から逃れることばかりに目がいっていた敵機は、橋浦の奇襲を躱《かわ》すことができなかったのだ。

見事な編隊空戦の勝利といえる。

（もう一機は……）

相変わらず電波障害はひどく、レーダーは使いものにならない。

どのみち近距離ではＩＲ（赤外線）誘導のＡＡＭ（空対空ミサイル）を使うからいいとしても、敵はよほど強力なＥＣＭ（電子対抗手段）を展開しているようだ。

（だが、それならそれで……いた！）

全周視界が良好なＦ－２のコクピットは、肉眼での識別を容易にしていた。計器類が頼りにならなければ、己の経験と勘と肉眼に頼るまでだ。

敵も編隊空戦を目論《もくろ》んだか、あるいは僚機の危急を見てから援護に入ろうとしたのか、かなり中途半端な位置を飛行している。

（その決断力のない自分を呪《のろ》うがいい）

逃げるなら逃げる、立ち向かうなら立ち向かうとはっきりできなかったことが、このF－16二機の大きな敗因だった。みすみす木暮らに各個撃破の機会を与えたのだから。

雲間に飛び込もうとする敵機を、木暮は逃さなかった。HUD上で敵機を囲むターゲット・ボックスが、独特の電子音を伴って中心点のエイミング・レティクル（照準マーク）に迫る。その一致とともに攻撃可能のサインが躍ったのは、まさに純白の雲を目前にしたときだった。

木暮は自分の鼓動が聞こえるような気がした。その鼓動に合わせるように、白煙を残してAAM－13S短射程AAMが突進する。

木暮は撃墜を確信した。

だが……。

「む。なんだ」

木暮は目を瞬《また》いた。

雲間に弾けた閃光は二つ。方向からして、明らかに別のものだ。

たしかに目標は撃墜した。もう一つは……。

理由はすぐにわかった。

「被弾しま（した）。コントロール不（能）。こちら（ゴー）スト2」

「ペイルアウト（脱出せよ）」

途切れ途切れだったが、内容は理解できた。ウィングマン橋浦三尉機が、ミサイルを食らったのだ。

反射的に脱出を促す木暮だったが、詳細を確認する余裕はなかった。なぜなら、木暮自身にも危機が迫っていたのだ。

熱源接近との警告表示がけたたましいアラームを発して点滅している。敵ミサイルの接近だ。

「ええい。さらに新手だと」

大きく首をひねるが、敵機の姿は見えない。アラームは焦燥を煽りたてるように、コクピット内に響きつづける。

「くっ」

左旋回に続いて急上昇に転じる。強烈なG《重力》に体中の血液が逆流する感覚に襲われるが、敵ミサイルは変わらず迫ってくる。流れる視界の隅に垣間見えたミサイルは二発だった。

木暮はフレア（囮の熱源）をばら撒いた。線香花火の最後の塊りのように、フレアが赤い光球となって高空に踊る。

木暮機の航跡を追ってきた敵ミサイルが、フレアに突入した。爆発音と閃光が背後から飛び込んできた。

だが、それでもアラームは止まない。一発は躱したが、もう一発がそのまま追ってくるのだ。

（しつこい）

並みのパイロットならここで機体を捨てて脱出したかもしれないが、木暮はあくまであきらめなかった。

その後、ループから急降下、そして右に急旋回してフレアを撒いたところで、ようやく敵ミサイルは誤爆した。

ところが、それで終わりではなかった。眼前に迫る影――強敵の出現だった。

（F－22！）

木暮は目を見張った。

まるで一体成型したような突起物のないまとまりのある機体に太めの機首、胴体の一部と化したみたいなエア・インテーク、左右に大きく広がった双垂直尾翼――間違いなくアメリカ空軍のステルス戦闘機F－22の姿であった。

ステルス性を生かして敵に発見されることなく接近し、反撃の機会を与えることなく奇襲でけりをつける――それがF－22の基本戦術である先制発見であり、先制撃破だ。

「だがな」

F－15クラスならば一機で五機は相手取れるというF－22だったが、木暮はここではっきりと勝機を見いだしていた。少なくとも、自分の中では確信めいた思いだった。

「追いつめたつもりが逆に墓穴を掘ったな。ステルス機ならステルス機らしく姿を見せないのが常道じゃないのか。いったん姿を暴露してしまえば、F－22だって並みの戦闘機だ。接近戦だったら、ステルス性能獲得のためにあれこれ犠牲にせずに自由に設計されたこちらが上だ」

木暮の主張は、ある意味正しかった。

アメリカ空軍とロッキード・マーチン社は、「F－22は戦闘機としての性能を損なうことなくステルス性を獲得した最強の新世代戦闘機」とあらゆる欠点を認めていないが、格闘性能に限ってみれば、世界最強という称号に疑問符がつくのは明らかだった。

例えば、ロシアのＳｕ−37スーパーフランカーなどは、ステルス性に目をつぶる代わりにカナード翼や排熱を無視した大馬力エンジンを採用し、またステルス性能獲得のための付帯設備による重量増もないために、比類なき格闘性能を獲得しているのである。

もし、Ｆ−22がＳｕ−37と近接戦闘を行なったら、軍配は後者にあがるだろうというのが、軍事評論家たちの一般的な見方なのだ。

しかし、木暮は気づいていなかった。木暮の考えはたしかに正しいものではあったのだが、決定的な点を見落としていたのだ。

それは……。

「ほう。なかなか骨のある奴のようだな。もしや、フリンツを殺《や》った男か」

中射程ＡＡＭ（空対空ミサイル）を躱した敵機だが、より追従性に優れた短射程ＡＡＭをぶち込めばかたはつくと思ったものの、それほどの弱敵ではなかったようだ。

木暮は気づいていなかったが、眼前の敵機を操っているのは、現代に、過去に、常に自分の前に立ちはだかってきたアメリカ第五空軍第三五航空団所属のトニー・ディマイオ大尉であった。

コープノース・グアムでヴァーチャルの敵として、そしてマリアナや台湾でリアルの敵として、幾度も木暮が煮え湯を飲まされてきた相手だったのである。

「KKK（KU　KLUX　KLAN　クー・クラックス・クラン）」とあだ名される強烈な人種差別主義者のディマイオは、今や木暮とは切っても切れない因縁の相手といってよかった。

つい先月末にも柱島上空で対戦し、このときは木暮がディマイオのウィングマン、ショーン・フリンツ少尉を撃墜して一矢を報いている。

ディマイオと木暮は、互いに相手の後ろを取ろうとしているうちに、はさみを描くシザースと呼ばれる機動に入っていた。木暮はディマイオに追いつめられるどころか、逆に優位に立ちつつあった。後ろを取り、先に射点につくのは木暮だったのだ。

敵AAMの接近を告げる「WARNING」のランプがディマイオの眼前に点灯しはじめる。

「生意気なイエロー・モンキーめ。俺をそう簡単に落とせると思うな」

部下のフリンツがいればもっと楽だったという考えはまるでなかった。その死を悼《いた》む気持ちもさらさらない。むしろ、一人で気軽に戦えるとさえ考える冷酷なディマイオだったのだ。

「接近戦を挑んだ俺が馬鹿だったと？　俺が勝機を焦《あせ》っただと？　そんなことはない！」

ディマイオの言葉は、決して苦しまぎれのものではなかった。

緩やかに旋回するディマイオのF－22の後方で、フレアに幻惑されたAAMが爆発する。一発、二発……、さらに後続のAAMが迫る。

「なに……」

眼前の光景に、木暮雄一郎一等空尉は思わずうめいた。立て続けに放ったAAM（空対空ミサイル）が一発、フレアに突っ込んで誤爆したのだ。

そこまでなら、まだいい。信じ難《がた》いのは、駄目押しで叩き込んだつもりの二発までもが同じくフレアにかかってしまったことだ。

たしかに敵のフレアも、改良に改良を重ねてAAMの誘導性能と競いあって進歩しているのだろう。しかし、それにしても四発が四発とも躱されるというのは、どう考えても異常だ。

「……そうか！」

木暮は決定的な点を見落としていた。空戦に集中するあまりに、わずかな思考の低下が招いた失態だった。

（俺としたことが、基本的なことを）

Ｆ－22のステルス性は、一般的にはレーダーに映らない。あるいは映りにくいと解釈されている。しかし、それは大きな誤りだ。

専門家でさえもそういった視野狭窄《きょうさく》に陥るケースがあるが、Ｆ－22のステルス性とは、そういった狭義のステルス性ではなくあらゆる点で発見されにくい広義のステルス性を意味しているのだ。

すなわち、レーダーの乱反射を防ぐ機体形状の採用や、レーダー波吸収塗料を用いたコーティングのほかにも、視覚的発見を鈍らせる柄と色による迷彩塗装、赤外線輻射を減殺する排気処理システムなどを備えていた。特に、エンジン排気を直接排出することなく強制的に冷風を吹きつけてから大気放出するというこの機構が、想像以上にＡＡＭのＩＲシーカーを阻害したようだ。

「まだだ。まだ終わらんよ」

追跡できるうちは、まだ撃墜のチャンスはある。ホーミング（誘導）が妨害されても、防御が完璧というわけではない。AAMが失探するかどうかはあくまで確率の問題だ。

木暮はAAMの発射ボタンを押した。波状攻撃でAAMを送り込めば、必ず撃墜できるはず……だった。

「！」

発射ボタンを押した指に、手応えがなかった。兵装ディスプレイに目を向ける。無情にも、自機を示す透視図にAAMの表示は残されていなかった。残弾ゼロである。

(不覚)

そう思ったときは、すでに遅かった。

一瞬の隙を衝かれて、攻守は逆転した。敵AAMが間近に迫る。警告表示とアラーム――危険を告げるシグナルが光と音で雪崩《なだれ》のように木暮に押し寄せる。

「駄目だ」

躊躇《ちゅうちょ》している暇はなかった。

点滅を繰り返す緊急脱出のスイッチに手をかける。

乾いた爆発音と白煙、高空の冷気と急激に訪れる気圧差――それら瞬間的な環境変化を伴いながら緊急射出システムのプロセスは進行した。強制的にキャノピーを吹き飛ばして射出座席を宙に舞わせた。

大戦中に研究が開始された緊急射出システムは、パイロットの生還率を飛躍的に向上させた。

大戦時まで各パイロットはパラシュートを機内に持ち込んで万一の事態に備えていたが、現実的に被弾して損傷した機体から脱出を試みるのは至難の業だった。すでに機体が炎に包まれていたり、コントロールを失って錐揉《きりも》みに至っていたりと、自由が利かない状態に陥っている場合が多いからだ。

運良くコクピットから這い出すことに成功しても、その後がまた困難だった。高空の薄く冷たい空気の中で、呼吸もままならずに体が思うように動かない。パラシュートがうまく開かずにそのまま地面に叩きつけられたり、尾翼にひっかかって機体に激突したりする者も多かった。

それを解決したのが緊急射出システムであり、射出座席である。レシプロからジェットの時代に突入し、パイロットの養成に多大な時間と多額の費用がかかるようになったことも、この開発と実用化を後押ししたといっていいだろう。

一〇〇パーセントの信頼性を求めて各国が開発した緊急射出システムは、多少の違いはあるとしても、基本的にはロケット・モーターなどで素早く、高く、遠くにパイロットを座席ごと放り出すシステムだ。キー・ポイントは、軽量高強度、高G《重力》からパイロットを守る頑丈なハーネス、それにあらゆる環境下で作動する柔軟性だ。

マイナス五〇度から一〇〇度の温度差、さらには核爆発を想定した電磁パルスの影響まで、それらを想定して徹底的に作りこまれた緊急射出システムによって木暮は生かされた。

気がついたときには、木暮はすでに虚空に投げ出されていた。深い絶望感と敗北感に落胆は免れなかったが、木暮はそれでも目をしっかりと見開いたままだった。不本意な結果であっても、自分で招いた結末は最後まで見届けねばならない。しっかりと自分の目に焼きつけ、記憶という紙面に書き込むのだ。気に入らないからといって目を背《そむ》ける者に、進歩はない。

パイロットを失った愛機が、敵ＡＡＭの直撃を食らって息絶える。前下方の空が十字の閃光に裂け、瀬戸内海を、台湾を、フィリピンを、ともに飛行し戦ってきた愛機が木っ端微塵に爆砕消失していく。

友情にも似たつながりが呼び覚ます多くの記憶——蘇る思いは胸を刺し、失われた翼は光となって突き刺さる。

ただ、自分はこのまま地に堕《お》ちるわけにはいかない。やり残したことがある。自分は生き延びる。

　木暮は眉間に力を込め、右腕を振りあげた。星屑のように散っていった愛機に、指先まで力を込めた見事な敬礼を送って別れを告げた。

　自分がまだまだ未熟であることを思い知らされた木暮だったが、嘆いていても悲しんでいてもなにかが良くなるわけではない。

　木暮は双眸《そうぼう》を閉じ、そっと胸に手をあてた。一人娘と妻、友人の顔が瞼《まぶた》の裏に浮かぶ。

　高空の大気は無ではない。人と人との愛や友情といったつながりは、どこまでも切れることはないのだ。

　だが、追い立てられて戦うのではない。悲しみと涙を経て自分は過去に来た。義務、責任、それらは重圧という足かせになるのか。

　それは違う。戦いに疲れたとき、自分がくじけかけたとき、そのときに、再び立ちあがるためのきっかけなのだ。

（まだ終わらない。自分にはまだやり残したことがある。自分は生き延びる。そして、戦う）

　木暮は自分に言い聞かせるように、胸中でつぶやいていた。

第二章　米本土奇襲

一九四五年八月七日　北東太平洋

海自、空自の各部隊と第三艦隊を中心とする海軍戦力が、マリアナに駐留するアメリカ軍航空部隊と太平洋艦隊を相手に派手な戦いを演じているころ、北東太平洋に進出した第二艦隊はいよいよアメリカ本土に肉薄しようとしていた。

西海岸の大都市シアトルとポートランドとの中間沖に位置した第二艦隊は、まさにアメリカ本土攻撃に王手をかけたのである。

太陽は背後の水平線下に完全に沈んでいる。かすかにあった残照も、闇将軍の勢いに押されて急速に駆逐されつつある。空は赤紫色から濃紺へ、そして黒灰色へと変貌し、夜の装いを整えていた。

「どうやら空襲は避けられたな。敵に先手を取られると厄介だったが、今のところは順調か」

　第一戦隊司令官早川幹夫少将は、そう言って航空参謀吉岡忠一中佐と戦艦『武蔵』航海長目黒蓮史玖中佐に目を向けた。

　艦隊直衛に上がっていた最後の艦戦が、空母として改造したのち竣工した大和型戦艦三番艦『信濃』に着艦していく。

　艦隊は、空襲を避けて明朝大陸に到達するよう腐心してきた。敵機の行動圏内を二〇〇海里と定め、ちょうど日没に合わせて大陸から二〇〇海里の海域に到達するよう航海してきたのである。

　この二〇〇海里というのは、アメリカ海軍の単発機すなわちヘルダイバーやアヴェンジャーといった、これまで散々苦しめられてきた敵の艦爆や雷撃の行動可能半径を意味する。

　航続力の長い双発や、四発の陸軍の中攻、重爆のことを考えればさらに距離を取る必要があるという意見もあった。だが、艦隊にとって本当に脅威なのは、小回りがきいて精度の高い攻撃ができる単発機であること、二〇〇海里以上の距離を取ってしまうと一晩でそれを走破するのが困難になってしまうこと、以上の二つの理由からその意見は退けられたのだ。

このままいけば、第二艦隊は予定どおり明朝には敵本土を眼下に収められる。狙いはアメリカ北西部最大の都市であるワシントン州シアトルだ。航海屋や航空屋のこれまでの苦労が実ったというわけだ。

「敵さん、出てきませんな。やはり、こんなところまでわれわれの艦隊が来ているなどとはよもや思いませんか」

「いやいや。敵を侮《あなど》るのはまだ早いぞ。艦長」

早川は戦艦『武蔵』艦長吉村真武大佐に目を向けた。

第一戦隊司令官の職を拝命して以来、早川は一貫して『武蔵』を旗艦に定めて太平洋を転戦してきた。吉村とはそれ以前からの親交もあって気心は知れた仲である。飾りのない本音の話ができた。

早川は微笑した。

「空襲の危険が去ったとはいえ、潜水艦や水上艦隊の来襲がないとは言いきれん。我々の任務はここまで来ることではなく、この『武蔵』や『大和』の主砲を敵の鼻先に突きつけることによってアメリカ軍の失墜と現政権への失望を促すことであり、自分たちは追い込まれているとの自覚を一般民に持たせて厭戦《えんせん》気運を煽《あお》ることだ。一発講和というのは現実的に難しいかもしれないが、最低でも現地停戦には持ち込みたいと、俺は直接長官（連合艦隊司令長官草鹿任一大将）から聞かされた」

「敵と直接戦うことよりも、揺さぶることが役割というわけですね」

「そうだ。そこまですれば、敵とて必ずやなにか行動を起こさねばならなくなる。軍も国民感情を無視できないだろう。我が国と違って、アメリカという国は国民の力がすべてを動かすらしいからな。建国以来、ほとんど敵に本土を脅《おびや》かされたことのなかった国だ。軍も民もさぞかし驚くことだろうよ」

第二艦隊は、片道五〇〇〇海里にもおよぶ航程で、敵機の一機、敵潜水艦の一隻とも遭遇することなく奇跡的なまでに行動を秘匿してここまで辿《たど》りつくことができた。

しかし、仮にここで敵襲に遭って撃退されることにでもなれば、ここまでのすべてが水泡に帰してしまう。それどころか、敵の厭戦気運を煽るという目的とは正反対に、「日本など恐れるに足らず」「なにするものぞ」などと逆に敵国民の士気を向上させることにもなりかねない。焦《あせ》りや気負いは無用だが、慢心は禁物だ。

そんなことを考えていたからか、案の定、不吉な報告が飛び込んだ。

「逆探に感あり」

電探室からの報告に、早川は即座に振り向き、吉村ははっとして顔をあげた。

ここで反応があるということは、少なくとも日本の船ではない。

「波長は？　詳細わからんか」

目黒の声が飛ぶ。

目黒も、早川も、吉村も、吉岡も、表情を変えていた。余裕を漂わせていた航海時のものから、緊張感に満ちた戦闘時のものになっている。

「メートル波。米軍の捜索用電探です」

「総員、戦闘用意！」

間髪入れずに、吉村は命じた。

乗組員が即座に反応し、艦内が一気にあわただしさを増す。士官や下士官が素早く指示を出し、兵がラッタルを駆けあがって甲板上を走る。幾多の男たちの声と靴音で満たされた艦内だったが、やがて緊張をはらんだ静寂を取り戻す。電探室と見張所では、息を殺すようにして敵の動きを注視している。

一個艦隊としては小規模とはいえ、それでも戦艦二隻に空母一隻を含む艦隊だ。敵が気づかぬわけがない。

だが、それでも気づかずに立ち去ってほしいという願いがあるのも事実だ。無用の戦闘は避けたい。また、それ以上に、後方司令部などに通報されて明朝敵機に袋叩きというのもご免だ。

そのためにも、敵に動きがあればすぐに対応しなければならない。視力三・〇を自称する夜間見張員らが遠く東太平洋の彼方に目を凝らしているが、自分の視野に敵を引きずり出してくるのは難しいようだ。

だが、幸か不幸か、今宵は満月だった。海上は夜とはいえ淡い月明かりが差していて、期待はできる。

「『あしがら』がいないからな」

「まあ、お待ちください」

海自第七四護衛隊のＤＤＧ（対空誘導弾搭載護衛艦）『あしがら』は今回、マリアナ攻撃を任務とする第三艦隊に帯同している。このアメリカ本土を目の前にした東太平洋ではなく、今ごろはサイパンやグアムの近海で暴れているに違いない。よって、第二艦隊には今回、未来の電探搭載機はいない。起死回生のサイパン沖の再現はできないのだ。

しかしそれを口にする早川に、吉村は「大丈夫です」とばかりに胸を張った。

早川に言われる前に、吉村は砲術長仲繁雄《なかしげお》大佐から艦隊編成についての不満を散々こぼされていた。第二次マリアナ沖海戦の戦訓を採り入れて導入したはずの箇易データ・リンク装置はなんだったのか、高性能電探搭載機から射撃諸元《データ》を得て砲撃精度を飛躍的に高めるという構想は単なる夢想だったのか、と。

それまで積みあげてきた自分を否定してまで未来技術の導入を促した仲にしてみれば、納得しろというほうが難しいだろう。

しかしこういった経緯を否定しても、今回の作戦は緻密に組み立てる必要があったのである。アメリカ本土への奇襲を成立させるためには、マリアナへの敵の陽動は絶対に成功させねばならない。そのために海自の戦力は一隻たりとも欠かせないというのが、上層部の結論だったのだ。

（大丈夫。大丈夫だ）

たしかに七〇年後の電探は素晴らしい性能を持っていたが、今のこの状況ならばなんとかなる。

そもそも夜戦こそが日本海軍のお家芸だったではないか。特殊な訓練を施した見張員の夜間視力は驚異的なもので、しかも『武蔵』や『大和』といった連合艦隊の象徴たる艦には、その中でも選りすぐりの者が配置されているのだ。

（心配はいらん）

吉村は確信していた。水雷屋として培《つちか》った夜戦の勘が、そう告げていた。

その吉村の信頼に応えるように、報告が寄せられる。

「敵です。右舷前方」

「敵艦発見。真方位一六〇《ひとろくまる》」

見張員の報告に、電探室からの報告が重なった。

吉村は満足げに二度、三度とうなずいた。

報告は続く。

「敵は二隻。回頭中のようです」

「敵は小型艦。面舵《おもかじ》に転舵」

早川と吉村は顔を見あわせた。敵はこちらに気づいて逃走に入ったらしい。が、このまま逃がすわけにはいかない。今すぐ追撃をかけるべきだ。

言葉に出さなくても、二人の意見は一致していた。

「第二艦隊司令部に……」

早川から意見を具申する必要はなかった。第二艦隊旗艦『愛宕』でも、正確に事態を把握していたからだ。

「第二艦隊より緊急電。『出現せし敵を速やかに撃沈せよ』。以上です」

（遅いぞ、森下）

通信長の報告に、吉村は海兵同期であり第二艦隊司令部参謀長の要職に就く森下信衛《のぶえ》少将の顔を思い浮かべた。『武蔵』に続航する『大和』の艦長である有賀幸作《あるがこうさく》とともに、海兵四五期の三羽烏だ。今回のアメリカ本土攻撃の成否は、この三羽烏の働き次第といっても過言ではなかった。

「『大和』あて、打電！」

早川は声を張りあげた。こうなったら無線封止も意味がない。攻撃手段も通信手段も全力行使だ。

「第一戦隊、針路一六〇《ひとろくまる》。本艦を起点に逐次回頭。回頭後、最大戦速。発砲の時機は各艦に任せる」

「針路一六〇。回頭終了後、最大戦速！」

「宜候《ようそろう》。針路一六〇。回頭終了後、最大戦速！」

吉村、目黒の復唱が続く。

「とおーりかーじ」

海軍独特の抑揚のついた発声を残して、操舵手が舵輪を回す。

大和型戦艦ほどの大艦になると、舵を切ってもそうそうたやすく回頭はできないものだ。慣性の法則が働くためである。が、惰性でしばらく直進が続いた後いったん舵が利きはじめさえすれば、回頭は素早い。被雷対策として設けられた直列二枚舵の副次的効果である。

回頭中に、前部六門の主砲身は仰角をあげて星空を睨む。満月から注がれる淡い光を受け、それらは鈍い光沢をたたえている。

海面を切り裂く『武蔵』の航跡を、『大和』がなぞる。一度攪拌された海水を押し崩し、左右に散らして進んでいく。

「針路、一、六、〇！」

回頭終了を目黒が告げる。

艦底部の機関室では、機関長がすかさず全力運転に転じたようだ。靴底から伝わる振動が徐々に高まり、艦首に砕ける波濤が数と大きさを増す。飛び散る飛沫《しぶき》が月光に煌《きらめ》き、前甲板や第一、第二主砲塔を濡らしていく。

「敵艦の速力、二〇ノット」

「敵は駆逐艦以下の模様」

「コースト・ガードのようですね」

相次ぐ報告に、目黒が口を開いた。

「コースト・ガード？」

「訳せば、沿岸警備隊といったところでしょうか」

首をひねる早川に、目黒は続けた。

「近海から外洋までの防衛を海軍が一手に引き受けている我が国と違って、アメリカはごく沿岸の防衛には別組織を置いているそうです。当然、艦隊型の艦はいりませんから、小型でしかも高速力もない船が主体となるかと」

「そのようだな」

早川がつぶやいた直後、前方で星弾が炸裂した。青白い光が海上を覆い、敵艦を闇の中から摑み出す。

日本海軍でいえば、たしかに海防艦か砲艦と呼ぶような船だった。魚雷艇にしては大きく、駆逐艦よりは明らかに小さい。砲らしきものは貧弱なのに、艦橋構造物はやや大きく見える。戦闘艦と漁船を足して二で割ったような格好に近いかもしれない。

「一一戦隊、発砲始めました」

大淀型軽巡の一番艦『大淀』と二番艦『仁淀』から成る第一一戦隊が先陣を切った。

大淀型軽巡は、雷装を重視する日本海軍の艦艇としては異端の艦である。多くの潜水艦を率いて広大な太平洋上を転戦し、アメリカ太平洋艦隊が大挙西進して来寇したときは、その動向を探りつつ海中から刺者を差し向けて戦力の漸減《ぜんげん》に努めるのだ。

そういった潜水戦隊旗艦としての運用を前提に設計された大淀型軽巡は、近代日本海軍の巡洋艦としては初めて雷装を全廃し、代わりに強力な索敵、指揮、通信機能を持つ軽巡として誕生した。

姿形《すがたかたち》は機能を映し出す。逆に言えば、機能が姿形をつくる。当然、艦容も特徴的なものになった。

日本艦特有の流麗なシアーを持つ艦首から、背負い式の一五・五センチ三連装主砲塔二基、艦橋構造物と続く前半部は阿賀野型軽巡などと大差ないが、後半部は巨大な格納庫とカタパルトを備えた広大な航空甲板になっていたのだ。ちょうどはるな型などの海自のＤＤＨのような艦容であり、先進性が窺《うかが》えるというものだ。

しかし、ソナーやレーダー、磁探といった索敵機器や航空機の急速な進歩は潜水艦の行動を著《いちじる》しく制限し、大淀型軽巡の設計思想を根本的に否定して余りあるものだった。

二一世紀の原潜や発展型通常動力潜水艦とは違って、静粛性や潜航深度、攻撃兵装などいずれをとっても貧弱だった日本海軍の潜水艦は、もはや対潜哨戒機や駆逐艦の格好の標的でしかなかったのだ。

このような状況下で竣工して連合艦隊に編入された『大淀』『仁淀』は、活躍らしい活躍をする場も与えられることなく母港で逼塞《ひっそく》を余儀なくされていた。それが、今回の決号作戦でついに出番が回ってきた。しかも、本来の運用思想とは違うとはいえ、前人未到のアメリカ本土攻撃への参加である。奮い立たないほうがおかしいだろう。

これまでのたまりにたまった鬱憤《うっぷん》を、一挙に吐き出そうとするような二隻の砲撃だった。

大淀型軽巡の搭載する主砲は、最上型巡洋艦の主砲として絶賛された三年式六〇口径一五・五センチ三連装砲が二基だ。

射程、散布界、操作性能などで砲術関係者をうならせ、日本海軍の艦砲中、最優秀と評された砲がここぞとばかりに吠え猛《たけ》っている。砲術長が交互撃ち方を選択したのか、異様なほど発砲間隔が短い。絶え間なく、と言いたくなるほど、発砲炎が次々と閃《ひらめ》いている。

対して、第一戦隊は沈黙を保ったままだ。最大速力三五ノットの快速を生かして突進した第一一戦隊の後ろで、『武蔵』『大和』は自慢の四六センチ砲を振りおろすことなく機会を窺っていた。

(本艦の主砲を使うまでもないな)

吉村は首にかけた双眼鏡を手にした。

敵艦との距離は着実に縮まっている。見張員でなくても、光学機器の助けがあれば戦闘の様子を肉眼で観察することができた。

『大淀』『仁淀』の放った砲弾によって、海面が沸き返っている。林立する水柱の中に、小さいながらも爆発光とおぼしき閃光がほとばしった。

命中弾だ。

(出番なしか)

敵は駆逐艦以下の小艦艇が二隻である。『大淀』『仁淀』から見ても、明らかに格下だ。よほどのへまをしでかしても、よもや一敗地にまみれることはあるまいと吉村は考えた。戦艦、しかも世界に冠たる大和型戦艦の出る幕ではないだろう。

『大淀』『仁淀』の砲撃は続く。

六〇口径九メートル強の砲身から、重量五五・九キログラムの砲弾が初速九二〇メートル毎秒で叩き出されていく。

艦上に咲く発砲炎は、規則正しく明滅を繰り返している。

敵艦の撃沈は時間の問題と思われたのだが……。

「第二艦隊司令部より緊急電！　左舷方向に新たな敵」

「なに？」

切迫した通信長の声に、吉村は振り向いた。

逃走する敵が増援を呼んだのだろうが、それにしても対応が素早すぎる。さすがに本土防衛は固いということか。

「焦ることはない」

騒然としかかった一同を、早川が見回した。

「少なくともこれまで作戦は順調に進んできた。敵の主力はマリアナにいる。それは紛《まぎ》れもない事実だ。いかに残存戦力を繰り出そうとも、しょせんは付け焼刃にすぎん。落ち着いて対処すればいい」

言ってから、早川はまだ見ぬ敵に向かって胸中で叫んだ。

（来るなら来い）

「電探室。本艦の電探はまだ捉えんのか」

「仲です。新手《あらて》は本艦からの方位三三〇《さんさんまる》」

高声電話から聞こえた声に、吉村は微笑した。

電探の威力にすっかり魅せられた砲術長仲繁雄大佐は、直接電探室で状況を見守っていたらしい。砲戦様式というものも時代とともに変わっていくという証拠だ。

仲から続けて報告が入る。

「新手の敵は二隻。反応小。恐らく駆逐艦かそれ以下です」

吉村の視線に、早川はうなずいた。

予想どおりだ。敵の主力はマリアナにいる。

本土の目前に迫った自分たちに敵も死にもの狂いで阻止行動に出てきたのだろうが、しょせん手持ちは魚雷艇プラスアルファといったレベルなのだろう。

「さらに二隻。方位三〇〇《さんまるまる》」

「第二艦隊司令部より入電。南南東に新たな敵。『愛宕』および第三水雷戦隊、迎撃に向かう」

最初の二隻発見に加えて次々と入る敵発見の報告に、早川が立ちあがった。

「方位三三〇の敵を甲、三〇〇の敵を乙と呼称す。『武蔵』目標甲、『大和』目標乙。蹴散らせ！」

『武蔵』『大和』の第一戦隊が新たな目標に向かおうとしたころ、第二艦隊旗艦重巡『愛宕』と軽巡『酒匂』に率いられた第三水雷戦隊はすでに敵と交戦状態に入っていた。

「三水戦、敵と同航に入りました」

「うむ」

参謀長森下信衛少将の報告に、第二艦隊司令長官岸福治中将は小さくうなずいた。

右舷前方に閃く発砲炎は、まるで一本の棒上にあるようにきれいに並んで発光している。それだけ三水戦の単縦陣が見事に保たれているということだ。

満月の薄明かりが差しているとはいえ、夜間に何千メートルと離れた海上で各艦の詳細を確認することは困難だ。それでも、先頭の発砲炎がひときわ大きいことだけははっきりとわかる。三水戦旗艦である軽巡『酒匂』のものだろう。今ごろは連装三基の五〇口径一五センチ砲が、ほぼ一〇秒おきに吠えているはずだ。

「当然のことと理解していると思うが、魚雷は温存だ。三水戦に打電せよ」

(念には念をか。案外はまり役だったかもな)

命令を飛ばす森下の後ろ姿に、岸は視線を流した。

航海畑を歩んできた岸と違って、森下は水雷の専攻であった。水雷屋は、とかく荒っぽく粗野な者が多い。小艦で荒波に立ち向かい、熾烈な攻撃をくぐり抜けながら敵艦に肉薄して必殺の魚雷を叩き込むというのが、水雷屋の王道だからだ。

ところが、駆逐艦の水雷長から水雷戦隊の参謀を経て、軽巡『大井』『川内』、戦艦『榛名』『大和』の艦長と、海上勤務が多かったわりには森下にそのような印象はあまり感じられない。むしろ几帳面な性格と思えるほどだ。

『大和』艦長から転属した森下のことを、出世とは裏腹に現場の第一線を外されてさぞかし無念に思っているだろうと考えていたが、どうやらそれは大きな勘違いであったようだ。

森下はそんな器《うつわ》の小さな男ではない。また、先頭に立って自ら戦うというよりも、状況を分析しながら組織を動かす参謀職のほうが合っていたのかもしれない。

岸は認識を改めた。

「魚雷は使わずに砲撃で片づける、ですね。了解しました」

「そうだ。まだなにがあるかわからん。備えあれば憂いなしだ」

命令を確認する『愛宕』艦長原為一《はらためいち》大佐に、森下は付け加えた。

「ただな、および腰の砲撃では当たらんぞ」

「はっ」

原の声が合図になったかのように、前方の海面から眩《まばゆ》い光が射し込んだ。先にカタパルトで射出していた『愛宕』の水上機が、吊光弾を投下したのだ。

昼間のように明るい光の下に、敵艦が次々にあぶりだされてくる。

「やはりな」

森下は乾いた唇を舐めた。

緊張の連続ではあるが、敵はこちら以上に苦しいはずだ。

ある程度電探の反応で予測はできていたが、その証拠が目の前にある。『愛宕』と三水戦の前にいるのは、艦種も艦型もばらばらな敵だったのだ。

しかも、本来水上戦闘には不向きの支援艦艇のようだ。小型の艦体に剝《む》き出しの砲と低い艦橋構造物という艦容から見るに、機雷敷設艦か駆潜艇といったところだろう。

もちろんそんな艦艇が整然とした陣形を組んで向かってこられるわけもなく、隊列は乱れ放題の様相だ。

しかし、それがかえって戦場の混乱を生む危険もある。注意するに越したことはない。

森下の読みどおり、敵はガンブル級軽敷設艦とPC－461級駆潜艇などの混成艦隊だった。

　ガンブル級軽敷設艦とは、アメリカ海軍が大量に保有していた旧式の平甲板型駆逐艦を改造した艦である。基準排水量は一一六〇トン。魚雷発射管を全廃した代わりに機雷敷設軌条を設置し、機雷八〇個を搭載している。また、ＰＣ－４６１級駆潜艇はアメリカ海軍が大量に建造した代表的駆潜艇だ。全長五三・三メートル、全幅七メートル、基準排水量はわずか二八〇トンにすぎず、武装も三インチ砲が一門の貧弱さでしかない。普通に考えれば、それらが本格的な戦闘艦隊に立ち向かえるはずもない。

　しかし、これが現実であった。「武装がある艦なら機銃一挺でも」という考えから、太平洋艦隊司令部が動員をかけた結果だったのだ。

「敵艦の針路に注意だ。不用意に追うな。機雷があるぞ。三水戦にも打電して警告せよ！　一戦隊の状況は？　……そうか。わかった」

　森下は後方を振り返った。

　前方の海面だけではなく、カタパルトと後檣にも、後部二基の連装主砲塔の後ろに広がる海上にも、明滅する光が見える。それが爆発のものか発砲のものかはわからない。だが、ずしりと腹にこたえる砲声は明らかに戦艦のものだ。

そう、『武蔵』『大和』が群がる敵に向かって砲門を開いたのであった。

「吉村、有賀……」

森下は『武蔵』『大和』両艦長の名を口にした。

海兵四五期の同期である二人は、やはり森下にとっても特別な存在だ。戦術や海軍軍人はこうあるべきだという理想や姿勢に違いはあっても、対立してそのままということはなかった。互いに殴り、殴られ、理解しあってきたといっていい。ここまで来れたのは、互いがあってのことだ。切磋《せっさ》琢磨《たくま》して自分と相手を磨いてきたのだ。それが同期のつながりというものだ。

今回の決号作戦では、自分たちは要《かなめ》の位置にいる。失敗は許されないという重圧と責任がのしかかる反面、やりがいという意味でこれ以上のことはない。

(負けんぞ、俺も)

森下は微笑して、胸中で語りかけた。

(次に会うのは戦勝会のときだ。靖国に行くのはまだ早い)

その森下の顔が、紅に染まった。前甲板に垂れ込めた発砲の炎が、夕日のような光を射しかけたからだ。遅ればせながら、第二艦隊旗艦『愛宕』がようやく戦列に加わったのだ。

だが、衝撃はさほどのものでもない。大口径砲特有の耳鳴りもない。距離を詰めようと『愛宕』が敵艦に艦首を向けているため、後部砲塔が射界の外にあるからだ。また、『愛宕』の前部主砲塔は三基がピラミッド型に配置しているために、正面の敵には二基しか向けることができない。そこに弾着観測の交互撃ち方を加えると、初発は二門だけになってしまうのだ。

「初発、全遠。第二射」

第一、第二主砲塔の右砲が発砲する。

砲口が眩い橙色《だいだいいろ》に閃いたかと思うと、紅蓮《ぐれん》の炎が噴き出して闇を焦がす。轟然《ごうぜん》たる砲声と爆風が艦上を駆け抜け、舞い散る装薬の燃えかすはまるで小雪のように見えた。

『愛宕』に装備された五〇口径三年式二号二〇・三センチ砲は、重量一二五・八五キログラムの砲弾を二万八九〇〇メートルの彼方へ到達させることができる。三インチ砲しか持たない敵が相手なら、完全にアウトレンジだ。敵の反撃をまったく受けない状態で、『愛宕』は一方的に砲撃を続けた。

「夾叉《きょうさ》！」の報告が出たところで、頃合いよしとばかりに原が命じる。

「取舵一杯！」

「とりかーじ、いっぱーい！」

これで『愛宕』は五基の主砲塔すべてが使用可能になる。本射の一回めから全門斉射となるわけだ。

日本艦特有の丸みを帯びた艦首が月光に輝く海面を切り裂き、前部三基、後部二基の連装主砲塔が右舷を指向する。

高速力を追求した細長い艦体が左右に舷側波をたなびかせ、多量の飛沫を浴びた第一、第二主砲塔からは水滴がちぎれ飛ぶ。

主砲発砲を告げるブザーが甲板上に鳴り響いた。対空戦闘中であれば、剥き出しの銃座につく機銃手たちがあわてて待避所に駆け込むところだが、今の状況でそういった者は少ない。

次の一撃は、強烈だった。全艦を刺し貫く衝撃と、音の暴力とでも呼ぶべき轟音は、一瞬、意識を飛ばすほどのものだった。

たしかに『大和』『武蔵』の四六センチ砲の斉射に比べれば規模は小さいかもしれないが、器《うつわ》となる艦もそれに応じた強度で設計され建造されるものだ。ゆえに、乗っている者の感覚としては大差ないのである。

砲術科員が次発装塡にやっきになる中、岸や原らは弾着のときを待つ。森下は艦隊各艦の状況把握に忙しい。

「ん？」

目標とする敵艦が小さく明滅したように見えた。命中の閃光にしては弱々しく、また弾着まではまだ間があるはずだった。

撃たれっぱなしでいることに業を煮やしたのか、どうやら敵もようやく反撃の火蓋を切ったらしい。

しかし、その結果を見るまでもなく『愛宕』の弾着報告が先にくる。

「命中！」

見張員の叫びを耳にしながら、原は身を乗り出し、岸は両目をはっきりと見開いた。

先に倍する閃光が敵艦を切り裂き、海上に炎が躍った。装甲などまったくないに等しい支援艦艇が、戦艦に次ぐ砲力を持つ重巡の一撃をまともに食らったのだ。無事であるはずがない。

『愛宕』の命中弾を受けたのは、ガンブル級軽敷設艦の一隻だった。

『愛宕』の砲術長は、相手が戦艦や巡洋艦でないことを考慮して、着発信管を付けた砲弾を選択していた。薄い装甲を突き抜けた後に炸裂するのを避けるためだ。

命中とともにガンブル級軽敷設艦の艦体はひとたまりもなく引き裂かれ、兵員室や烹炊所《ほうすいじょ》は跡形もなく破壊された。

しかも、ガンブル級軽敷設艦の悲劇はそれだけにとどまらなかった。積載していた機雷が誘爆を起こしたのだ。敵艦の面前に散布して触雷沈没を狙う攻勢防御や、敵の港湾封鎖、あるいは商船の航路を絶つ通商破壊に使われるべき機雷が、しかも一度に八〇個という多量の規模で爆発したのである。

ただでさえ華奢《きやしゃ》で老朽化した艦体が耐えられるはずがない。眩い閃光と耳を聾《ろう》する大音響を伴って、ガンブル級軽敷設艦は文字どおり消し飛んだ。

恐らく、中にいた乗員の大半はなにが起こったのかもわからないまま、高温の熱風や目もくらむ光に包まれて息絶えたであろう。痛みや死の恐怖を感じることがなかっただけましといえばそれまでだが、これが戦争のもたらす現実なのだ。

爆砕したガンブル級軽敷設艦の後ろから、ＰＣ－４６１級駆潜艇三隻が向かってくる。引火した重油の膜がそれらの艦体を赤々と照らし出す。

格好の標的だ。

「奴ら、素人か」

岸がうめいた。

電探が発達した今でも、夜襲は闇に紛《まぎ》れてというのが基本だ。

電探とて万能ではない。故障や誤作動、精度の問題も皆無とは言い難《がた》い。また、捜索用としては有用でも、より詳細な情報が必要になる射撃用となると、まだ技術的問題も多く発展途上といっていい。実際、この分野で進んでいるアメリカやイギリスでも、光学照準を併用する戦術を採る者が多いのが実態だ。

よって、夜陰《やいん》を利用しての襲撃は今もって有効なのである。

ところが、目の前の敵はどうだ。

僚艦の轟沈を目《ま》の当たりにしてもなお向かってくる勇気は賞賛に値するかもしれないが、わざわざ明かりのあるところを通ってくるではないか。

（経験が少ないということは、それだけ戦場の恐怖も知らないということか。哀れな）

森下は頰を歪《ゆが》ませた。

『愛宕』が再び発砲する。

ＰＣ－４６１級駆潜艇三隻も三インチ砲を放つが、それを圧倒するように二〇・三センチ砲が轟然と吠える。

一射めは、目標を飛び越えて背後に派手な水柱をあげて終わる。

入れ替わりにＰＣ－４６１級駆潜艇三隻の三インチ弾が到達する。彼我《ひが》の距離は一万五〇〇〇メートルといったところだ。照準も甘いが、そもそも敵の三インチ弾は、『愛宕』のはるか手前の海面にぽとりと落ちただけだ。

『愛宕』はかまわず第二射を放つ。

目標の手前に白い水柱が噴きあがったと思った次の瞬間、その左右から炎が走り出た。炎はまるで輪を描くようにひと塊《かたま》りになって海上に揺らめいた。『愛宕』の二〇・三センチ弾が、ＰＣ－４６１級駆潜艇の艇首を撃砕したのだ。

艇首をつぶされたＰＣ－４６１級駆潜艇は、勢い余って面前の水柱に突っ込んだ。二〇・三センチ弾の命中によって艇体は大きく抉《えぐ》られ、また舷側には無数の亀裂が生じていた。そこに膨大な水圧が押し寄せたのだ。

わずか二八〇トンの小さな艇体が、この衝撃に耐えられるはずがない。ＰＣ－４６１級駆潜艇の艇体は水柱の中で圧壊し、前半分ほどが失われた。残った後ろ半分も膨大な量の海水を飲み込み、まるで崩れ落ちるように前のめりに没しはじめた。

それを見て、ほかの二隻はさすがに戦意を喪失したのか遁走《とんそう》を始めた。左右に散って、我先にと退避に移っている。泡を食うといった表現がぴったりの様子だ。が、その動きは悲しくなるほど遅い。そもそも一〇ノットそこそこの潜水艦を追いまわすことを想定して造られた艇なのだ。三〇ノットを超える高速戦闘艦に立ち向かおうとすることが、そもそも無謀だったのだ。

「撃て！」

原が容赦なく砲術長に命じる。

その表情には、怒りの様相がありありだ。「邪魔だ！」という言葉に代わって、自然に出ているのであろう。

再び海上に炎が躍る。

回頭のために舷側を晒《さら》したＰＣ－４６１級駆潜艇が、まともに『愛宕』の砲撃を浴びる形になっていたからだ。

全長五三・三メートルの艇体に、二〇・三センチ弾二発が突き刺さった。

一発は艇尾喫水線下に命中して、推進軸や舵をまとめて吹き飛ばした。もう一発は、艇体中央上甲板付近に命中した。

そのため砲弾の炸裂そのもので生じた損害はわずかだったが、砲弾の運動エネルギーと爆圧は、ＰＣ－４６１級駆潜艇の息の根を止めるには充分だった。

命中を受けて大きくのけぞったPC－461級駆潜艇は、復元性の限界を超えてそのまま横倒しになって転覆するや沈没していった。あっけない最期といえばそれまでだが、それが艇という船の実力といえるかもしれない。

残りは一隻。鈍足ながらも機関をフル回転させて東進している。艇長以下の乗組員は、恐らく生きた心地がしないに違いない。

次は自分たちだ。

僚艦二隻をいとも簡単に葬った敵に、抗すべき手段はない。

敵の手がかかれば、もはや死んだも同然だ。死刑宣告を受けたに等しい。

だが……。

「追いますか」

「いや」

原の視線に、森下は首を軽く横に振って岸を一瞥《いちべつ》した。岸が小さくうなずいて了承の意思を表わす。

「各艦の状況を確認しよう。今は時間が惜しい。明日未明にシアトルを攻撃圏内に捉えられるか、微妙なところだ。ここでいつまでも道草を食っているわけにはいかないからな」

森下は東を見つめた。その先には、いまだ誰も到達したことがないアメリカ本土がすぐそこまで迫っているはずだった。

「目標、方位三三〇《さんさんまる》!」

それまで正面を向いていた『武蔵』の主砲塔が、ゆっくりと旋回した。前部の第一、第二主砲塔は反時計回りに、後部の第三主砲塔は時計回りに旋回し、左舷を睨む。

艦隊戦の経験がないせいか、やはり敵の位置取りは最悪だ。目標甲は、自分から『武蔵』の横腹に突っ込むように進んできた。これでは労せずして全力射撃が可能というものだ。

『大和』は目標乙に対して、T字を描くように分かれていく。

「司令官。自分に考えがあります」

戦艦『武蔵』艦長吉村真武大佐が、第一戦隊司令官早川幹夫少将にささやきかけた。

一瞬ぴくりと片眉を跳ねあげた早川だったが、軽くうなずいて顎《あご》をしゃくる。

「よかろう。やってみろ」

「はっ。砲術長……」

甲板上にブザーが鳴った。主砲発砲の合図だ。

それからまもなくして、早川や吉村以外の多くの者たちは度肝を抜かれて立ちすくんだ。真昼のような輝きが視界いっぱいに広がったかと思うと、落雷のような衝撃が指先から身体の中心へと突き抜けたからだ。

轟音は耳を聾し、巨大な空塊の殴打に脳震盪にも近い目眩《めまい》を感じる。共鳴する残響はしばし艦内にこだまし、びりびりとした振動が随所に残る。

いきなりの全門斉射だった。しかも、弱敵相手に連続して二斉射である。

「どうだ？」

吉村は身を乗り出して敵艦の様子を確認しようとしたが、射距離は三万メートルあまりの遠距離である。吉村の肉眼では、夜間に確認するのは困難だ。せめて、爆発の閃光や火災の炎でもあれば命中したかわかるのだが、それがないということは……。

案の定、見張員と電探室から同時に報告が入る。

「命中なし」

だが、それはいい。はなから期待はしていない。問題は敵の動きだ。

「敵艦二隻、そのまま前進してくる」

「ほう」

吉村は大げさにうなってみせた。

狙いは、巨弾の弾着を見せつけて敵に退却を促すことだったのだ。怯《ひる》んだり戦意を喪失した敵が反転するのを期待したが、どうやら思惑どおりにはいかなかったか。

「降伏勧告にも近かったのだがな。まあいいか」

吉村は表情を歪めてつぶやいた。

「それだけの覚悟があるなら、向かってくるがいい。手加減はしない！」

「その意気だ、艦長。獅子は鼠《ねずみ》一匹倒すにも、全力を尽くすというからな」

早川は突進してくる二隻に目を向けた。

次に主砲が咆哮したのは、副砲の発砲と同時だった。またもや全門斉射だ。

四六センチ砲九門と一五・五センチ砲六門の合わせて一五門の一斉射撃は、『武蔵』の左舷一帯に巨大な炎の幕を広げているように見えた。海上の闇が瞬時に吹き飛ばされ、強烈な光が見る者の双眸《そうぼう》を焼かんとする。真昼に優る圧倒的なこの光量は、直視すれば目を傷めるほどのものだった。

主砲はしばし沈黙するが、副砲は発砲を続ける。艦の中心線上に設けられた六門が、およそ一二秒おきに砲口に閃光を宿らせている。

主砲発砲に比べればはるかに控えめな砲声だが、それでも駆逐艦以下の小艦にしてみれば大変な脅威だ。一枚も二枚も格上の軽巡と撃ちあうようなものなのだから。

主砲が第二射を放ってまもなく、初弾弾着のときはやってきた。

主砲と副砲では、発砲が同時でも弾着まで同時になるわけではない。砲弾の断面積などに影響される空気抵抗の差がもたらす飛翔速度減少率の違いや、砲口から砲弾が飛び出す初速の違いなどのためだ。

しかし、敵艦の周りに次々と火薬と鋼鉄の牙を剝いたことに変わりはない。海面を騒がす大小の水柱が混じりあって、即席の林を作りあげている。

その直後、吉村ははっきりと見た。巨大な火球が海上に膨れあがるのを。

しばし遅れて、おどろおどろしい爆発音が海上を殷々《いんいん》と伝わってくる。

「敵艦、轟沈です」

「そうか。そう……」

吉村は両腕を組んで、小さく二、三度うなずいた。

このときになって、吉村は砲術長仲繁雄大佐の採った戦術の意味合いをようやく理解したのだった。

敵が近づくのを待ったのは、なにも第二次マリアナ沖海戦での失態の二の舞を恐れて消極的になったわけではない。副砲を合わせて圧倒的な弾量を叩きつけることで、命中率の向上を狙ったのだ。一撃必殺ではない。悪く言えば下手な鉄砲も……といえなくもないが、それは相手を見ての冷静な判断の末の決定だった。

相手は駆逐艦以下の弱敵だ。主砲弾にこだわらずに、副砲弾一発でも致命傷になる相手である。とにかく一発を早く当てることが重要なのだ。

弾着のばらつき範囲である散布界を移動して、その中に目標を包み込んで何発かの命中弾を得るという公算射撃の基本に徹した策ともいえる。

弾幕射撃にも近いこの戦術は、今の状況では正しい選択だったといえる最善の処置であろう。

消極的だなどとはとんでもない。仲はもっとも早く敵を退《しりぞ》ける積極策を実行したのだ。

（さすが司令官が連れてきただけのことはある）

吉村は、上層の電探室で奮闘しているであろう仲の顔を思い浮かべて、にやりと笑った。

一度膨れあがった火球は、急速に縮んで消滅した。

爆発の規模からして、副砲弾ではなく主砲弾の命中だった可能性が高い。五、六発も当てれば、重厚な装甲を纏《まと》った戦艦でさえも戦闘不能に追い込むほどの四六センチ弾である。駆逐艦や砲艦のような小艦にとっては、ひとたまりもなかっただろう。

爆発と火災の炎が完全に消えた海上には、木っ端《こっぱ》微塵《みじん》に砕け散った各種の残骸が浮かんでいるだろうが、無論それを確認することなどできはしない。

『武蔵』は残った一隻に向かって射撃を続けた。主砲と副砲に続いて、いつの間にか高角砲までもが発砲に加わっている。八九式一二・七センチ連装高角砲片舷六基の射撃だ。

これで合計二七門。小太鼓の連打のような高角砲の発砲音に混じって、すべてを吹き飛ばすような主砲の砲声が轟《とどろ》く。全身を揺さぶる重低音から、鼓膜をつつくような高音まで、戦場音楽の狂騒であった。

しかし、残った一隻は巧みにその修羅場をくぐり抜けた。砲煙弾雨の中を右に左に転舵を繰り返し、水柱の中を縫うようにして進み続けている。

叩き込まれる砲弾はむやみやたらに海面を抉《えぐ》るだけで、『武蔵』の砲撃は空振りを続けた。

敵艦も砲撃を始めたが、転舵を繰り返してのものだけに照準はでたらめだ。命中はおろか、至近弾すら得られそうにない。

だが、それがふざけているように感じられ、なおさら苛立《いらだ》ちを煽ってくる。

『武蔵』は時折り星弾を交えて砲撃を続ける。

青白い光の下に、残った一隻の艦容がおぼろげながら見える。小型艦は小型艦だが、『大淀』『仁淀』が砲撃をかけた敵艦よりもやや大きいように感じられた。前甲板の砲から箱型の艦橋構造物、その後ろの高いマストと続く艦容は、貧相ながらも戦闘艦としての最低限の様相は保ったものだ。

「護衛駆逐艦といったところですかな」

「そのようだ」

吉村の言葉に、早川はうめいた。

二線級の部隊にも、闘志あふれる者がいる。絶望的なまでに劣勢な状況でも、なんとか一矢を報いようと真剣勝負を挑んできている。普通に考えれば万に一つの勝ち目もないが、それにもかかわらず、臆せずに向かってくる。

その気迫に自分たちは押されているのだと、早川は表情を引き締めなおした。

（これが本土防衛という責任の重さなのだろう）

『武蔵』の前に現われた敵艦は、エドソール級の護衛駆逐艦だった。

長船体型の艦体は、全長九三・三メートル、全幅一〇・二メートルと、『武蔵』からすれば大人と子供以上に開きが大きい。基準排水量にいたっては、フレッチャー級艦隊型駆逐艦の半分ほどの一二〇〇トンにすぎない。

船団護衛や対潜哨戒を主任務とする運用が前提のエドソール級護衛駆逐艦は当然、砲兵装も水雷兵装も、七・六センチ単装両用砲三基と五三・三センチメートル三連装魚雷発射管一基という貧弱さだ。機関もディーゼル二軸六〇〇〇馬力しかなく、最大速力二一ノットの低速だ。

だが、この小型艦の前に、『武蔵』の主砲、副砲、高角砲は空《くう》を切りつづけたのだ。柔よく剛を制すならぬ、小よく大を制すという言葉が、早川はじめ吉村や目黒の胸中に重くのしかかっていた。

驚いたことに、エドソール級護衛駆逐艦はついに一万メートルを切る距離まで接近していた。合計二七門もの砲撃を雨霰《あめあられ》と浴びながらも、一発も被弾することなく二万メートル近くの距離を走破したのだ。離れ業としか言いようがない。

そのエドソール級護衛駆逐艦が、おもむろに転舵した。前部二基の主砲、艦橋構造物、マスト、一本の煙突、後部一基の主砲の艦容が、星弾の淡い光にくっきりと浮かびあがっている。

「雷撃だ！」

思いだしたように、早川は叫んだ。

砲や機銃しか持たない砲艦や掃海艇ならどうということはない。

だが、眼前の敵は腐っても駆逐艦だ。駆逐艦の最大の武器といえば魚雷である。

なにより目の前の動きが雷撃を示している。

魚雷の一発や二発で『武蔵』が沈むことはないにしても、トリムが狂うなどして砲撃に支障をきたしたら問題だ。明朝に控えたアメリカ本土攻撃に参加できなくなれば、ここまで来たことがまったくの無意味になってしまう。

敵はこの局面で必殺の一撃を繰り出したのだ。

「見張員。雷跡に厳重注意！」

吉村は苛立たしげに怒声を発した。

（窮鼠《きゅうそ》、猫を嚙むとは言うが）

低速にして弱武装の護衛駆逐艦に接近されて雷撃を許したこともそうだが、それ以上にこれだけ砲撃を続けてもただの一発も命中弾を得られない自艦の不甲斐なさに、腹が立ってしかたがなかった。

「取舵だ！　取舵一杯」

「取舵一杯。宜候」

有無を言わせぬ吉村の口調に、目黒が素早く復唱を返す。ただ従順に従ったわけではない。意図を理解してのことだ。

敵が一隻なので、魚雷が来る方向は決まっている。吉村は雷跡に対して艦を水平にすることで、対向面積を最小化したのだ。

また、艦首か艦尾かどちらを犠牲にするかとなると、舵や推進軸といった艦の中枢のことを考えればおのずと答えは出ている。

「敵艦に命中弾！」

艦首が左に振られかけたところで、ようやく命中の閃光が海上にほとばしった。

吉村は舌打ちした。（この期に及んで、ようやくか）と、その表情が覚めやらぬ怒りを示している。

副砲あるいは高角砲の命中だったのか、前《さき》の火球のような衝撃的な光景は見られない。しかし、命中の火光は少なくとも四回、いや五回は連続して閃いたように見えた。

敵艦はすぐさま火災の炎を背負った。そしてその炎は徐々に大きくなって、艦全体を包んでいった。

「雷跡、左右に抜けました」

「敵艦、停止。完全に沈黙しました」

立て続けの報告にも、吉村は無言だった。ただ、早川を一瞥して、申し訳なさそうに頭を下げるだけだった。

早川が苦笑して口を開く。

「『大和』や第二艦隊司令部から入電は？」

「『大和』および三水戦から、敵を撃退したとの報告が入っております。また、第二艦隊司令部からは、旗艦のもとに集合せよとの命令です」

「わかった」

早川は短く答えた。

「一戦隊は集合後、『愛宕』のもとに。『愛宕』は……」

疲労がないといえば嘘になる。もちろん体力的なものではなく精神的なものだが、今はそんなことを言っている場合ではない。

これは、ほんの序章にすぎないのだ。明朝にかけて、敵は死にもの狂いでやってくるであろう。それをはねのけて、我が砲身を敵本土に向けてこそ任務の達成と勝利がある。

転舵を知らせるベルが凜《りん》と鳴った。その澄んだ音色は、最終決戦の幕開けを告げるものだった。

同日同時刻　ポートランド沖・北東太平洋

「シアトル沖に日本艦隊が出現」

「日本艦隊は東進。我が合衆国本土に向かう」

「迎撃に向かったコースト・ガードは壊滅。日本艦隊の阻止に至らず」

「日本艦隊は有力な戦艦を伴う。戦艦は複数の見込み」

相次ぐ悲観的な報告に、戦艦『サウスダコタ』艦長ホワード・ボード大佐は無言のまま北を見つめていた。

完全にしてやられた。太平洋艦隊の主力がマリアナに向かった隙に、敵は大胆にも我が本土を攻撃しようと向かってきたのだ。

マリアナに現われた敵は囮《おとり》だった。敵は、大規模な航空攻撃と空母機動部隊を繰り出してマリアナ奪回に出たと見せかけ、太平洋を横断する別働隊を動かしていたのだ。

片道五〇〇〇海里にもおよぶ渡洋攻撃など、前代未聞の作戦である。

大量の補給物資、綿密な航海計画、そして厳重な情報管理と艦隊に秘匿行動……。作戦にまつわる困難な点は、無限に出てきそうだ。

現にオレンジ・プランと呼ばれた対日渡洋作戦計画を準備していた自分たち合衆国海軍でさえも、実際にそれができると証明したわけではない。

恐らく、この短期間に、しかもこうして敵を欺《あざむ》いての奇襲となると、現実的に実行できたかどうかは甚《はなは》だ疑わしかった。

そもそも、アメリカ海軍には奇襲というシナリオはない。圧倒的な物量と大兵力をもって、敵がいかに抵抗しようとも力押しでねじ伏せるのが、アメリカ海軍の計画だった。

二正面作戦、正確に言えば敵の主攻撃を正面で受け止めつつ、一方で敵の本陣をつくというやり方は、自分たちにはできなかっただろう。

だが、敵はそれをやってのけた。マリアナという腕先で剣を交わしつつ、我が合衆国本土という心臓に矢を放ったのだ。

幸か不幸か、偶然にもマリアナ防衛作戦に出撃できずに西海岸でくすぶっていた

『サウスダコタ』は、それを迎撃できる位置にいる。

ポートランド沖の現在位置から敵艦隊までの距離は、わずか七〇海里あまりだ。

全速で洋上を突っ走れば、二時間もあれば攻撃圏内に到達できる距離だ。

だが……。

「太平洋艦隊司令部から、返答が届きました」

「よし」

待ちくたびれたぞとばかりに、ボードは通信士官の持つ電文をひったくった。

ボードの碧眼《へきがん》が文を追う。一つうなずき、その直後に表情をこわばらせる。それが幾度か続いた。

通信士官に電文を返したとき、ボードは歓喜と失望が入り混じった複雑な表情を見せていた。

太平洋艦隊司令部は、水上戦による迎撃を指示してきた。これには、ワシントンの海軍作戦本部からの直々の命令であることが付け加えられていた。

それはいい。

本来、戦術的にベストなのは航空隊の空襲と同時に水上戦を仕掛けることだ。

幸い本土ということで、海軍だけではなく陸軍の重爆や爆弾を積んだ戦闘機の加勢も期待できる。うまくすれば、対空戦闘に忙殺される敵の背後から奇襲をかけることも可能かもしれない。

だが、作戦本部も太平洋艦隊司令部も、恐らくそれをわかっていながら単独の行動を指示してきた。組織の壁やメンツのためだ。

今の非常事態を招いたのは、ひとえに海軍の責任だ。それを承知で陸軍に頭を下げて共同作戦を乞うことなど、あのプライドの塊りのような作戦本部長アーネスト・キング大将にできるはずがない。

こともあろうに、敵の陽動にまんまとひっかかって本土近海に敵の出現を許したとなれば、海軍および太平洋艦隊にとっては末代までの恥だ。この大失態を拭うべく、海軍の力だけでなんとか撃退したいという心理が働くのは、予想の範囲内ではあった。

ボードとしても、祖国が未曾有《みぞう》の危機に晒された今、航空隊とタイミングを合わせるために指をくわえて待つことなど我慢がならなかった。

劣勢であろうがなかろうが、今すぐにでも敵に向かって突進したい。そんな気持ちのボードにとって、単独で水上戦を挑めという命令はある意味においては渡りに船であった。

だが、問題は戦力と時間だ。

太平洋艦隊司令部は、周辺で哨戒にあたっていた艦や、ドックを出て間もない試験航海や完熟訓練中の艦、さらには軽微な損傷であれば修理中の艦まで含めて、可能なかぎりの増援を送ると言ってきた。

が、その内訳を見て、ボードは愕然とした。駆逐艦が一〇隻足らずに潜水艦が二隻、それに動員できるかぎりの魚雷艇をすべてという内容だったのだ。

戦艦や空母はまだしも、巡洋艦の一隻すらないというのである。いくら主力がマリアナにいるとはいえ、これが太平洋艦隊の現状だと思うと失望を禁じえない。国を守る最終戦力がこれだけとは、驚きとともに落胆を隠せないボードだった。

さらに追い討ちをかけたのが時間である。

あらゆる場所、あらゆる状況の艦をかき集めるため、合流までには四、五時間程度を要するとの連絡だった。それでは敵艦隊が本土に到達しかねないではないか。シアトルが、下手をすればサンフランシスコやロサンゼルスが襲われることになるかもしれない。

「やむを得ん。出撃するぞ」

「お待ちください。艦長」

痺《しび》れを切らして単艦で向かおうとするボードを、CIC（戦闘情報管制センター）の情報管理士官ジョーダン・コリア少佐が制した。

「敵は戦艦に加えて、巡洋艦と駆逐艦の護衛を引き連れています。戦艦同士の砲戦ならばまだしも、よってたかって雷撃を浴びせられれば本艦とてひとたまりもありません。本艦は今、西海岸に残された唯一有力な反攻戦力です。万一、本艦が敵戦艦と雌雄《しゆう》を決する前に被雷して沈没でもしようものならお終《ジ・エンド》いです」

コリアは「ジ・エンド」という末尾の言葉を強調した。

たしかに、今のアメリカ海軍にとって『サウスダコタ』は唯一残された希望なのだ。

「貴官は悲観的にすぎるのではないか」

否定的なボードに、コリアはなおも食い下がった。

「自分も、大変厳しくかつ重要な局面にあることは充分承知しております。ですからなおさらここは慎重を期すべきだと申しあげているのです。艦長もご存じのとおり、敵の雷撃は強力です。この戦争中、どれだけの同僚や部下が死んでいったことか」

「…………」

ボードは無言のまま唇を噛んだ。

たしかにコリアの言うことは正しい。

純粋酸素を燃焼ガスに用いていると思われる敵の魚雷は、強力無比の代物《しろもの》だ。射程にしろ威力にしろ、自分たちの魚雷とは比較にならない。おまけに無雷跡ときている。これまで、ジャワ海、ソロモン、フィリピン近海などで、どれだけ痛めつけられてきたことか。

ボードも、そのことは身をもって知っていた。

ボードはなお数秒間無言だったが、やがて意を決したように顔を上げて宣言した。

「よし。二時間だけ待とう。夜襲は無理になるがやむを得ん。ただ、敵に本土を蹂躙《じゅうりん》された後では手遅れだ。二時間後、その時点で集結できた艦を率いて本艦は北上し、日本艦隊を迎え撃つ！」

もはや議論の余地はないといったボードの様子に気圧《けお》されて、コリアはそれ以上なにも言わなかった。

口を閉ざすコリアを尻目に、ボードは椅子にもたれかかってしきりに指先で机上を小突いていた。

第三章　砲撃目標、シアトル！

一九四五年八月八日　奉天

　日米の艦隊と航空戦力がマリアナ沖と北東太平洋で火花を散らしているころ、忘れてはならないもう一つの戦場があった。日ソ戦の舞台である大陸北東部の満州である。

　二月三日のソ連の侵攻開始以来、必死の防戦に努めてきた日本陸軍と陸上自衛隊であるが、やはり圧倒的な戦力差はいかんともしがたく、各地の防衛線は次々に破綻《はたん》していた。

　満州の北部、中部の要衝であるチチハル、ハルビン、新京＝長春＝といったところにはすでに赤軍の旗が翻《ひるがえ》り、ソ連軍は大きく満州領内に踏み込んでいる。じりじりと後退に後退を重ねた日本陸軍と陸上自衛隊は、満州南部の奉天＝瀋陽《しんよう》＝を最終防衛線に定めて強大なソ連軍と対峙していた。

奉天は交通の要所である。この先には渤海《ぼっかい》の入口にあたる大連や要港旅順につながる南西ルートと、朝鮮半島の新義州へつながる南東ルートとに分かれる満州鉄道の分岐路があり、奉天を抜かれるということは、東西どちらとの連絡も絶たれるということを意味する。

また、奉天の先には、莫大な量の鉄鉱石が眠っている鞍山《あんざん》をはじめとした資源地帯も広がっており、ソ連にとってはまさによだれが出るほど欲しい地域といえるのだ。

そのため、奉天を失えば満州全域を失ったに等しい。それどころか、ソ連に朝鮮侵攻の足がかりを与えることになり、いよいよ日本は大陸から叩き出されてしまうのだ。

だが、戦術的敗北を喫してはいたものの、それらはあらかじめ予想していた計算内の状況だった。日本陸軍と陸自は、戦略的後退によって戦線の縮小と戦力の集中を狙っていたのだ。

よって、宣戦布告なき開戦以来、破竹の勢いで突き進んできたソ連軍であったが、この奉天に辿《たど》りついてからは二カ月以上にもわたって足止めを食らっている。市街戦は泥沼の様相を呈していたのだ。

もちろん日本側にも余裕があるわけではない。もともと国力に乏《とぼ》しい満州国や日本と、補給線が延びきったソ連とで、両者の我慢比べが続いているのだ。

この奉天攻防戦が、日ソ戦の趨勢《すうせい》を決定づけるといっても過言ではない。そういった空気が流れる中、兵士たちは神経をすり減らしながら敵襲に備えていた。

「あと三日耐えろだと？　その三日が大変なんだろうが」

受領した命令に、陸自北部方面隊第七師団第七四戦車連隊第二中隊長原崎京司《はらざききょうじ》一等陸尉は毒づいた。

空自と第三艦隊によるマリアナ攻撃という陽動作戦が成功し、第二艦隊が今まさにアメリカ本土に突入しつつあるという事実を原崎は知らない。

三日というのは、第二艦隊がアメリカ本土に到達し、戦局が劇的に改善されるのを見越しての意味だったのだ。

というよりも、さらに平たく言えば、日米戦そのものの終結を期待してのものに他ならない。

日米戦が終結したとなれば、ソ連が日本と戦う意味も大きく変わってくる。

条約違反という汚名を着てまで満州に食指を伸ばしたソ連だが、それも日本が弱体化したのを見ての行動だ。日本が太平洋から兵力を引きあげてこの満州に全力を投入してくるとなれば、話は別だ。

さらに悲観的に考えれば、日本とアメリカが組んでソ連に対抗するという構図も絵空事ではなくなってくる。

東條政権時代の日本であったら、仮にそういった立場に追い込まれたにしても、「神国日本」「皇国不敗」をうたって戦争完遂に邁進《まいしん》していたことだろう。絶望的な状況だとわかっていても「一億総特攻」を叫んで亡国の道を歩み続けたに違いない。

しかし、狡猾《こうかつ》なスターリンは違う。意地になったり、怒りにまかせたりして、戦争を続けることは一〇〇パーセントない。あらゆる手段を投じて、もっとも有利な選択肢を採るに違いないだろう。その前提として、日ソ戦の停戦が浮上してくるのは間違いない。

原崎らはそれらの背景を知らずに、ただ目前の敵と睨みあうだけだった。

市街戦は、攻めるに難く、守るに易《やさ》しいというのが定説だ。

それは、遮蔽物が多くてゲリラ戦を展開しやすいこと、そのために防御側は小兵力での奇襲がかけやすく、逆に攻撃側は防御側の兵を根絶しにくいといった理由による。民間人が多く、大兵力と大量破壊兵器の投入にためらいが生じることも見逃せない。

だが、それも市街地があってのことだ。

奉天の街は、この二カ月にわたる長い戦闘ですっかり荒廃し瓦礫《がれき》の山と化していた。建物らしい建物はその大半が焼失崩壊し、大小不規則な形に砕けたレンガや黒焦げになった木材がいたるところに散乱していて道路と住宅地との区別がつかないほどだ。わずかにその堆積物がまとまっているところが、そこに建築物があったであろうことを物語っていた。

奇跡的に生き残ったビルや家屋も、損傷が著《いちじる》しい。野砲や戦車砲弾の貫通孔が無造作に穿《うが》たれていたり、無数の機銃弾痕が蜂の巣のように見えたりする壁面も多い。

火災の跡も生々しく、人間の皮膚や肉が高温で焼かれたことを示す人形《ひとがた》をした影も一つや二つではなかった。

当然、日ソ両軍の損害も甚大だ。

焼けちぎれた軍装が絡みついた人骨が転がっているかと思えば、その横には撃破され放棄された車両が両輪を吹き飛ばされた状態で横転し、醜態を晒《さら》している。コクピットを粉砕された航空機が地面に突き刺さっていたり、片翼をもぎとられた航空機が半壊して裏返しになっていたりもした。

今、奉天の街には、薄汚れた日の丸と赤い星のマークとが点々と散在していたのだ。

「三日ね」

原崎はつい数日前まで野戦司令部があった駅近くの公園の一角で、熱いコーヒーをすすった。

真夏なのにホットコーヒーだったが、真夏だからこそホットなのだ。

もちろん精神論の問題ではない。冷帯地域でもないかぎり、屋外では温めるのと冷やすのとでは圧倒的に前者のほうが容易なのだ。

戦場では、熱源には事欠かない。

行軍を続けてきた車両のエンジンや長時間日射を受けた装甲板の上なら、目玉焼きなど簡単に作れる。瞬間湯沸かし器といってもいいかもしれない。

もちろん陸自ほどの装備があればコールド・ドリンクの供給も可能だが、それを維持するのが難しい。

どうせぬるいものを飲まされるのならいっそ熱々のコーヒーを、というのが原崎の考えだったのだ。

原崎の視線の先には、友軍車両の残骸がいくつも転がっていた。

敵は物量の優位にまかせて、一度この中心部にまで攻め込んできた。

必死の応戦でようやく一〇キロメートルほどは押し返したが、その傷跡は浅くはなかった。

砲塔を吹き飛ばされた九七式中戦車や原形をとどめないまでに破壊された九五式軽戦車に混じって、陸自の軽装甲機動車や八七式偵察警戒車なども無残な状態で転がっている。

原崎の後ろには、戦車回収車によって回収された九〇《きゆうまる》式戦車が二両ある。

もちろん、いかにソ連の機甲部隊が強力とはいっても、大戦型の戦車で戦後第三世代の戦車である九〇（九〇式戦車）を撃ち破るのは難しい。まともな砲撃では勝ち目がないといってもいいくらいだ。

砲の威力や安定性、単なる装甲厚では語れない防御システム、他車やヘリとのデータ・リンクを介した情報の量と精度、といった総合性能の差だ。

だが、それでも完全とはいえないのが世の常だ。想定外のケースは必ずある。

一両は至近距離で長砲身換装型のKV－1という通称KV－85重戦車の一撃を食らい、履帯《キャタピラ》を切断されて擱坐《かくざ》したものだ。撃破された味方車両に偶然囲まれる格好になってしまい、行動の自由を失ったところを狙われたのだ。

もう一両は敵戦車の集中砲火を浴びて内部から発火し、炎上してしまった。

さすがに九〇の先進的な装甲はソ連戦車の砲弾に貫通を許さなかったが、なぜ火災に至ったのだろうか。原因は目下調査中だが、恐らく入り組んだ電子システムが砲弾直撃の影響でショートしたか、あるいは連続した衝撃と振動で摩滅して火花を散らしたのだろう。

よって、九〇とてこの時代において無敵ではないことが証明されたのだ。

（そうだ。形あるものはいつかは壊れる。絶対ということは決してないのだ）

原崎は高温の炎であぶられた九〇の砲塔に視線を流した。

黒くすすけた天部には、溶けた樹脂がへばりついている。側《がわ》は大丈夫でも、中は相当いかれていることだろう。

そうこうしているうちに、携帯無線の呼び出し音が鳴った。

陸自の標準的な携帯無線機二号のＪＰＲＣ－Ｆ80だ。全幅八〇ミリ、全高一八〇ミリ、奥行き五〇ミリ、重量一キログラムと小型軽量化されているのが特徴だ。

どうやら警戒にあたっていた無人陸戦ロボット・ランドキーパーが、敵の動きを察知したようだ。

九インチの液晶ディスプレイのスイッチを入れて、電送される映像に目を向ける。一〇キロも先のランドキーパーが見るものをこうしてリアルタイムで確認できるのはいいが、機材が大掛かりになるのが欠点だった。

ランドキーパーから直接受信できれば、どんなに便利だろうかと思う。

できない理由は二つあるらしい。

一つは距離の問題。ランドキーパーが内蔵する小型機器では発信電波の出力が小さく、受信可能エリアが限られるのだ。

まあ、この点は中継車を置けば解決はできる。もちろんワイヤレスでだ。

だが、もう一つが難題だった。セキュリティの問題である。

なにも考えずにワイヤレスで情報をばら撒けば、当然敵もそれをキャッチできることになる。

せっかくの情報が、敵に筒抜けになるのでは意味がない。最悪の場合、敵がデータを改ざんして偽情報を送りつけてくる可能性もなくはないのだ。

この問題を解決するには、やはり情報を暗号化せざるを得ない。

しかし、暗号というものは、敵に解読されにくくすればするほど複雑怪奇になっていく。

しかも、静止画像ならともかく、動画となれば情報量そのものが跳ねあがる。そういった理由で、どうしても機材が大型化してしまうのだ。

もちろん、例外は存在する。極々近距離の送受信だけは別だ。九〇の車内からでも、簡易セキュリティ装置を介して情報が取得できる。

「威力偵察か。こんな時間に」

原崎は舌打ちした。

シアトル沖の北東太平洋が真夜中を迎えようとするころ、満州は夕刻だ。

暗視装置やレーザー測距などの技術がない大戦時の戦闘は、基本的に夜間戦闘は稀《まれ》なはずだったが、敵はその隙を衝くつもりかもしれない。

ランドキーパーは接近する装甲車の映像を送ってきている。

口径七・六二ミリと思われる機銃で睨みをきかせつつ、車上に乗り出した士官らしい男が周囲の様子を窺《うかが》っている。

装甲車は全部で三両見える。その後ろにも支援の戦車らしいものがかすかに見えた。

単なる偵察にしては重装備だ。ある程度の戦闘も辞さぬ覚悟で、こちらの戦力や配置を探るつもりなのかもしれない。

「それとも、前衛をつぶす目的の地ならしか」

思考をめぐらせているうちに、バックが薄茶色に変わってきたような気がした。

「砂煙？　……ん？　まさか！」

それ以上の思考は無用だった。

「敵襲！」

通信員が大声でわめきたてたので、原崎はあわてて無線を手にした。連隊長からの指示がすかさず入る。

「E5監視哨が敵の砲撃を受けた。機甲部隊も接近中との情報もある。ただちに出撃。敵の迎撃に向かう。第二中隊はE6からE7に向けて北進。万難を排して敵の侵攻を食いとめよ」

E6やE7というのは、戦略的に定めた地図上のポイントを指すものだ。敵が侵攻しやすい丘陵の間や地雷原、ランドキーパーの進出地、などの目印だ。

「はっ。ただちに出撃します」

原崎は無線の送話器を置いて振り返った。

「出撃する！」

「出撃！　しゅつげーき」

それまで思い思いに休んでいた隊員たちが、叩き起こされるように飛び起きて自分の車両に向かう。

五秒と経たないうちにスターターがかけられ、ほうぼうで軽量小型の三菱一〇ZG水冷二サイクルV型一〇気筒ディーゼル・エンジンが、豪快な咆哮をあげはじめる。

原崎の所属する第七四戦車連隊は、奉天の街中に中隊毎《ごと》に待機していた。まとまっていられるだけの広い場所が確保できなかったことと、敵の攻撃の際に集中して撃破されるリスクを避けることが理由だ。

戦闘もそのまま中隊毎となる。原崎の責任は重大だ。

「第二中隊長より各小隊長へ！　我々はE6からE7の地点に向かって前進する。敵は準備砲撃もそこそこに機甲部隊を突入させてきた模様。砲撃は自走砲による可能性もある。充分注意せよ。健闘を祈る！」

原崎の声は、すでに怒鳴り声に近い。陸戦というものは、どうしても騒音と隣りあわせになるからだ。それが、空戦や海戦と違って陸戦は、汚い、泥臭い、といったイメージを与える一因でもある。

「出撃！」

原崎の中隊長車を先頭にして、第二中隊全一一両の九〇が動きだす。

これまでの戦闘で損傷したり故障した車両が生じているため、第二中隊は一四両の定数を割ったままだ。

二〇一五年から補充された車両も何両か加えたが、追いついていない。

敵にまともに撃破されたのは二両だけだが、やはり酷使された車両は悲鳴をあげているのだ。


会敵は奉天郊外の平地だった。

奉天は二〇世紀初頭から戦争に翻弄され続けてきたといえる。清朝滅亡後に、張作霖《ちょうさくりん》、張学良《がくりょう》ら張氏軍閥の拠点として満州事変の舞台になったこの地は、今また日ソ両軍の戦車戦場と化したのだ。

水平線までとはいかないが、キロ単位で先を見渡せる場所であれば九〇の優位は動かない。

問題は乱戦およびゲリラ戦に巻き込まれて超接近戦になったときだが、どうやらそれはなさそうだ。突発異常が起こる危険性は少ない。

欲を言えば、視界が悪い雨天や砂嵐の状況のほうが、サーマル暗視装置と電子式FCS（射撃統制装置）が決定的な役割を果たすはずだが、そこまで望むのは贅沢というものだろう。

「全車、統合射撃システム・オン！」

「レツ2、了解！」

「レツ3、了解！」

「レツ4、了解！」

原崎の声に、次々と命令受領の応えが返る。

「レツ」というのは、各車の呼び出し符丁である。部隊マークの「烈」をカナ表示に直しただけで簡単明瞭と原崎が定めたものだが、評判はあまり良くない。

「間違えるなよ」

車長席の右上に設置されたディスプレイに光が走る。

もともとは赤外線探知した敵を表示するディスプレイだが、戦場全体を見渡す倍率に下げたところで各目標が黄色い丸に囲まれて数字が付けられる。データ・リンクされた各車のコンピュータが、それぞれの目標を割り振ったのだ。

多数の敵が同時に現われたときに、射撃目標が重複しないように使われるシステムであり、これによって、最小のコストと最短時間で、最多の敵を撃破することが可能になる。

これが、統合射撃システムであった。

言うまでもないが、編隊空戦の管制や水上艦のイージス・システムをヒントに開発されたシステムである。

だが、開発時には、遭遇戦が多い陸戦の特徴と科学技術の進歩によって、数を頼みにする戦術そのものが衰退し、無用の長物だとか税金の無駄遣いだとかと揶揄《やゆ》されていた。それが今まさに最大限効果を発揮するときが来たのだ。開発者が見たら泣いて喜ぶに違いない。

「装塡よし」

第二中隊総勢一一両の九〇が、砲列を並べる。

電気式砲制御装置で高い命中率を誇る九〇は基本的に走りながらの射撃＝行進射＝を苦にしないが、停止射撃でさらに命中率が高まるのは当然だ。

北方からの匈奴《きょうど》の侵攻に備えた万里の長城さながらに、原崎はここ奉天に鋼鉄の長城を築いたのである。

九〇を構成するパーツの中で唯一輸入品であるラインメタル一二〇ミリ滑腔砲が、黄金色の西日に溶け込むように輝いている。全長五メートルを超える四四口径の砲身が左右に微動し、それぞれの目標を狙う。

「照準よし」

（多いな）

割り振った目標の背後に、二段、三段と敵影が重なっているのを見て、原崎は片眉を歪《ゆが》めた。

日本は高い忠誠心と精神性で、ドイツは優秀な技術力で、連合軍とよく戦ったが、最後はアメリカの圧倒的な物量に押しつぶされたというのが旧史の定説とされている。その意味では、このソ連相手の戦いもそうだ。伊達《だて》に国土が広いわけではない。半分以上が雪と氷に閉ざされる寒冷地帯とはいえ、そのあふれんばかりの人と物はアメリカをも上回るのではないかと思わせるほどだった。

（まあいい。狙い撃つだけよ。三日だ、三日）

原崎は唇を前後に滑らせて、乾きを癒《いや》した。一瞬、息を止めて、勢いよく喉元から言葉を吐きだす。

「ファイア！」

原崎の号令とともに、一一門の砲口が鮮烈に閃《ひらめ》いた。

射距離は約六〇〇〇メートル。戦車戦の常識からすれば大遠距離もはなはだしい。

それでも、原崎には自信があった。

タングステン弾芯を用いたＡＰＦＳＤＳ（翼安定装弾筒付徹甲弾）と、ラインメタル四四口径一二〇ミリ滑腔砲の充分な威力と、可視ではなくサーマル映像装置が組み込まれた優秀なＦＣＳ、それにこれまで鍛えてきた自分たちの腕があれば決して不可能ではないはずだ。ハイラルや新京で実戦も積んでいる。

（問題ない。いける）

弾着は、その直後だった。

（やった！）

原崎は心の中で歓声を放った。拳を強く握り、その場で四分の一ほど回転させて喜びを表わす。

黒々とした豆粒のような塊《かたま》りが、瞬間的に閃いた。ほぼ同時に弾けた複数の閃光が、すぐさま横一線に連なって地平線上に光の糸を射しかけた。

赤外線探知のディスプレイも目標の消失を告げている。命中だ。

原崎の第二中隊は、ここに戦車戦遠距離射撃の世界新記録をうちたてたのだ。

ちなみにこれまでの最高は、アメリカ陸軍のM1A1エイブラムズがイラク軍戦車T－72を相手に湾岸戦争で残した三五〇〇メートルという記録である。また、陸自の演習では、静止目標に対して距離五〇〇〇メートルで命中という記録があった。それらをはるかに上回る驚異的な結果である。しかも、実戦の緊張の中であり、相手は動いてもいるのだ。

もちろんそのときの原崎はこういった事実を知らなかったし、知る必要もなかった。

実戦なのだ。過去のことや実績があるない、などは関係ない。必要なのは、敵を撃破して自分が生き残ることだ。

統合射撃管制システムが働いて、各車に次の目標を割り振る。

最初の一撃で、全一一両中八両が命中弾を得て敵戦車を撃破していた。

残り三両は同一の目標に対して再度射撃を行なうことになるが、ここで威力を発揮するのが九〇《きゅうまる》が採用している目標自動追尾システムだ。

世界に先がけて導入したこのシステム付きのFCSは、特に命中精度が落ちる遠距離射撃でこそ威力を発揮する。照準修正を、手作業で行なうことなく素早く次の射撃に移ることができるのだ。また、省人化を達成した自動装填装置によって次発装塡も迅速だ。

これらの点でも、九〇と大戦型戦車とでは雲泥《うんでい》の差があるのだ。

「第二射、撃《て》っ！」

三両が素早く第二射を放つ。

わずかに遅れて、八両が次の目標に向けて砲声を轟《とどろ》かせる。

妖艶に光る夜戦の発砲炎は戦争の持つ負の側面を感じさせる不気味なものだが、西日を浴びて金色に輝く戦車の砲列は力強さや勇壮感といったものを感じさせる。

「各車に告ぐ。距離二〇〇〇メートルまで統合射撃続行。以後は小隊毎に散開し自由射撃。踏ん張れ！」

原崎は断を下した。自分でもいささか懐疑的だった大遠距離射撃ではあったが、今の状況ならいける。問題はない。最後に余計なひと言を入れたのも、予想以上の結果に対する満足感と余裕からだ。

これまでは広い平地での戦闘の機会がなく、こういった九〇の潜在能力を知ることができなかった。だが、それが判然とした今、最大限に利用しない手はない。個別戦闘に入って、自分たちから戦況を乱す必要はないと原崎は考えたのだ。

ところが、実は二〇〇〇メートルという距離は、Ｔ－34やＫＶ－1、ＪＳ－2といった大戦型のソ連戦車にとっても射程外の距離ではなかった。

仮に水平射撃で届かなくとも、砲の仰角をとれば射程は飛躍的に伸びる。車体が低く構造的な問題で仰角をとれない場合でも、強制的に斜面に乗りあげれば見かけ上の仰角をとることはできる。

だが、弾《たま》が届くことと命中するということは、根本的に異なるのだ。届く届かないは、実はあまり問題ではない。

距離が遠くなればなるほど、砲とそれを取り巻く環境には厳しい要求が突きつけられるのだ。

動態目標に対する照準の精度と追尾能力、それに呼応した射撃管制システム、特に走行時の砲安定性、そして大前提となる砲弾の貫徹力——これらが揃って初めて射撃が成立するといえる。

この有効射程と呼ぶべき距離は、後年のソ連戦車＝T－72＝ですら二二〇〇メートルあまりなのだ。T－34らが太刀打ちできるものではない。

「装塡よし！」

「照準よし！」

「ファイア！」

第三射、第四射と射撃は続く。

案の定、敵の反撃はない。

原崎が率いる第二中隊の完全なアウトレンジ攻撃であった。

原崎の直率する小隊の二号車＝通称香坂無口《こうさかむくち》三尉、本名香坂明《あきら》三尉が車長を務める車両＝も、派手に撃ちまくっている。

相変わらず黙々とした様子だが、砲声ははっきりと聞こえてくる。

砲戦における理想形が、ここにあった。リスクのない一方的な攻撃だ。

恐らく敵戦車兵は苛立《いらだ》ちの極致にあるだろう。地団駄を踏み、砕けんばかりに歯嚙みしている者も一人や二人ではないはずだ。撃ちたくても撃てないのだ。戦車兵としてこれほど屈辱的な展開はないかもしれない。

（いいぞ）

距離が近づくにつれて、命中の様子も少しずつわかってきた。

砲塔を貫通されたＫＶ－１が突然死したようにその場に停止し、沈黙する。

車体前部を貫かれたＴ－34は爆炎を噴いてその場に崩れ、黒焦げになった砲塔を地面に転がす。かと思えば、別のＴ－34からは火柱があがって砲塔が吹き飛ぶ。残った車体は首なしの状態で炎に焼かれ、奇跡的に生き残った戦車兵の悲鳴も絶叫もかき消していく。

また、搭載弾薬の誘爆を招いたT―70軽戦車は、一瞬の閃光とともに木っ端微塵《こっぱみじん》に砕け散る。

奉天郊外の平地は、さながらソ連戦車の墓場のようだった。

さすがにこのままでの進撃はおぼつかないと悟ってか、炎と爆煙に混じって煙幕が展張されていくが、防御策としてあまりにお粗末すぎた。サーマル暗視装置を備えた九〇に、光学的な視界遮断は無意味だからだ。

かまわず九〇が吠え、初速一六五〇メートル毎秒で飛び出したAPFSDSが薄汚れた戦場の大気を貫いていく。

爆炎が奔騰《ほんとう》した。轟音《ごうおん》が大地を震わせた。熱風が地面をなぎ払った。

「ファイア!」

「ファイア!」

およそ五〇両も撃破したころだろうか。第二波、第三波あたりの戦車群を撃滅したところで、ソ連軍機甲部隊はたまらず退却していった。

「追うか……いや」

考えている暇はなかった。

静寂を取り戻しつつある戦場に、新たな轟音が響き渡ったのだ。甲高い音を連ねて襲いくるそれは、放物線を描いて降りそそいでくる、大落角弾だ。

大気を引き裂く凶音は、耳の奥を繰り返し杭で突かれるような不快感を覚えさせるものだった。それが極大に達したかと思うや否《いな》や、内臓を揺さぶるような重低音とともに地響きが足元から伝わってくる。

（これは！）

ちょっとやそっとの砲撃ではなかった。

揺れ動く視界の中で、狂ったように土砂が舞いあがるのが目に入る。その根元にあるのは、巨大なクレーターだ。ぱっと見、大人が一〇人くらいは詰め込めそうな大穴が同時に多数穿《うが》たれている。七五ミリや八〇ミリクラスの砲弾ではない。恐らく一〇〇ミリを超える大口径砲弾の仕業だろう。

「こんなものを用意していながら、敵はなぜ……」

機甲部隊を前面に立てて進撃してきたのか、という言葉が弾着の轟音に消し去られた。

天から振りおろされる巨人の拳に繰り返し突かれるかのように、大地が何度も何度も抉《えぐ》られていく。

弾着の精度はお世辞にも褒《ほ》められたものではない。もっとも近い弾着位置でも数十メートルは離れている。

だが、陸戦の遠距離砲撃というものは、艦砲射撃とは違う。小目標に必中を狙うのではなく、エリア制圧を狙った大火力の投射という意味合いが大きい。敵を追い払い、じわじわと進撃路を切り開くのが目的なのだ。

そういった意味で、この砲撃は正しい。しかもこの数だ。雨霰《あめあられ》のように巨大な黒い塊りが降りそそぎ、大地を掘り返していく。

強行突破も不可能ではないだろうが、油断は禁物だ。通常の戦車戦と異なり、砲弾は上からやってくる。つまり、艦砲の世界でいう垂直装甲ではなく、水平装甲が受け止めるケースということだ。となると、リスクは大きい。大きすぎる。

戦車は、水上艦以上に水平装甲は薄弱だ。天面の防御など考慮していないといってもいいくらいである。

たとえまぐれ当たりだったにしても、重力加速度を帯びて落下する大口径弾は、紙切れを破るように九〇の砲塔や車体を貫くであろう。

串刺しになってあの世にいくなど、ご免だ。

(これほどの砲兵力があるのなら、なぜ敵は準備射撃を充分に行なわなかったのだ

ろうか）

「九時方向に移動！」

原崎は疑問を感じつつ、命じた。

一一両の九〇が一斉に回頭して右を向く。オートマチック・トランスミッションがエンジン出力を的確に履帯に伝え、全備重量五〇トンの車体を前進させる。

ところが……。

「なにい！」

原崎は信じ難い眼前の光景に、目を剝《む》いた。

弾着が進撃路上に移動しているのだ。

砲撃の精度は相変わらず粗いものの、左側や後方に置き去りになるはずの弾着の大半が前方に移っていた。

「反転、一八〇度！」

今度は超信地旋回をかけて一一両の九〇が振り返る。最大出力一五〇〇馬力を誇る三菱一〇ZG水冷二サイクルV型一〇気筒ディーゼルエンジンが猛々《たけだけ》しく咆哮し、乾いた地面から濛々《もうもう》と砂煙があがっていく。

だが……。

「な……」

「中隊長……」

原崎は言葉を失った。

寡黙な香坂も、思わずうなるような声をあげた。数十メートルもいかないうちに、再び弾着位置が追いすがってきたのだ。今度の弾着は原崎らの移動に合わせて、後ろから迫ってくる印象である。

（観測はともかく、この素早い目標修正は牽引砲ではありえない。……自走砲か！）

原崎は敵の正体を悟った。

ソ連軍には、KV－1重戦車の車体に一五二ミリ加農榴弾砲を載せたSu－152重突撃砲や、その発展型としてJS－2重戦車の車体に同じく一五二ミリ加農榴弾砲を載せたJSU－152重突撃砲と呼ばれる自走砲があったはずだ。

それだったら、ありうる。この大口径弾による遠距離射撃と、迅速な移動も可能なはずだ。

原崎は迫力のある大型固定戦闘室を設けた自走砲を思い浮かべた。それらが自走砲という利点を生かして素早く動き回り、仰角をとって炎を吐き続けているに違いない。

原崎の予想どおり、この砲撃を仕掛けていたのは、後方に控えていた独立重自走砲連隊二一両のＳｕ－１５２重突撃砲であった。ドイツ軍のティーガー重戦車の登場に衝撃を受けたソ連軍が急遽開発したＳｕ－１５２重突撃砲は、キーロフスキー工場設計局のコーチン技師の手によるものである。

全長八・九五メートル、全幅三・二五メートルのＫＶ－１のシャシーを流用し、二八口径一五二ミリ加農榴弾砲ＭＬ－二〇Ｓを固定戦闘室に設置してある。この強力な火力は、ドイツ軍のティーガーやパンターといった主力戦車を数多く葬り去り、「ズヴェルボイ（猛獣殺し）」の愛称でソ連兵の信頼を集めたほどだ。

最大出力六〇〇馬力のＶ－２ＫＳ・Ｖ型一二気筒液冷ディーゼルエンジンは、全備重量四五・五トンの車体を最大時速四三キロメートルで走らせるが、反面、その機動性確保のために装甲最大厚を六〇ミリに抑えるなど防御面には不安があった。

（まあいい。自走砲とわかれば対処も可能というものだ）

原崎は胸中でつぶやいた。

「レッ１より全車。レッ１より全車に告ぐ。一時後退。状況を見つつ敵の再進撃に備える。後退せよ！」

砲撃を一度やり過ごすと原崎は決断した。

自走砲は防御力に乏しいというのが相場だ。ならば、この後の接近はないはずである。こちらの後退を見て再び敵戦車が来るようであれば、同じことを繰り返す。もし自走砲が突進してくるようであれば、接近して片っ端から撃破する。旋回砲塔を持たず射界が制限されるという弱点につけ込んで、死角から狙い撃つのだ。走り回ればこちらの勝ちだろう。勝算は充分だ。

原崎は冷静さを取り戻して、つぶやいた。

「何度でも追い返してやるわい。何度でもな」

一九四五年八月八日　シアトル

北緯四七度三五分、西経一二二度一九分五九秒、総面積三六九・二平方キロメートル――これがシアトルを示す地図上の数字である。

アメリカ北西部最大のこの都市シアトルの住民たちは、この日の朝、二度ならぬ三度の衝撃に叩き起こされた。

まずは、夜も明けきらぬうちに轟いた爆音だ。

「こんな夜中からなんだよ！　演習があるなんて聞いてないぞ」

「こんな大規模に飛行機を飛ばすなんて、軍はなにを考えているんだ。そもそも説明もなしにいきなりとは、民間人をなんだと思っていやがる。戦争中だからって、軍はなにをやってもいいってえのかよ！」

「基地に抗議してやる！　いや、大統領に直訴だ」

上空を行く航空機の爆音に睡眠を妨げられて誰もが不平不満を漏らしていたが、この時点では自分たちが容易ならぬ事態に直面していると感じる者はほとんどいなかったといっていい。

その認識が改まったのは、銃撃音や爆発音が沖合から間断なく聞こえはじめてからであった。

夜と朝がせめぎあう薄暗い海上に、無数の火箭《かせん》が飛び交って赤や黄色の光球が閃いている。時折り閃光が薄闇を切り裂いたかと思うと、しばらくして鼓膜を殴打するような重い音が轟いてくる。

「もしかして、日本が攻めてきたんじゃあ？」

演習にしては妙だ。軍の動きはどこかぎこちなく、次々と増援らしい航空機が沖合に向かっていくではないか。第一、演習だとしたら、海上ならいざ知らず空中にあれだけの爆発が生じるはずがない。

「敵だぞ！」

海岸に集まっていた群衆の中の一人が叫んだ。天体観測が趣味らしく、高倍率の望遠鏡を持っていた男だった。

「日本軍の飛行機だ！　日本の飛行機がここまで来ている！」

「なんだって⁉」

群衆は蒼白となって男を振り向く。

「馬鹿を言うな！」

「ここはアメリカ本土だぞ。日本の飛行機がどうやって来られるっていうんだ。軍は連戦連勝と言っていたじゃないか！」

「お前なあ。寝ぼけてんじゃないのか。冗談もほどほどにしないと警察に突き出すぞ」

日本軍の飛行機が来ているなど信じられない人々は、口々に男を責めたてた。

男も困惑した様子で周りを見回し、うつろな視線でおろおろと波打ち際に向かって歩きだした。

事実は事実だ。誰もが信じられないのはわかるが、これが現実だ。震える手でもう一度望遠鏡を構えたが、見えるものは一緒だ。間違いなくライジング・サンだ。

白い機体に描かれた赤い丸のマークは、間違いなく日本機の証《あかし》である。

数百人から数千人単位に膨れあがった群衆は、ざわざわと海岸を埋め尽くしていった。

着の身着のままの者も多い。幸い季節は夏で、また高緯度地域でありながら暖流のおかげでシアトルは温暖な気候である。少なくとも気温が低くて震える者はいなかったが、この異常な事態を察するにつれて彼らには不安の色が広がっていった。

やがて沖合の海上に交錯する火箭は消え、絡みあう飛行機雲は薄くなった。いつのまにか群衆は静まり返っている。誰一人言葉を発さずに、固唾《かたず》を飲んで沖合を見つめていた。

そして、第二の衝撃がはじまる。しばらくして、水平線上に黒々とした塊りが現われたのである。

不吉な予感に、神に祈りはじめる者や、あまりの緊張に精神を錯乱させて奇声を発する者なども出はじめた。

やがてその塊りの全貌が明らかとなり、群衆は度肝を抜かれた。

巨大な艦《ふね》だった。その周りにいる艦が駆逐艦か巡洋艦かははっきりしないが、軍艦であることは明らかだ。それらに比べれば、ふた回りも三回りも大きい。

「戦艦だ」

以前、海軍にいたという老人が、ぽつりとつぶやいた。丈高い艦橋構造物と、主砲らしき上構を見極めての判断だった。

「戦艦？」

群衆は再びざわめいた。顔を見あわせたり、目を白黒させたりする者や、目を瞬《また》いたり何度もこすったりして沖合を注視したりする者もいる。

戦艦が近づいてくる。小型の艦を従えて、悠然と迫ってくる。

「見ろ！」

何人かが叫んだ。

戦艦が回頭を始めていた。距離が近づくにつれて艦容がはっきりとしてきていたが、マストに翻っているのはやはりライジング・サン＝日本の艦を示す旗＝だった。

「やはり、敵……」

群衆はなにもできない。ただ事態を見つめるだけだ。

その艦上がおもむろに閃いた。いつのまにか夜は明けて朝もやが海上に立ち込めようとしていたが、戦艦の艦上からほとばしった黄白色の閃光は、それを鋭く切り裂くように見えた。

　しばらくして遠雷の響きのような重低音が海岸線に到達した。幸いにも弾着の衝撃も熱風も、荒れ狂う炎の来襲などもなかった。

　敵戦艦は直接の攻撃行動には出ずに、力を誇示しただけらしい。

「か、海軍は、太平洋艦隊はなにをしていたんだ！」

「そうだ！　いったい軍は、軍はどういうつもりなんだ」

「こんなところまで敵の侵入を許すとは！」

　絶望的な気分を紛《まぎ》らすために、群衆は怒りの矛先《ほこさき》を軍に向けはじめた。

「おい、これを見ろ。これだ！」

　新たに群衆に加わってきた男たちの手には、その日の朝刊が握り締められていた。

　シアトル・タイムズ――その一面には目を疑う記事が躍っていた。第三の衝撃だった。


「そうか。航空隊は敵艦隊の撃滅どころか足止めすらできなかったか」

「はっ。遺憾ながら」

　視線を伏せるＣＩＣ（戦闘情報管制センター）の情報管理士官ジョーダン・コリア少佐に、戦艦『サウスダコタ』艦長ホワード・ボード大佐は険しい表情を向けたままだった。

（まあ、ああいった連中に期待するほうが酷《こく》というものだが）

シアトル周辺に配備されていた航空隊は、陸海軍ともはっきり言って二線級のものだった。精鋭部隊は大部分がマリアナやその近海に展開する機動部隊に送られており、それに続く予備ともいえる部隊もハワイ諸島などに進出して待機している状況だったのだ。よって、在シアトルの航空部隊は、退役寸前の老兵《シニア》や新兵《ルーキー》で占められていたのが実状であった。

これは、ここより少し南部の大都市ポートランド周辺の部隊にも共通していえることだ。

本土防衛というのは名ばかりで、本土に精鋭を配備しつつその残りで最前線を支えるということは、さすがに人的資源の豊富なアメリカといえども不可能なことだったのだ。

また、戦略的に敵を過小評価していたことも見逃せない。

こういった部隊配置の裏に、「合衆国本土が敵に脅《おびや》かされるなどありえない」「日本にそこまでの力などありはしない」といった誤った見方や先入観があったことは疑いの余地がないだろう。

ヨーロッパ戦線の終結に伴って引きあげた部隊も、多くが休養しており、せいぜい首都ワシントンやニューヨークといった東海岸の防衛にあてられたという事実が、アメリカの油断を如実に表わしている。もはや東海岸には脅威が存在していないにもかかわらずにだ。

戦争が終盤に入り、気の緩みがあったと思われてもしかたがない。アメリカに巣くう慢心と驕《おご》りの現われであろう。

その結果、やはり敵艦隊を阻止できる可能性があるのは『サウスダコタ』を含めた小艦隊だけとなった。

陸軍にはまだ余力がありそうだったが、陸軍の航空隊が洋上飛行に嫌悪感を示すのは日米共通のことである。陸軍では、天測航法ではなく地上の目印を頼りに飛ぶ地紋航法を採用しているためだ。平たくいえば、迷子になるのが怖いのだ。

また、トーチカや物資集積所、司令部といった静止目標への爆撃しか訓練していない者が、洋上を動き回る艦艇に爆弾を命中させるのは至難の業だ。ましてや、魚雷ならまだしも、強靭な防御力を持つ戦艦は少々の爆撃を浴びた程度ではびくともしないのだ。

「敵が空襲を仕掛けたという情報は？」

「ありません。敵艦隊はそのままピュージェット湾口に向けて、ゆっくりと北進中とのことです」

「やはりな」

「やはり、とおっしゃいますと？」

怪訝《けげん》そうなコリアに、ボードは続けた。

「敵の空母は、恐らく直衛専任艦だろうな。搭載機の大半を戦闘機で固めて、艦隊に制空権という傘をかぶせるのが目的なのだ」

「では……あ！」

コリアは重大な点に気づいて、動きを止めた。数秒の間を置いて、恐る恐る切り出す。

「敵は戦艦の持つショー・ザ・フラッグ的要素を狙った。そうですね？」

「そうだ」

ボードははっきりとうなずいた。

「貴官も承知のとおり、戦艦の持つ存在感は絶対だ。ちっぽけな航空機を何機繰り出そうが、巨砲を携えた戦艦には敵《かな》わない。戦艦の威容を眼前で見せつけたほうが、比べものにならないほどの衝撃を相手に与えるだろうからな」

「敵はまだ砲門を開いていないということですが」

震える眼差しのコリアに、ボードはうめいた。

「ああ。敵は、攻撃というよりも、シアトルの民衆に挫折と敗北感を植えつけることを目的としているのかもしれんな」

そうあってくれ、そうあってほしい、とボードは願った。

重巡『シカゴ』の艦長から戦艦『サウスダコタ』の艦長へと進んできたボードは、筋金入りの大艦巨砲主義者である。戦艦の持つ大口径砲の威力を、誰よりもよく知っているつもりだった。

分厚い装甲を纏《まと》った戦艦や、重厚に塗り固められたベトンに覆われた要塞、さらには地下深くに潜伏した敵の秘密司令部まで、そういった難攻不落の目標ですら難なく粉砕してしまう力を持つ巨弾が市街地に降りそそいだとしたら……。粉砕され倒壊する家屋、弾着の衝撃波や鋭い断片に四肢を切り刻まれてのたうつ民間人、街一帯に広がる業火とそれに生きながら焼かれる人々……。

身の毛もよだつ光景に、ボードは絶望を覚えた。目の前が暗転し、しばし戻らない感覚にとらわれた。

『サウスダコタ』は、一〇隻の駆逐艦を率いて全速で北上していた。心臓部たるジエネラルエレクトリック式オールギヤード蒸気タービンは、焼けつかんばかりに回転して四軸のスクリューに動力を伝えていた。

ボードは息を整え、時計の針に目を向けた。現地時間で〇五三〇《まるごさんまる》。会敵までにはまだ小一時間を要するはずだ。

朝焼けを映す海上は、大量の血を流し込んだように真っ赤に染まっていた。


八月八日付けの地元紙シアトル・タイムズの一面には、衝撃的な見出しと写真が躍っていた。

「Phillipin's Nightmare＝フィリピンの悪夢」と題された記事は、前年一〇月のフィリピン戦に関する政府と軍の発表に重大な疑問があるというものだった。

戦死傷者の数、艦艇や航空機の損害、戦略的な勝敗結果、それらどれもが現実とかけ離れたものだというのだ。

当然、こういったものの常として、被害は過小評価し、敵に与えた損害は過大報告となるのは明白だ。

これまで軍は、フィリピン戦に関する戦死傷者数はどんなに多く見積もっても五〇〇〇人に達しないと公表していた。それに対して、敵には同等かそれ以上の損害を与えたというのだ。

　ところが、シアトル・タイムズでは、実際には戦死者が一万人以上、戦傷者は少なくとも一〇万人にのぼっていると糾弾している。

　根拠は、艦艇の帰還数と、九死に一生を得て帰国した元巡洋艦乗組員の証言だ。この元乗組員は、国に奉仕する軍人という職業に誇りを覚え、志願して遠く西太平洋で戦っていたというが、上司との対立からやむなく軍を追われて母国に帰還してきたという。

　フィリピン戦では、まさに最前線で敵味方の修羅場を見てきたらしいのだ。そして軍を離れた今、歪められた事実に接して驚愕し、真実を伝えるべきだと決意したという。

　この元乗組員によると、フィリピン戦では乗組員数が一〇〇〇人クラスの空母や戦艦といった大型艦が、少なくとも一〇隻は撃沈されたらしい。

　それに、損耗率の問題はあるにせよ、作戦に参加した一〇〇〇機前後の航空機を加えれば、軍の発表がいかに現実とかけ離れたものであるかは一目瞭然だ。

　もちろんこの証言について信憑性《しんぴょうせい》が問われるのも当然だ。だが、この元乗組員の証言を裏づける証拠も揃っていた。

ハワイや本土に帰港した艦艇数が極端に少ないこと、またこの元乗組員以外にも同様の証言が複数あること、そして極めつけは掲載されている写真の数々である。

炎上する艦艇の横でどす黒い重油にまみれながら助けを求める者、多数の遺体を甲板上に転がしたまま横転し沈没していく複数の艦、さらには上空から写したと思われる渦と黒煙に囲まれた艦隊の写真まである。

アメリカ艦隊が重大な損害を受けたであろうことは、容易に察しがついた。さらに、マストに翻る星条旗が半ば焼けちぎれた写真まであるのだ。

また、それらに加えて、政府の発表を覆《くつがえ》す新事実が添えられていた。

そもそも、フィリピン戦は奪回という当初の目的は達成できなかったものの、駐留する日本軍には壊滅的な打撃を与えて軍事的空白地に解放したと発表されていた。

ところが、事実はまるで違うというのだ。フィリピンではいまだ日本軍が活発に行動しており、国民は無力なアメリカに失望しているらしい。マニラらしき地で撮られた写真には、フィリピン奪回に失敗したアメリカ軍を罵倒するプラカードを掲げた現地人たちが、小さいながらもはっきりと写っているものまである。

そして最後に、シアトル・タイムズはこう結んでいた。

「あなたの夫や恋人は帰ってきていますか。連絡はありますか」と。

愕然とする顔がいくつも並んだ。

驚きという名のざわめきは、しばらくして失望という沈黙の底に鎮まり、それはやがて政府や軍に対する怒りとなって噴出した。

「なんというでたらめだ！」

「政府も軍も、俺たち国民を裏切っていたのか！」

「民主の国アメリカが聞いて呆れる。国民を騙して軍は暴走しているんじゃないのか」

「いや、違う。隠しただけよ。自分たちの不甲斐なさをな。政府もぐるさ」

「クビだ。クビにしろ！」

「そうだ！　軍も政府も、上の連中は全員クビだ」

シアトルの海岸線に集まった群衆は、いまや暴徒と化しつつあった。

沖合には敵の戦艦がいくつか浮かび、航空機も跳梁《ちょうりょう》している。それが今にも牙を剝いて襲いかかってくるかもしれないのだ。自分たちを守ってくれるはずの軍が役に立たなければ、恐怖と怒りの矛先が逆に軍へと向かうのも当然だ。

群衆はこぞって近くの陸海軍基地や政府の出先機関などに押しかけようとしてい

た。

「ちょっと待て」

そんな中で、冷静に立ち返り事実を整理しようとする者もいた。

「敵の謀略という可能性はないのか。我が合衆国の内部に混乱を招こうという。そうだとしたら敵の思うつぼだぞ」

ある意味、真実を含んだ意見だったが、そういった声もすぐさま大勢に押しつぶされる。

「馬鹿言え。見ろ！」

反論する男たちが指差す先には、敵の巨大な戦艦の姿があった。

「あれこそがなによりの証拠だ」

「軍はな。勝った勝ったとずっと俺たちを騙してきたんだよ！」

「そうだ！」

「自分たちの失態と怠惰を隠して、俺たちをこんな危険な目に遭わせているんだ。いったいこの落としまえを……」

男の声は爆音にかき消された。沖合から猛速で戦闘機が迫ってきたからだ。

見覚えのあるアメリカ軍機ではない。白色のスマートな機は、日本軍のものだった。

「逃げろ！」

誰かのひと声がきっかけになって、群衆はいっせいに振り向いた。いっさい周りにかまうことなく内陸に向かって駆けだす。

悲鳴と怒号が相次いだ。運悪くつまずいた者が、後ろからの圧力に抗しきれずに地面に倒れて踏みつけられる。他人を気づかう気持ちの余裕などもはやない。何十、何百という人間に踏みつけられた者は、二度と起きあがることなく息絶える。また一方では、パニックに陥《おちい》った者たちが将棋倒しになって動かなくなる。これも前列にいた者たちは身動きすらままならずに、そのまま圧死していく。

「我先に逃げようとするから、こういう目に遭うのさ」

後ろから這い出た者が嘲笑混じりにうそぶき、再び駆けだす。

もはや群衆は人間性を失っていた。

「敵に射殺されてたまるか」

「砲撃の餌食《えじき》になるなどまっぴらだ」

自分の子供の手を引くこともできず、群衆は雪崩《なだれ》をうって逃げ出していた。

生存を追及する飽くなき欲求——動物的本能が剝き出しになった瞬間だった。

このようなスクープは、シアトル・タイムズだけではなかった。アメリカ最大の都市ニューヨークにほど近いボストンの地方紙ボストン・デイリー・ニューズ紙でも、類似の記事が一面トップを飾っていた。

西海岸の都市シアトルならまだしも、首都ワシントンも近い東海岸の都市でこのような記事の発行を許すなど、当時の日本では考えられないことであった。だが、これが自由の国であり民主の国であるアメリカなのだ。

また、このボストン・デイリー・ニューズ社はもともと左派系の新聞社として知られていた。右傾化して戦争推進を叫んだり、積極的に大統領や政府の擁護にまわったりするのではなく、それとは正反対の過激な論調が目につく新聞社だったのだ。

「現トルーマン政権は、我が合衆国を破滅に導く元凶である」

「軍は即刻解散せよ」

マスコミは本来第三者的立場で、ただ事実のみを正確に、素早く、わかりやすく、購読者に伝えるのが筋だ。

そういう義務を背負っているのが、マスコミなのだ。しかし、このボストン・デイリー・ニューズ社は違った。「社説」なる名目で堂々と自分たちの言いたい放題を書き連ねるというのが、社の基本方針だったのである。

軍や政府の批判、中傷、そしてアメリカ国内では入手不可能と思われる戦地の凄惨な写真も、紙面には数多く並べられていた。

発行した号外はニューヨークや首都ワシントンでもばら撒かれ、アメリカ全体を震撼させていった。

普段ならば、そういった号外も、後年のスキャンダル専門の週刊誌のように多くの人々には軽く流されて終わったのかもしれない。ところが、今回は違った。号外が出たのがこれ以上ない絶妙のタイミングだったからだ。

「やはり（前大統領の死去によって）繰り上げで大統領になった者には荷が重すぎたのではないか」

トルーマン大統領の求心力が低下し、支持率が急落していくのはもはや誰の目にも明らかだった。


シアトルは氷河によって削られてできたピュージェット湾に沿って広がる都市である。第二艦隊はその玄関口たる湾口を目指してゆっくりと北上していた。

敵機の来襲は止んでいたが、艦隊上空には空母『信濃』から飛び立った艦上戦闘機烈風が、常に一〇機以上待機して警戒の目を光らせ続けていた。

烈風は、日本海軍が長らく待ち望んでいた零式艦上戦闘機の正統なる後継機である。

F6FヘルキャットやF4Uコルセアといった大馬力エンジン搭載の高速機に対応すべく、エンジンを中島製「栄」から「誉《ほまれ》」に換装して、F6Fを凌《しの》ぐ高度五六〇〇メートルで六二八キロメートルという最高速度を獲得した。

大馬力エンジンの搭載は重量増加と機体の大型化を招き、零戦の売りである軽快な運動性能を損ねるという危険性があったが、開発にあたった三菱の設計陣は、大面積の主翼がもたらす低翼面荷重によってそれを解決した。

機影はまさに零戦の改良拡大版といえる。世界の戦闘機開発の趨勢は高速で重武装による一撃離脱に向かっていたが、日本には日本の戦い方があってもいい。

アメリカ本土沿岸を飛ぶ烈風は、無言でそれを主張をしていた。

「空襲がないからといって安心するな。そろそろ魚雷艇が現われるかもしれんぞ。見張員は警戒を厳に！」

戦艦『武蔵』艦長吉村真武大佐は、自ら双眼鏡を手にして首をぐるりと半回転させた。

すでに太陽は水平線を離れ、海上は強烈な夏の陽差しを取り戻そうとしている。海面も薄灰色から赤色へ、赤色から紫色へ、そして白色、青へと変化している。

今のところ敵影はない。

「航海長。状況は？」

吉村は航海長目黒蓮史玖中佐に視線を向けた。

目黒の口調は変わらない。自信があろうとも、それが鼻につくことはない。さらりと自分の役割をこなす。それが目黒のやり方なのだ。

「問題ありません。随伴油送船との最終給油も滞《とどこお》りなく完了しておりますので大丈夫です。幸いにも想定外の問題などが起こることなく、燃料不足であえなく帰還といった事態は避けられました」

「そうか」

「いやいや、もうそんなことなど気にせんでいいぞ。艦長」

『武蔵』『大和』を束ねる第一戦隊司令官早川幹夫少将が、二人の会話に割って入った。

「もしこの後、戦闘になれば、思う存分やってくれ。我々はこの戦争を終わらせるためにここまではるばる来たんだ。もう一度出直すことは考えるな。燃料と弾薬が尽きるまで戦う。敵が停戦に応じるまで、何日でも何週間でもこの場にとどまって砲撃を続ける。それが我々に与えられた任務だ。航空参謀がここまで首尾よくお膳立てを整えてくれたしな。一機だけ戦闘機を差し向けるというのも、中途半端な攻撃を加えて敵の戦意を煽ることなく、敵一般民に無力感を植えつけるという意味で正解だったと思う」

「………………」

「はっ。ただ」

無言で一礼する航空参謀吉岡忠一中佐とは別に、吉村は神妙に頭を下げつつも付け加えた。

「ただ、帰路に太平洋のど真ん中で漂流というのはご免です」

「太平洋の真ん中で漂流か。まったくだな」

早川は豪放磊落《ごうほうらいらく》に笑った。

「そうならないためにも、きっちりと役目を果たさんとな」

第一戦隊を基幹とする第二艦隊は、人気《ひとけ》のなくなった海岸を右手に見て進んだ。なにもない洋上に向けての威嚇射撃は行なったが、ピュージェット湾口に到達したらいよいよ内陸に砲を向けることになる。

（できれば、無抵抗の市街地に巨弾をぶち込むという事態は避けたいが）

早川も吉村もそう考えていたが、心の奥底ではいざ命令あらば鬼神となってそれを遂行しようという覚悟があった。

すでに第二艦隊は、アメリカ本土西海岸のシアトルに到達するという所期の目的は達した。敵の航空攻撃を退《しりぞ》け、艦砲射撃をちらつかせるところまでも進んでいる。

外交ルートのみならず、すでに第二艦隊司令部からも停戦への呼びかけがなされているはずだったが、敵がそれに応じなければシアトル砲撃というシナリオが現実のものになるのだ。

実際に本土が艦砲射撃を受けたとなれば、必ずアメリカも動く。

その最終手段が現実味を帯びはじめている。ピュージェット湾口まであとわずかというところに迫り、刻一刻と緊張が高まっていく。

「見えました。岬です。ピュージェット湾の……」

「電探に感あり！」

時計の針がちょうど〇六三〇《まるろくさんまる》を指したとき、見張員の報告は電探室からの声に遮《さえぎ》られた。

「魚雷艇か」

「いえ違います。敵は背後。真方位二一〇《ふたひとまる》に敵と思われる反応。反応大、大型艦です！」

報告の声は切迫したものに化していた。

「追いついた！」

レーダーが敵艦隊を捉えたという報告に、戦艦『サウスダコタ』艦長ホワード・ボード大佐は音をたてて立ちあがった。

「水上戦闘用意。総員、戦闘配置！」

ボードは命令を発しつつ、ＣＩＣ（戦闘情報管制センター）の情報管理士官ジョーダン・コリア少佐に目を向けた。

「空襲はないだろうな？　こちらは傘なしの丸裸の艦隊だ。爆弾の雨が降ったらまともに浴びることになりかねん」

「機影はありますが、機数はわずかです。しかも、こちらに向かってくる気配はありません。恐らく艦隊直衛の戦闘機でしょう」

コリアが自信たっぷりに答える。

「敵が隠し球を持っているならともかく、捕捉した艦隊の中にいる空母が直衛専任艦である可能性は極めて濃厚です。仮にその空母に艦爆や艦攻が搭載されていたにしても、今からでは発艦が間に合いません。その前に砲雷撃で仕留めればいいだけです」

「そうか」

コリアの言葉に、ボードはにやりと笑った。

「うるさい蚊トンボの邪魔なしに、純然たる水上戦ができるわけだ。素晴らしい。素晴らしいぞ、コリア」

水上艦を愛し、砲を信じてきたボードにとって、昨今の航空偏重という海軍の傾向は不愉快そのものだった。

ほかの多くの大艦巨砲主義者同様、今次大戦における空母と艦載機の台頭は、ボードにとっては目眩《めまい》のする展開である。

海軍の王道であり海戦の主役と信じてきた自分たちが、一転して脇役にまわされたという事実は、ボードの誇りと自信をずたずたに切り裂いた。

奈落の底に落とされた自分たちだが、このままでは終わらない。きっと這いあがってみせる。いつか必ず自分たちの力を見せつけるときがくる。自分たちをさっさと見限った上の連中を絶対に見返してやる。

そんな反骨精神が、最近のボードを支えていたといっていい。

せっかくチャンスを得たマリアナでは消化不良に終わったが、今度こそとの思いにボードの胸中は燃えあがっていた。

彼我《ひが》の戦力を比べると自分たちが明らかに劣勢だが、やってやる。事もあろうに我が合衆国本土に手をつけようとする敵を、黙って見過ごすわけにはいかない。主力艦隊から外れてここにいたのも神がそう仕向けた運命だと、ボードは気迫に満ちた目で前方を睨みつけた。

「敵はヤマトクラスの戦艦が二隻と、巡洋艦が少なくとも二隻確認されています。ヤマトクラスはピュージェット湾口にさしかかっています。縦列です」

「各駆逐隊、突撃します」

「オーケー」

ボードは自分と部下を鼓舞すべく、あえて大声で応じた。

「目標、敵ヤマトクラス戦艦。砲撃戦用意！　敵艦隊の動きは？」

「ありません。いずれ動くのでしょうが、先手はとったかと。敵のレーダーは粗悪な性能と聞きます。我々が後ろから現われることも想定外だったかもしれません。例の弾着観測機さえいなければ、少なくとも測的は同等かそれ以上でしょう」

「例の弾着観測機か」

ボードの脳裏に苦々しい思いが蘇《よみがえ》った。

昨年一一月、マリアナに押し寄せた日本軍の迎撃にあたったボードは、一五日の深夜にサイパン沖で日本海軍の戦艦部隊と砲戦に突入した。一八インチ砲装備のヤマトクラス戦艦二隻と一五インチ砲装備のコンゴウクラス戦艦二隻の敵に対して、アメリカ側はいずれも一六インチ砲搭載艦であるアイオワ級戦艦四隻、サウスダコタ級戦艦二隻と、隻数も砲力も優っており、砲戦は圧倒的にアメリカ側優位で進んでいたのだ。

コンゴウクラス戦艦一隻を大破炎上させ、ヤマトクラス戦艦二隻にも多数の命中弾を与えて、アメリカ側の勝利は決定的かと思われた。

（日本の誇る水上艦隊はサイパン沖に潰《つい》えるぞ）

そんな思いがちらつき始めたとき、突如として敵の砲撃精度があがったのだ。

それをもたらしたのが、未知の弾着観測機だとボードは見ていた。恐らく、夜間に効果を発揮する特殊なレーダーか、磁気探知機を装備した新型機の仕業に違いない。

その結果、ボードらの手からするりと勝利は逃げ、惜敗、もしくはよく考えてもドローという不満足な結果だけが残ったのだ。

（あいつさえいなければな）

ボードは固く唇を引き結んで苦い記憶を断ち切った。

「取舵、針路〇度」

ボードは命じた。

艦首を若干《じゃっかん》左に振って、真北に向かう。このままいけば、敵ヤマトクラス戦艦二隻に対して逆T字を描ける。敵がピュージェット湾に突入しようとしても、追撃をかけることができるだろう。絶好の態勢だ。

（一対一ならまだいける）

サイパン沖で我が合衆国海軍最強のアイオワ級戦艦二隻を葬ったヤマトクラス戦艦だが、一対一なら勝機はあるとボードは見ていた。

敵の砲力が上なのは否定できない事実だが、条件次第では挽回も可能だ。

そのためにも絶対に先手を取りたい。先に命中弾を得て、一基でも二基でも、いや一本でも二本でも敵の主砲を傷つけることができれば互角の勝負に持ち込める。

測距儀やレーダーを破壊できれば、間接的に砲戦を有利に展開させることも可能なはずだ。

「艦長だ。総員聞け」

ボードは全艦につながるスイッチを押して、マイクを手にした。

「あらためて言うまでもないが、我が合衆国が危機に瀕している。敵はマリアナを襲うと見せかけ、別働隊で我が本土を狙うという姑息《こそく》な手段を採ってきた。残念ながら今、敵を撃退できるのは、我が艦隊だけである。だが、自分はこれを幸運だと思っている」

艦内が静まり返った。ボードは続ける。

「これは神が我々に与えた試練であり、名誉だ。考えてもみろ。開国以来、敵に一度として踏み入れられることなく常に安全だった我が合衆国が、初めて直面した危機に対して、我々が、我々だけが！」

語気が強まる。

「それを阻止しうる立場にあるのだ。あえて言おう。我々《ウィアー》は英雄《ザヒーロー》だ。祖国を守る英雄となるのだ！　今、合衆国の存亡は諸君らの双肩にかかっている。起《た》てよ、諸君。進め、諸君。諸君らの奮闘を期待する。オーバー」

次の瞬間、歓声が『サウスダコタ』の艦内を満たした。

「駆逐隊、交戦に入りました」

戦いのゴングは鳴った。修羅場はこれからだ。

第二艦隊司令部は混乱の局地にあった。

まさにピュージェット湾にとりついたところで、敵が背後から現われたのである。これ以上ない最悪のタイミングであった。

軽巡『酒匂』率いる第三水雷戦隊と『大淀』『仁淀』の第一一戦隊はすでに湾内にあり、『武蔵』『大和』の第一戦隊もちょうど湾内にさしかかったところだった。第一一戦隊などは、勇躍湾内奥深くに突入して「艦砲射撃準備完了」と打電までしてきていた。

幸い第二艦隊旗艦『愛宕』だけは、単艦の身の軽さを生かして迅速に反応した。反転して敵を迎え撃つ格好にある。敵駆逐隊の猛攻を一手に引き受ける立場だ。

「参謀長。これでは袋の鼠《ねずみ》だ。各艦に態勢立てなおしを急がせろ」

「はっ」

第二艦隊司令長官岸福治中将の声に、参謀長森下信衛少将は頬を伝う汗を拭った。すでに命令は発してある。状況確認ならいざしらず、同じ命令を二度発しても意味はないのだが、そうせざるを得ないほど岸も焦燥していた。

「三水戦は？　一斉回頭？　よし。この場合やむを得ん。とにかく湾外に出ることが先決だ。一一戦隊はどうした？　隊列など、この際かまわん。状況を考えろ、状況を。柔軟性がない頭は砕けるだけだぞ。一戦隊は……」

各方面に指示を飛ばして、森下は向きなおった。

「三水戦、追ってきます。あと数分もすれば」

岸に報告する森下の声は、鈍い爆発音にかき消された。

『愛宕』の艦体が左右にふらつき、艦橋内の誰もがよろめく。

（近いな）

森下は身を乗り出して、前方を見おろした。

案の定、『愛宕』の城郭のような艦橋構造物直前の甲板が赤黒く焦げている。敵弾が舷側の最上部に当たったらしい。幸い対二〇・三センチ弾防御を施《ほどこ》した装甲が敵駆逐艦の五インチ（一二・七センチ）砲弾を跳ね返したものの、衝撃までは吸収できなかったようだ。

「駆逐艦ごときに」

岸はうめいた。

敵駆逐艦は矢継ぎ早に砲弾を送り込んでくる。

重巡の『愛宕』からすればはるかに格下の相手だが、五隻、六隻が相手となると話は別だ。累積する損害が、やがて致命的な問題に結びつく危険性もある。百獣の王であるライオンが、ハイエナの群れに襲われたように。

再び艦が震える。左手と右足を嚙まれたように、艦が苦悶する。

「左舷中央に直撃弾！　第一高角砲塔損傷」

「右舷艦尾に至近弾！　火災発生」

『愛宕』もやられっぱなしでいたわけではない。連装五基一〇門の二〇・三センチ砲が吠え、重量一一〇キログラムの徹甲弾を敵駆逐艦に浴びせていく。

「命中！」

それ以上の報告を聞く必要はない。

装甲などないに等しい駆逐艦にとっては、重巡の二〇・三センチ砲は十二分な威力を持つ巨弾だ。一発轟沈も夢ではない。

事実、『愛宕』の命中弾を食らった敵駆逐艦は、みるみるうちに炎に包まれて崩れ落ちるように没していく。もしかすると、艦体そのものがへし折れたのかもしれない。

「敵一番艦、撃沈！」

「目標を二番艦に変更！」

（二兎《にと》を追うものは、か）

森下は、分火射撃すなわち砲塔毎《ごと》に別個の敵を狙う誘惑にとらわれそうになったが、あえてそこを踏みとどまった。

『愛宕』艦長原為一大佐と砲術長は、あくまでセオリーにのっとって敵一隻に全砲塔を向けようとしている。砲塔毎に一門ずつの試射を行なって本射に入るという砲術の基本だ。一隻ずつ着実に仕留めていく正攻法ともいえる。

だが、二〇・三センチ弾の威力があれば、門数が少なくても早期撃破が可能ではないか。

そんな考えがよぎるのも当然だったが、それもすべて当たればという前提が必要だ。最悪、右往左往した末に蓄積した損害で万事休すということにもなりかねない。

ここは三水戦の到着まで原艦長らの考えを尊重して粘ろうと決めた。

だが、このまま敵のいいようにされ続けるつもりはない。

「長官。三水戦と合流するまで、いったん距離を取りましょう。敵は駆逐艦です。近づけば近づくほど敵が有利になります。雷撃の危険も増します」

「わかった」

なんでもやってくれといった様子で、岸はうなずいた。もどかしさと焦慮《しょうりょ》が混在した複雑な表情だ。歪んだ顔はかすかに青ざめている。

「面舵《おもかじ》一杯！」

二人の会話を聞いていた原が、命じられる前に動いた。

「面舵一杯！」

「面舵一杯！」

航海長から操舵長と復唱が続き、基準排水量一万三五五〇トンの艦体が右に振り向こうとする。

主砲は舵が利く前に閃いた。轟音が艦内外に響きわたり、発砲の反動が縦横比の高い艦体をわずかに傾ける。

『愛宕』が一発撃つ間に、敵弾は三発四発とやってくる。至近弾炸裂の衝撃が舷側を叩き、爆風と炎が甲板を舐める。

それでも『愛宕』は進み続ける。炎を背負いながらも鋭い艦首が水柱を突き崩し、連装五基の主砲が猛煙を吐き出していく。

『愛宕』と第二艦隊司令部にとって、まだしばらくは我慢の時間帯であった。

重巡『愛宕』と第二艦隊司令部が敵駆逐隊に手を焼いているころ、戦艦『武蔵』と第一戦隊司令部も苦境に陥りつつあった。

第一戦隊司令官早川幹夫少将も、時間の浪費は不利を招くと判断して一斉回頭を指示した。旗艦『武蔵』が『大和』の後ろになるということは、指揮官先頭の精神に反するため戦隊指揮上も多少やりにくさがあったが、早川もここは迅速な対応が必要と判断したのだ。

だが、敵はさらにその上をいっていた。敵は三万メートルを超える遠距離砲戦を挑んできたのだ。

大和型戦艦の持つ主砲＝九四式四五口径四六センチ砲＝の最大射程は四万二〇〇〇メートル、『サウスダコタ』の持つ主砲＝Ｍｋ６四五口径一六インチ砲＝のそれは三万三七四〇メートルだ。『サウスダコタ』にとっては、大遠距離といっていい。

この時点までに、第一戦隊司令部では塔状の艦橋構造物とそれと一体化した一本の煙突から、敵戦艦がサウスダコタ級であると正しく見抜いていた。

ところが、それがまた大きな誤算と動揺を生んだ。最新のアイオワ級ならともかく、サウスダコタ級なら三万メートル以遠の砲戦はほとんど当てずっぽうに近いはずだ。最大射程近くの砲撃など当たるはずがない。

言葉にすら出さなかったが、早川や『武蔵』艦長吉村真武大佐ですらそう考えていた。

「敵は焦《あせ》っている」

その考えは、大きな誤りだった。

「敵弾、来る！」

甲高い風切音が音の暴風と化して鼓膜を蹴破ろうとした瞬間、吉村は目の前に火花が散った錯覚を感じた。

前のめりの衝撃に大きくよろめき、吉村はとっさに羅針盤にしがみついて転倒を免れた。昼戦艦橋にいた何人かは、床に這いつくばわされて悲鳴と罵声《ばせい》をもらしている。

考えるまでもない。直撃弾だ。

「な、なに……」

「被害報告！」と叫ぶまでもなかった。

昼戦艦橋から見おろす錨甲板に直径数メートルはあろうかという大穴が穿たれ、中からうっすらと褐色の煙が噴き出しているではないか。しかも左右ある主錨の巻上機は、右の一つが失われて錨鎖がそっくり姿を消している。恐らく、轟音とともに海中に落下した主錨に引きずられていったのだろう。

「初弾から命中だと？　しかも回頭中の敵に対して」

これだけではなかった。信じ難《がた》い光景は続く。『武蔵』の後方から左舷に移動しかけていた『大和』の右舷舷側に、高々と水柱が突き立ったのだ。

「敵は一隻じゃなかったのか！」

誰かれとなく振り向く吉村に答えたのは、航海長目黒蓮史玖中佐だった。

「艦長。あれは砲撃ではありません」

騒然とする昼戦艦橋の中で、目黒は一人冷静だった。

「敵戦艦は一隻。それは間違いありません」

目黒は左舷後方を一瞥した。発砲炎を閃かせる敵戦艦はやはり一隻だけだ。

「一隻の砲撃にしては弾着の間隔が短すぎます。また、彼我の位置関係から標的の裏側に突き立つ水柱は至近弾によるはずです。にもかかわらず」

目黒の言葉に、吉村は『大和』を凝視した。

『大和』は左舷中央から前寄りに黒煙を纏っていた。その背後から、蛇の舌のようにちろちろと火災の炎が這い出ている。

つまり、至近弾ではなく直撃しているということだ。

「雷撃か。潜水艦だな」

「恐らく」

（やられたな、有賀）

うめく吉村に、目黒は続けた。

「湾内に小型の潜水艦が潜んでいたのでしょう。考えてみれば、水深が浅いことさえ除けば海域が狭く波も穏やかです。絶好の襲撃条件だったことは否めません。警戒が甘かったと私も反省を」

「反省はいい。どうする？」

「潜水艦は外洋に出れば振り切れます。ここは敵戦艦との砲戦を第一に考えるべきかと」

「そうだな」

吉村に代わって早川が返答した。

「敵はサウスダコタ級戦艦だ。一六インチ砲搭載艦とはいえ最新型ではない。あわてることはないぞ。浮き足立ったら敵の思うつぼだ。じっくりと腰を据えて、はじめからやり直すんだ」

そう言いつつも、早川自身も敵の言い知れぬ圧力を感じてやまなかった。

戦力的に優位なのはわかる。だが、この異様なまでの雰囲気はなんなのだ。回頭中の敵に初弾命中というのは、砲術の常識からいけば奇跡に等しい。しかし、それが決してまぐれ当たりに感じられない。

気迫だ！

本土防衛という重圧を逆に戦意に変えて、敵は攻めてきている。

（心技体すべてを鍛えに鍛え抜いてきた我々が、精神面で押されているだと？　ここまで順調に来すぎたことで、知らず知らずのうちに甘さが潜んでいたというのか）

早川の双眸《そうぼう》には、鮮烈な発砲炎を閃かせる敵戦艦がくっきりと映り込んでいた。

戦艦『サウスダコタ』のＣＩＣ（戦闘情報管制センター）は熱気に包まれていた。

「潜水隊はよくやってくれたな」

艦長ホワード・ボード大佐が勝機ありと考えていた理由の一つが、このピュージェット湾内に潜んでいた潜水艦二隻の存在であった。いずれも艦齢三〇年近い老朽艦で水中排水量も七〇〇トンに満たない小型のＲ級ではあったが、待ち伏せての雷撃を彼らは着実に成功させてくれたのである。

「敵二番艦、遅れます。一番艦は回頭、針路を北に採るようです」

「オーケー」

『サウスダコタ』も初弾から命中弾を与え、続けざまに砲撃を繰り返している。

これ以上ない滑り出しであった。

「いけるぞ」

ボードはＣＩＣ内の者たちを見回した。ある者は小さく拳を突き出し、またある者はにやりとした笑みを見せている。

共通するのは目の輝きだ。誰もがボードと同じように勝利を目指して突き進んでいる。

「いる！　いけるぞ！」

再びボードは叫んだ。


「右舷艦尾に直撃弾！　カタパルト損傷」

「左舷中央に直撃弾！　第三高角砲塔全壊」

「第三主砲塔に直撃弾！　右砲、中砲損傷」

度重なる損害報告に、戦艦『武蔵』艦長吉村真武大佐は拳を力一杯握り締めてこみあげる憤りを抑えていた。

格下の敵に撃ち負けているという事実と、戦闘開始からずっと敵のペースで進んでいることを変えられないもどかしさとで、吉村の爪は掌に食い込んで血が滲《にじ》み出していた。

すでに回頭は終了している。

ピュージェット湾を出てすぐの外洋で、『武蔵』は『サウスダコタ』と同航戦の態勢に入っていた。雷撃を受けた『大和』も遅れながら続行し、砲撃を始めている。

だが、『武蔵』も『大和』も、命中弾はおろか四回、五回と試射を繰り返したが敵を夾叉《きようさ》することすらできていない。

重量一・五トンの巨弾はいたずらに海面を抉るだけで、第二次マリアナ沖海戦の悪夢を否応なく思いださせた。

理由はある。強風とうねりだ。なぜか砲戦開始とほぼ時を同じくして、海上には風速二〇メートルを超える強風が吹きはじめていた。時折り三〇メートル近い突風も混じるのだから、放った砲弾が不規則に流されないほうがおかしい。うねりも高まり、乗組員の動揺も無視できなくなってきている。測的精度が悪化するわけだ。

そういった悪条件下なのだから、四、五回の試射が外れるのもなんら不思議なことではない。むしろそうなって当然だ。技量未熟なわけでは決してない。

が、敵はどうだ。この状況でも正確に巨弾を送り込んでくるではないか。

再び轟音が弾ける。

『武蔵』の左舷近傍に巨弾が突き刺さり、白濁した水柱が舷側を削らんばかりに突きあがっていく。正面に突然噴きあがった水柱は、崩れ落ちるや否や膨大な量の海水を前甲板に叩きつけてくる。

幸い今回の弾着で命中弾はなかったものの、敵の砲撃は相変わらずだ。迷いもぶれもない。

「神風は敵に吹いたか」

第一戦隊司令官早川幹夫少将が、忌々《いまいま》しげにつぶやいた。

早川も吉村と同じく情熱で動く男だ。この劣勢に我慢も限界らしい。顔ははっきりと紅潮している。

敵はなにかにとりつかれているようだと、早川も吉村も感じていた。異様なまでの正確な砲撃と天候の変化は、偶然では済まされないものかもしれない。

敵の弾着が収まる代わりに、今度は『武蔵』と『大和』の放った四六センチ弾が『サウスダコタ』に殺到する。

「遠、遠、……遠、全遠！」

『武蔵』の放った三発は、すべて敵艦を飛び越えた。見張員の報告からは苛立つ様子が伝わってくる。言葉の一語一語が投げ捨てたような発声だ。

『大和』の弾着はなお悪い。

「近、近、……ええい。『大和』はなにをしているんだ！」

あまりにかけ離れた弾着に、思わず見張員が叫ぶ。通常では考えられない言葉だったが、そう言いたくなるほど狂った精度だった。

しかも、『大和』は敵に撃たれることなく自由に砲撃を行なっているのだ。

（予想以上に雷撃の影響が残っているのか、有賀よ）

吉村は、『大和』の不振が雷撃の影響であると見抜いていた。

左右傾斜とともに前後のトリムが狂ったため、ただでさえ困難な測的がより難しくなっているのだろう。海兵四五期の同期であり『大和』艦長である有賀幸作大佐は自分と違って感情を表に出さない男だが、内心忸怩《じくじ》たる思いに違いない。

吉村は後方の『大和』を一瞥した。

再び敵弾が降りそそぐ。

「来る！」

大気を引き裂く風切音が極大に達したと思うや否や、巨大な黒い影が視界をよぎった。

瞬後、毒々しい赤い光が昼戦艦橋に射し込み、強烈な衝撃に誰もが跳ね飛ばされた。張りめぐらされていた防弾ガラスは一枚残らず砕け散り、熱風が吹き込んだ。

早川と吉村は折り重なるようにして床に投げ出され、航空参謀吉岡忠一中佐や『武蔵』航海長目黒蓮史玖中佐らは側壁や海図台に力任せに叩きつけられた。

轟音が耳鳴りを誘う。明らかに誘爆の音だ。

「!」

吉村は青ざめた。

命中し爆発した箇所は艦橋の直前だった。そこには最上型重巡から移設された一五・五センチ三連装副砲がある。防御力は移設前と変わらない薄弱なものであり、大和型戦艦の弱点とされていた箇所だ。主砲弾薬庫に火がまわれば、堅牢な大和型戦艦といえども爆裂し、沈没は免れない。

が、幸いにもそれ以上の衝撃が訪れることも、炎があがることもなかった。

砲塔内の要員はほとんどが即死だったろうが、なんとか弾薬庫への注水に成功させた者がいるらしい。

誘爆は装填待ちの弾薬に留めることができたようだ。

「司令官。お怪我は」

「すまんな。かすり傷だ」

吉岡の肩を借りて、早川が起きあがる。額とこめかみから流れる鮮血で、顔は真っ赤に染まっている。言葉とは裏腹に、苦痛は相当なもののようだ。息は荒く唇は引きつっている。

「僭越《せんえつ》ながら」

歩み出たのは目黒だった。夏用純白の第二種軍装は煤《すす》で汚れているが、身体は無傷だ。

「砲術の専門家でもない自分が出しゃばるのもどうかとは思いますが、距離を詰めてはどうでしょうか。命中率の問題ではありません。防御のためです」

「根負けしろと言うのか」

吉村は露骨に不満そうな顔を見せた。

意味はわかる。三万メートルを超える今の距離では、弾着の角度が深くなって多くは天蓋や水平甲板のような水平防御を襲うことになる。

水上艦は舷側や隔壁といった垂直防御を重厚にはできるが、水平防御は相対的に薄弱なものにせざるを得ないのだ。重心点が上昇すると、復元性の悪化を招くからだ。つまり、この距離では一六インチ弾でも『武蔵』にとっては重大な脅威になりうるのである。

反面、距離が詰まれば命中時の砲弾存速は速く貫徹力が高いように思えるが、それは分厚い垂直装甲で食い止められる。

だが、それは敵にとっても同じことだろう。ただでさえ格上の四六センチ弾を大落角で食らえばひとたまりもないことは、敵もわかっているはずだ。

その危険を冒してまで、あえて敵は……。

「勝つためには確実な策を採ることも必要です。艦長」

「砲術長からも、同様の意見具申です」

通信員が報告した。

砲術長仲繁雄大佐も、プライドをかなぐり捨てて勝ちにいく気のようだ。

「どうせやるなら……」

目黒が付け加えた。

「敵を正面に見るぐらいの覚悟でいくべきかと。どのみち第三主砲塔で使えるのは一門だけですから」

「……わかった」

吉村はなお数秒間沈黙したが、ようやく意を決して口元を引き締めた。

「司令官」

「やってみろ」

早川は一部始終を目にして心に決めていたようだった。

「第一戦隊、針路二八〇《ふたはちまる》。敵戦艦に向かって突撃せよ」

「はっ。針路二八〇。『大和』に打電。突撃目標、敵戦艦」

日米戦艦の、海戦史上最後の戦艦同士の砲戦は続く。

戦争の一端という考えは、いつの間にかどこかに吹き飛んでいた。

この砲戦に勝つ！

それだけを求めて、男たちは目前の任務に全力を尽くした。

男と男の魂のぶつかり合いだった。

第四章　ステルスVSステルス

一九四五年八月九日　硫黄島

シアトル沖が朝のやわらかな陽差しを浴びているころ、硫黄島はすでに日付が変わった深夜だった。

マリアナ上空で撃墜された空自の南西航空方面隊第九航空団第三〇二飛行隊に所属する木暮雄一郎一等空尉は、海自の護衛艦とヘリを経由してこの硫黄島に移送されていた。

硫黄島は一時的に鎮まっていた。つい先刻まで島全体に響き渡っていた航空エンジンの轟音《ごうおん》は、ぴたりとなくなっている。深夜だからではない。稼動全機が出払った後だからだ。

状況は逼迫《ひっぱく》していた。

一昨日決行された決号作戦の中で、空自と海自、そして海軍の第三艦隊はマリアナを襲撃し、敵の注意を引きつけて拘束するという作戦目的をほぼ完璧に達成した。その隙《すき》を衝いて第二艦隊がアメリカ本土に突入し、今ごろはシアトルを中心とした西海岸を脅《おびや》かしているはずだ。

だが、敵はとんでもない切り札を隠し持っていたのだ。

陸自特殊作戦群の活躍によって、重巡『インディアナポリス』が運んできたウラニウム型原子爆弾リトル・ボーイの強奪に成功した日本軍と自衛隊だったが、もう一つ現存するはずのプルトニウム型原子爆弾ファット・マンの行方はようとして知れなかった。しかし、それがこの土壇場ともいえる局面で姿を現わしたのだ。

原子爆弾を搭載したB－29がテニアンの北飛行場を飛び立ったという情報に、日本側は震撼した。

マリアナへの陽動というほかに、航空優勢の獲得と敵航空施設の破壊という付随目的があったのだが、激しい敵の抵抗によって頓挫してしまった。そのつけがここにきて大きな代償となって表われたのだろう。

敵信傍受によってこの情報を入手した日本側は、陸海軍と三自衛隊にあらゆる手段を使ってこれを迎撃するよう命じた。

万難を排して撃墜しなければならない敵だが、それが容易ではなかった。敵もここを勝負どころと見て、駐留未来機の全機を護衛に投入してきたからである。すなわち、陸海軍はあてにならない。マリアナ沖に展開した海自も同様だ。ということで、日本の存亡は空自の手に委ねられたのである。

事態が逼迫しているのは、流れる空気からも明らかだった。

硫黄島は第七航空団第三〇五飛行隊の駐屯地であり、木暮は一時的に退避しているにすぎない身である。

お客さんの立場のため管制室や司令部に入ることは許されなかったが、人の動きを見ていれば危機的状況にあるのは一目瞭然だった。

「嘉手納は？」

「水際防御だ」

「いいから空中給油機を飛ばせ。今すぐにだ！」

二佐の階級章を付けた男が、怒鳴りながら管制室を後にしていく。

人の動きは激しい。中には携帯ヘッド・セットを付けたまま走り出てくる者さえいる。

「くそっ。俺はなにをしているんだ。こんなところで」

木暮はいたたまれなくなって、ハンガー（格納庫）に向かった。木暮が乗る機体があるはずもなかったが、空に向かいたいという希望が、少しでも近くにと足を運ばせたのだ。

夜風が身にしみる。冷たいわけではない。この切迫したときになんら寄与できない自分に対する無念と失望が、心に風穴を開けているのだ。

状況に似合わない美しい星空が天に広がっていた。半月もきれいに輝いている。

「ん？」

その月の一画に、黒点がうごめいた。黒点は胡麻粒大から小豆大に、そして親指の爪ほどの大きさに膨らんでくる。

「……あれは！」

木暮は大きく目を見開いた。

月をバックに飛行してくるのは、紛《まぎ》れもなく航空機であった。しかも、直線と曲線が見事に調和したステルス形状は唯一無二のものだ。

「F－22だ！」

木暮の叫び声に呼応したかのごとく、F－22は旋回した。

主翼に描かれた赤い丸のマークが、月光を受けて誇らしげに輝いている。国産の電子機器や兵装を纏《まと》った日本仕様機のF－22Jであった。

轟音が硫黄島上空に響いた。揚陸、持久戦をめぐって日米の凄惨な戦場と化したはずのこの地に、今、希望の光が射し込んだのだ。

F－22Jが舞い降りる。見事なランディングだ。降下角度、速度、位置、どれをとっても完璧だ。

整備員とともに駆け寄った木暮は愕然とした。F－22Jのコクピットから覗いたのは、見覚えのある顔だったからだ。

「川原？　川原なのか！」

「一尉？　木暮一尉！　なぜ一尉がここに」

F－22Jを操縦してきたのは、第三〇二飛行隊に見習いとして来ていた川原太一《たいち》士官候補生だったのである。

「俺のことはともかく、お前、なんでここに？」

「ああ。これですね？」

川原は屈託《くったく》なく言った。

「量産機がロール・アウトしたら届けろってことで……」

「いや、その、機体のこともそうだが、お前、もう大丈夫なのか。着陸はともかく離陸は……」

「木暮一尉ですって⁉　いやー、思ったよりきつかったな。ディメンジョン・ゲイトの通過は」

木暮は再び驚いた。

単座＝一人乗り＝のコクピットから二人めの男が顔を出したからだ。川原と同じく未熟な士官候補生だった沼田一平だった。

「九カ月ぶりですか。お久しぶりです、一尉」

二人は木暮に向かって敬礼した。木暮もあわてて答礼する。

「こいつが届いてしばらく経ってたんですが、三〇二空は手一杯でしてね。やむにやまれず自分たち二人が来たってことです」

「お前たち……」

未来の情勢も苦しいことが直感できたが、今それを聞くべきではないと、木暮は発しかけた言葉を喉元に押し込んだ。

「ただ、情けないことに自分は離陸が」

「自分も着陸が……」

「不得手だってか。それでよくF－22Jなんかを運んできたものだな」

言葉どおり、川原は離陸が、沼田は着陸が苦手だった。精神面の問題らしいということだったが、それは九カ月経った今でも解消されていないようだ。

しかし、だからといって単座機に二人で乗り込もうとは、なんと破天荒な行為だろうか。正式な命令であろうはずがない。二人は緊急事態であることを感じて、自らの意思で飛び立ってきたのだという。

木暮はその勇気を称え、同時に感謝した。

「一足す一は二にも三にもなると教えてくれたのは、一尉ですよ」

「ただ、ゲイトがたまたま硫黄島に近くて良かった」

「本当は嘉手納に降りるつもりだったんですがね。さすがに遠距離飛行は自信がなかったので」

二人は顔を見あわせて微笑した。

二〇一五年の時代とここを結ぶディメンジョン・ゲイト＝次元の門＝は、常に一定の場所にあるとは限らない。また、いくつ存在するのかもわかっていない。

ただ、判明しているのは日本近海に比較的大きな規模のものが移動しつつ現われていること、恐らくアメリカにも小規模なものが存在しているだろうということだけだ。

とにかくこうして川原と沼田の二人はF－22Jをこの過去に届けてくれた。

「ありがとう。よくやってくれた」

木暮は二人の手を握って、謝意を表わした。若干《じやつかん》潤みかけた目を上げ、意を決して振り向く。

ところが、木暮がなにかを言いかけたところで再び爆音が響いてきた。同じくF－22Jのジェット・エンジン音だった。

夜空から滑り降りるようにF－22Jはランディングし、木暮らの側にぴたりと止まった。

川原と沼田が不安そうな目を向ける中、コクピットから降り立った男はヘルメットをとって見事な敬礼を見せた。

「航空開発集団飛行実験群所属の竹中英次《ひでつぐ》二尉であります！」

「南西航空方面隊第九航空団第三〇二飛行隊所属の木暮だが……」

「はっ。存じあげております。一尉はF－22Jのテスト・パイロットでおられましたので。今回はF－22Jが一機向かったと聞いて、黙っていられなくて飛んでまいりました」

「ということは、君も正式命令ではないと」

「いえ。自分は正式に上司の許可は得ています。ただし、F－22Jの実戦データ取得との名目であります。直接的にこの世界での空戦に加わるかどうかまでの許可は、いただいておりませんが……」

「そうか。わかった」

よかったなと、木暮は川原と沼田に目配せした。二人はF－22Jを無断で飛ばしてきたことについて追跡を受けたと思っていたのだろうが、どうやらそういった目的ではないらしい。

ただ……誰かに似ている。

「ん？　ちょっと待て」

木暮は竹中の顔をまじまじと見つめた。

「英次？　君はもしや」

「お気づきになられましたか。そうです。谷村英人《ひでと》は私の兄です」

「やはりそうか」

木暮はうなった。竹中は亡き親友の谷村と目鼻立ちがそっくりだった。顔の輪郭そのものは異なるが、やはり兄弟たる類似したマスクだった。

「しかし、君は……」

「兄とは父が異なります」

　木暮の疑問を先取りして、竹中は言った。

「自衛官の任務に没頭するあまりに家庭を顧みなかった夫に耐えられずに、母は家を出ました。当然、自分が自衛官になると言いだしたとき、母は猛然と反対しました。ですが、自分はどうしても自衛官になりたかった。愛する人たちを守る。正義と秩序を重んじて平和な世界をつくる。そういったことに貢献したい。天職と思いました。その裏には兄の影響があったのです」

　竹中は兄の記憶を辿《たど》って、続けた。

「母は兄の父を許せないようでしたが、兄が悪いわけではない。会う機会は限られておりましたが、私と兄とは互いに連絡を取りあっていました。そして、今の自分があります」

「君の兄さんは優秀なパイロットだった。俺なんかよりもはるかに人望もあって、将来が楽しみな逸材だった。それが……」

「一尉。兄の殉職の理由を問うつもりはありません。ただ自分は、兄が認めていた一尉になんらかの手助けをしたいと思ったのです。それが亡き兄に対する敬意と感謝のしるしにもなるかと。私はF－22Jの開発に携わっていました。F－22Jのことは誰よりも詳しいつもりです。パイロットとしての実績もあります。飛行実験群に異動になるまでは、戦競で二年連続入賞していました。足手まといにはなりません。サポート役で同行させていただきたい。そのためにここに飛んできたのです」

「………」

木暮はしばし無言だった。亡き親友の弟が突然現われたことに対する戸惑いもあったが、それ以上に、自分のウィングマンを務めたいという竹中の申し出を受け入れるにはなお数秒間を要した。

役に立つ、立たない。信頼できる、できない。という問題ではない。単純に心の整理が必要だったのだ。竹中の目を見れば、嘘を言っていないのは明らかである。

瞑目した木暮は、はっきりと悟った。時の流れは、必ずなんらかの意味を持つ。ここでの竹中とのめぐりあわせも、変わりつつあるはずの時流に必要な選択肢なのだと木暮は心に決めた。

「燃料補給を大至急だ。増槽以外の兵装はオールＡＡＭ。短射程のＡＡＭ－13Ｓで頼む。一〇分で出撃する。急いでくれ」

きょとんとする整備員に、木暮は振り向きざまに言った。Ｆ－22Ｊのテストパイロット章を見せ、一尉の階級章をあらためて指差す。

「し、失礼いたしました」

氷水でも浴びせられたように整備員は身体をぴんと伸ばし、敬礼の姿勢をとった。

「整備小隊長には後で話しておく。急いでくれ」

「はっ。かかれ！　出撃準備だ」

駆けだす整備員の後ろ姿を目にしながら、木暮は萎《な》えかけていた闘志を再び呼び覚ましていた。

「まだ終わってはいない。これは予兆だ。世界が変わるという予兆だ」

（京香、千秋《ちあき》）

最愛の娘と妻の顔が、木暮の脳裏をよぎった。次いで胸に手をあてると、亡き親友の顔が瞼《まぶた》の裏に現われる。

（谷村）

握り締めたのは、親友谷村との思い出の品である西日本ハード・ダーツ・ペア選手権準優勝のピン・バッジだ。

（お前の分まで戦わねばならんからな。お前の分まで……）

自分の不注意が引き金となり、この世に別れを告げた友。米中の核戦争のあおりを受けて白血病を患《わずら》い、死期間近の一人娘。その娘を目にして、精神を病んでしまった最愛の妻。

それぞれの思いを背に、木暮は戦う。

償《つぐな》いと救い。守りたい人がいて、守らねばならないものがある。

木暮は再び希望の翼を手にした。

月明かりの下で輝くF－22Jの雄姿——まだチャンスは残されているのだ。それを生かすか殺すか、すべては自分次第なのだ。

一九四五年八月八日　シアトル沖

「敵戦艦接近。距離二万七〇〇〇ヤード（二万五〇〇〇メートル）」

「なりふりかまわず来たか」

敵戦艦が回頭してまっすぐ向かってくるという事実に、戦艦『サウスダコタ』艦長ホワード・ボード大佐は口端を吊りあげて白い歯を見せた。

精神的優位と戦略的不利——その相反する状況に、ボードの笑みは複雑な感情をはらんでいた。

敵は遠距離砲戦の劣勢に業を煮やして、突進してきた。本来、格上であるはずのヤマトクラスの戦艦が撃ち負けていることを認めたのだ。

しかし、その一方で『サウスダコタ』は戦略的に重大な足かせをはめられていた。距離を保つのは簡単だ。これまでの戦訓によって、敵ヤマトクラス戦艦は最大速力が三〇ノットに満たない中速戦艦であることが判明している。『サウスダコタ』と足の速さは同等だ。よって、『サウスダコタ』は自分の距離で戦うことが可能なのだ。

しかし、そこで隻数の不利が生じる。距離にこだわって回頭を繰り返しているうちに、敵の一番艦と二番艦が分離して挟まれる危険性があった。下手をすれば、後ろを取られて形勢を逆転される危険性すらはらんでいる。また、敵が反転してシアトルに突入するのではないかという最大の懸念もあるのだ。ゆえに、これらを総合すると、受けて立つほかはない。

現在、彼我《ひが》の態勢は、右舷舷側を向ける『サウスダコタ』に対して、『武蔵』『大和』の二隻が直進して突っ込むというものだ。

『サウスダコタ』が主砲九門の全力射撃が可能なのに対して、『武蔵』『大和』は後部主砲塔が死角になって使用できないはず。個艦優勢にあるのは我が『サウスダコタ』のほうだ。

「敵駆逐艦の接近はないだろうな？」

「大丈夫です。我が駆逐隊が封じています。こちらの砲戦に割り込む危険性は今のところありません。逆も然《しか》りですが」

「そうか」

ＣＩＣ（戦闘情報管制センター）の情報管理士官ジョーダン・コリア少佐の最後の言葉に、ボードは色気を出した自分を責めた。

駆逐隊が敵ヤマトクラス戦艦二隻に雷撃を挑んでくれればおもしろい。そうなれば、砲戦をより有利に運べる。そう考えていたが、やはりそれは飛躍しすぎた空想だったようだ。

そもそも敵は、巡洋艦三隻を含む艦隊なのだ。たかだか一〇隻足らずの駆逐艦で抑えていること自体、上出来といっていい。たまたま大型のフレッチャー級駆逐艦だったからできたことで、これ以上を望むのは酷であろう。

「命中です！」

「敵艦に命中一。火災は依然鎮火の気配なし」

ＣＩＣ内ではレーダーの反応解析から、航海艦橋の見張員からは目視によって、それぞれ報告があがってくる。

ボードは声を張りあげた。

「撃て。撃ちまくれ！　敵が沈むまで容赦するな」

敵弾を左右に振り払うようにして、『武蔵』は最大戦速の二七ノットで『サウスダコタ』に向けて突進していた。

「本艦を信じろ。下手によけるな。簡単には当たらんものだ」

戦艦『武蔵』艦長吉村真武大佐は、昼戦艦橋に仁王立ちになって、正面で砲火を閃《ひらめ》かせている敵艦を睨みつけた。

外界を目視できる者たちの恐怖感は、半端なものではなかった。音速で突き進んでくる巨弾に対して正面から突っ込むなど正気の沙汰じゃない。そう思っている者は、一人や二人ではないだろう。

実際、轟音と衝撃波が全身を震わせながら、重量一トン超の巨弾が右に左にとかすめていくのだ。真正面から当たったりしたら……考える余地もない。間違いなくあの世行きだ。

「しかし、これも計算のうちだったかな」

第一戦隊司令官早川幹夫少将が、感嘆の声をあげた。

「なあ。航海長」

早川の視線の先にいたのは、『武蔵』航海長目黒蓮史玖中佐である。

「敵艦に艦首を向けて投影面積を最小化することは雷撃回避によく使う手だが、砲撃でもここまでうまくいくとはな」

「恐れ入ります」

目黒は計算内だったことを暗に認めて、一礼した。

同航戦時に比べて、敵弾の命中数は明らかに減っていた。一回九発の弾着で、一発あるいは命中なしという状況なのだ。距離が縮まったので、普通なら命中率が上がることを考えれば効果は倍増といっていい。しかも、命中弾に対しての防御効果も上がっている。

「左舷中央に命中弾も、戦闘と航行に支障なし」

早川も吉村も満足そうにうなずいた。

落角が浅くなってきたことから、敵弾は垂直防御に向かっているのがわかる。今の命中弾は、四一〇ミリに達する分厚い主甲帯がなんなく跳ね返したのだ。

『武蔵』も撃つ。前部二基の砲塔一門ずつの試射だ。

「いったか！」

敵艦が巨大な水柱の陰に隠れる。

日本海軍が装備している九一式徹甲弾は、海面に突入すると被帽が外れて海面下を数百メートル直進するという特異な性質を持つ。その魚雷のような水中弾効果を期待して誰もが目を向けたが、敵艦は水柱の陰から健在な姿を現わした。

ため息が漏れるが、吉村はたしかな手応えを感じつつあった。着実に距離感は摑みつつある。また、苗頭《びょうとう》すなわち方位は悪くない。ここまで来れば、命中弾を得るのも時間の問題だ。

「敵弾、来る！」

再び轟音と衝撃が襲う。一瞬、視界が暗転し、その中に命中を示す金属的叫喚《きょうかん》が混じった。

だが、『武蔵』は屈しない。真正面から食らった一撃に数瞬行き足が止まったようにも思えたが、『武蔵』は炎を背負いつつ波濤を切り裂いて驀進している。左右にせり上がる艦首波は、最上甲板を越える勢いだ。

「第二主砲塔に直撃弾。測距儀損傷。左砲俯仰《ふぎょう》不能！」

「まだまだ！」

吉村は、前方を睨みつけたまま叫んだ。視線は敵艦『サウスダコタ』に吸いつついたまま片時も離れない。

砲塔前盾が歪《ゆが》んだのか一門が使えなくなったのは痛いが、砲塔付属の測距儀など許容範囲のかすり傷だ。艦橋最上部の射撃指揮所があるかぎり不要とも言いきれる。

それを証明するように、『武蔵』が再び砲声を轟かせる。めくるめく炎が前方に噴き伸び、黒褐色の爆煙が昼戦艦橋の視界をしばし閉ざす。

それが晴れた瞬間に、吉村ははっきりと見た。発砲のものとは明らかに異なる眩《まばゆ》い閃光が、敵艦上に躍り出たのだ。

「命中です。敵艦に命中一！」


軽い脳震盪の状態から、戦艦『サウスダコタ』艦長ホワード・ボード大佐は力任せに頭を振って意識を取り戻した。

敵艦は、たしかに傷ついているはずだった。ここまでに『サウスダコタ』が叩きつけた命中弾は、すでに一〇発近くにのぼっている。

見張員も敵艦上に炎があがっていることを報告してきており、いかに重厚な装甲を纏《まと》っていようともダメージは着実に蓄積しているはずだ。敵一番艦は遠からずして膝を屈する。

ボードらは、そう考えて疑わなかった。

しかし、敵は一六インチ弾の豪雨に怯《ひる》むことなく強引に突進してきた。一発ぶつけても二発ぶつけても、三発ぶつけても四発ぶつけても、しゃにむに向かってくる。

そして、ついに『サウスダコタ』に被弾の順番が回ってきた。天地がひっくり返るのではないかと思えるほどの衝撃だ。

被弾後、『サウスダコタ』の発砲は一時的に止まっている。衝撃の大きさに、電路かなにかが断線したか、あるいは砲員に負傷者でも出たのか。

報告は耳を疑うものだった。

「第一主砲塔に直撃弾。発砲不能！」

「なにい⁉」

ボードは目を吊りあげた。

まもなく追加してあがってきた報告によると、第一主砲塔そのものは健在なれど、三門の砲身のうち一門は根元から、一門は真ん中付近からもぎ取られ、残った一門もねじ曲がって発砲に耐えられないという。

「ただの一撃で。……信じられん」

言葉を失うボードを、次の被弾が襲う。

斉射に移行した敵の砲撃は、最初の一撃とは比べものにならないすさまじいものだった。轟音と衝撃が渾然一体となって押し寄せ、基準排水量三万七九七〇トンの艦体がまるで筏《いかだ》のように揺さぶられた。

艦全体が跳ねあがるように振動し、ボードの身体は宙に投げ出された。

大小の爆発音がCICにも伝わり、悲鳴と怒号が渦巻く。電灯が明滅し、机上の書類は片っ端から床に放り投げられた。電子機器の一部はスパークして、そのまま暗転する。

「Hang《ハンギ》 it《ット》（くそっ）！」

ボードは降りかかった埃を払いながら起きあがった。身体全体を側壁に打ちつけられた痛みは残っているが、はっきりと意識も感覚もある。手も足も動く。単なる打撲程度で済んだようだ。

「救護班、急げ！」

負傷者は一人や二人ではなかった。額を割って意識朦朧となっている者や、肩を脱臼して腕をだらりと垂れ下げている者もいる。

素早く担架が運び込まれ、苦痛にあえぐ者たちを乗せていく。

「艦長」

「無事か」

「ええ」

怪我はなかったようだが、CICの情報管理士官ジョーダン・コリア少佐の顔は冴《さ》えなかった。暗雲が垂れ込めたという印象がぴったりの表情だった。

「艦内の所どころで断線が生じています。操舵室や機械室などとの連絡が絶たれています。レーダーも射撃用は生きていますが、捜索用レーダーと対空レーダーは駄目です」

「やられたということか」

「レーダーはそうですが、操舵室などはわかりません。確認の手段が絶たれているわけですから」

「わかった」

うめくコリアに、ボードはうなずいた。

「司令塔にあがる。後を頼むぞ」

「艦長！」

コリアは目を瞬《また》いた。

艦内部のCICも安全とはいえないが、艦上に剝《む》き出しになっている司令塔は、どうぞ撃ってくださいと言わんばかりのはるかに危険な場所だ。直撃弾を食らわなくても、付近からの二次被害で危機が及ぶ可能性もある。

そんなところに上がるなど、もってのほかだ。やめるべきだ。再考すべきだ。コリアの双眸《そうぼう》はそんな内心の言葉を伝えていたが、ボードはきっぱりと言った。

「情報が得られないのでは、艦の指揮を執ることなどできんよ、少佐。おっと」

艦が右舷に傾斜した。どうやら水面下に破孔が生じたか、浸水が始まっているか。

「傾斜復元、急げ！」

ボードは命じつつ、続けた。

「危険かどうかは問題ではない。私はこの艦の最高責任者だ。目視で指揮を執るのが私の役目だ」

「艦長……」

「伝令をたっぷりよこしてくれ。頼むぞ」

そう言って、ボードはコリアの肩を叩いた。

緊急事態を告げるブザーはけたたましく艦内に鳴り響いていたが、ボードはまだ勝負を捨てるつもりはなかった。

「命中！」

敵艦を覆う黒煙の向こうから、眩い閃光が走り出た。黒っぽいごみのようなものが大量に舞いあがり、青白い炎が敵艦の艦尾からたなびいていく。航空燃料が引火した炎だ。

「粘るな、敵も」

「ええ」

第一戦隊司令官早川幹夫少将の声に、戦艦『武蔵』艦長吉村真武大佐は額の汗を拭った。先刻までの苛立《いらだ》ちと焦《あせ》りから出た汗ではない。形勢を逆転して、いい意味での緊張感がもたらした汗だ。

『武蔵』はここまで三度の斉射を行ない、『サウスダコタ』に五発の命中弾を与えていた。世界最強の四六センチ弾五発を食らえばそろそろ戦闘不能に陥《おちい》ってもよさそうなものだが、敵はなお反撃の砲火を閃かせてくる。

「前部兵員室の火災、鎮火しました」

「前後傾斜、復元完了」

復旧の報告と入れ違いに、再び敵弾が飛来する。炎と爆煙が艦上に湧き立ち、熱風が艦内に吹き荒れる。

「負けるな。撃ち返せ！」

吉村の叫び声に呼応したように、『武蔵』が巨弾を叩き出す。紅蓮《ぐれん》の炎が視界いっぱいに広がり、爆風と衝撃波に身体がずしりと痛めつけられる。

「命中です。命中二！」

「やったな」

敵艦中央にあがった火柱に、吉村は思わず声を上げていた。

細長い棒状のものがくるくると回転しながら跳ねあがり、次いで濛々《もうもう》とした黒煙が敵艦全体を覆っていく。

艦首付近に突入した一弾は、水柱と炎とを同時に見せた。期待していた水中弾効果だ。魚雷と化して突進した徹甲弾が、見事に敵艦の水線下を抉《えぐ》ったのだ。

そこに、新たな水柱が屹立《きつりつ》している。決定的な一撃だった。

『サウスダコタ』は苦悶にあえいでいた。必死の消火活動もむなしく火災の炎はなお一層猛《たけ》り狂い、ようやく浸水を食い止めた隔壁も相次ぐ被弾でぶち割られて多量の海水が艦の奥へ奥へと突き進んでいる。

右舷傾斜は一〇度を超えて一五度に達しようとしていた。もはやなにかに摑まっていなければ立っているのも辛いくらいだ。

「第一、第二機械室浸水。出力五〇パーセントに低下」

「第三主砲塔に直撃弾。砲塔全壊」

「第二、第五機銃群、応答ありません」

次々とあがる被害報告に、戦艦『サウスダコタ』艦長ホワード・ボード大佐はただ無言でうなずくだけだった。

煙路の損傷のために艦内には有毒ガスが蔓延《まんえん》し、損傷箇所に近づくことすら困難になりつつあるという。咳込んで倒れた者も多く、もはや『サウスダコタ』は身動きの取れない状況に陥りつつあるといえた。

艦上の司令塔は、逆にクローズドされたガラスが割れているために風通しが良くなってガス中毒の危険性は少ない。しかしそれでも足元には白煙が滞留しつつあり、火災の熱で室温も上がっているのがはっきりと感じられる。

（これまでか）

ボードの視線は、敵一、二番艦に向けられていた。

単艦奮闘してきた『サウスダコタ』だったが、ついにその限界がやってきた。

ボードにそれをはっきりと自覚させたのは、敵二番艦の砲撃だった。潜水艦の雷撃によって射撃精度を乱していた敵二番艦がついにこちらに命中弾を与え、集中射を送り込んできたのである。

敵一番艦との一対一の砲戦を持ちこたえてきた『サウスダコタ』だったが、格上の敵二隻が相手となれば勝敗は見えている。事実、坂道を転げ落ちるように『サウスダコタ』の損害は急増し、わずか数分で転覆の危機にまで追い込まれたのだ。

「艦長！」

煙を振り払いながら現われたのは、CICの情報管理士官ジョーダン・コリア少佐だった。

「CIはもう駄目です。室温が五〇度に達し、電子機器は軒並みいかれてしまっています」

「そうか」

ボードはさばさばとした表情でコリアの目を見つめた。

純白の夏用軍装は、二人とも血と煤《すす》でどす黒く汚れていた。裾の一部は裂け、あるいは焼け焦げて失われている部分さえあった。

「よくやったよ、本艦は。なあ」

再び被弾の衝撃が艦を揺らす。二、三発は食らったか。金属的大音響と鈍い爆発音が複数回伝わってくる。傾斜も一段と進み、艦の速力がさらに落ちたことがはっきりと感じられる。

「少尉。本艦はよく戦ったか？　本土の危機という重大事に全力を尽くしたか？」

「はっ。死力を尽くしたと自分は考えます。劣勢な戦力でここまで敵を苦しめたのは、ひとえに艦長以下、クルー全員の成果であります！」

「そうか。そうだよな」

沈痛な面持《おもも》ちのコリアに、ボードは笑みを見せた。次いで、一転して表情を引き締めて告げた。

「総員退艦だ。総員退艦！」

信じられないことに、そこで第二主砲塔の三門が仰角を上げてなお砲声を轟かせた。

――決してあきらめない。

歴戦の艦としての意地を、ボードはそこに見たような気がした。

一九四五年八月九日　奉天

日付が変わってしばらくした今、日ソ両軍は奉天郊外で睨みあったままだった。

ソ連軍の重砲射撃から、日ソ両軍の機甲部隊の激突を経て、日没後には戦場は一時的に鎮まっていた。

夏のさなかということで、生ぬるい夜風の中に虫の大合唱が混じっていてもいいはずだったが、さすがにそこまでのどかではない。代わりにあるのは、エンジンのアイドリング音とオイルや硝煙の臭いだ。

陸自北部方面隊第七師団第七四戦車連隊第二中隊長原崎京司一等陸尉は、大きく息を吐いて握り飯を頬張った。

この後も警戒のために眠れそうにはない。目は充血し、あまりの疲労感から食欲もなかったが、ここで食べておかないといつ食事にありつけるかもわからないのだ。

〝食べる〟というよりも、〝押し込む〟といった感じで、原崎は梅干と白飯とを口の中に放り込んでいた。

これも敵襲に備えておかねばならない〝軍人〟としての性《さが》であった。

部下たちも、カップ味噌汁を飲み込み、握り飯をかじって、体力の回復と温存に努めている。原崎の直率する小隊二号車の車長である香坂無口三尉も、口いっぱいに食べ物を詰め込んでいる。

「そうだ。それでいい」

原崎はその光景を横目に、木陰に腰を下ろした。太い幹に背をつけて目を閉じる。休むときに休む。これも戦闘の合間の基本行動だ。

ところが、原崎の休息を妨害するような爆音がすぐさま頭上から轟いた。レシプロエンジンでは絶対に出せない金属質の轟音だ。

「あれは、空自のＦ－２じゃないか。今ごろなにしに来やがった。遅い。遅すぎる！」

戦闘後の飛来を非難する原崎だったが、低空飛行で登場したＦ－２は決して遅れてきたわけではなかった。単機飛来したＦ－２は、直接戦闘とはまた違った目的で現われていたのだ。

その目的を知る者は、原崎をはじめとしてこの場には誰一人としていなかった。

一九四五年八月九日　太平洋上

彼我ともに電子戦機を撃墜された今、マリアナと日本を結ぶ洋上の戦闘空域は正常な電波状態を取り戻していた。

アメリカ側にＡＷＡＣＳ（空中早期警戒管制機）がないため、日本側は大きなアドバンテージを得て空戦を進められるはずだったが、日本側のＡＷＡＣＳもこの数分間連絡を絶ち消息不明と化している。撃墜されたと見るのが妥当であろう。

空自南西航空方面隊第九航空団第三〇二飛行隊所属の木暮雄一郎一等空尉は、その陰に敵のＦ－22の存在を感じていた。普通であれば、周囲六〇〇キロメートルほども捜索が可能なＡＷＡＣＳには、近寄ることすら困難だ。それをやすやすとやってのけ、大胆不敵に撃墜していくというのは並大抵のことではない。機体もそうだが、パイロットもよほどの腕利きに違いないだろう。

アメリカ軍のＦ－22とエース・パイロット——そのキーワードに木暮は戦慄を覚えた。

（トニー・ディマイオ！）

忌《い》むべき名前が浮かんだ。強烈なまでの人種差別主義者であり、コープノース・グアムで相対したこともある相手だ。腕は間違いなく超一級品であった。

（そうか。あいつが）

確信はなかったが、なにか宿命めいたものを木暮は感じた。東シナ海、台湾、呉、マリアナ——それらの点と点すべてがつながったような気がしたのである。

事実、そうであった。米中激突と、親友谷村の死から、このオペレーション・タイムレヴォルーション＝時の改革作戦＝に至るまで、木暮とディマイオは常に戦場で顔をあわせて戦ってきたのだ。

ＡＷＡＣＳが消息を絶ったポイントとは二〇〇キロと離れていない。超音速巡航が可能な木暮のＦ－22Ｊにとっては、一〇分もあれば到達できる距離だ。

それと、プルトニウム型原子爆弾ファット・マンを積んだＢ－29の予想針路とを照らし合わせる。こちらも三〇五空の第一次邀撃《ようげき》を退《しりぞ》けて、なおも日本本土に向けて北上中だ。

（どうする？　どう仕掛ける？）

谷村の弟である竹中英次二尉を引き連れながら、木暮は思考をめぐらせた。

敵機がＦ－22だとして、撃墜ポイントにとどまるわけはないが、果たして原爆搭載機ボックス・カーの護衛にすんなりとつくだろうか。

それとも前衛としてファイター・スィープ（戦闘機掃討）にかかるだろうか。

中間点に向かうか、それともボックス・カーの邀撃に向かうか。

「よし。竹中、行けるか」

「ラジャ。ついています」

レーダーを確認しつつ、木暮は主翼を翻《ひるがえ》した。ボックス・カーとの交差針路に機首を向け、スロットルを全開にする。

Ｆ－22Ｊのステルス（低被発見）性能を生かすとすれば敵味方双方と離れるのが理想だが、敵ステルス機を虚空の中から見つけ出すのは極めて難しい。ここはボックス・カー邀撃に向かい、Ｆ－22が現われるのを待つほうが得策だ。そもそもＦ－22の捕捉撃墜にこだわってボックス・カーをみすみす本土上空に侵入させたりすれば、それこそ本末転倒もはなはだしい。木暮はそう結論を下したのだ。

流れる雲の速さに機速を感じる。あるポイントでかすかな異音を感じた。音速を超えた衝撃波＝ソニック・ブームの到来だ。テスト飛行では何度も経験したことだが、やはり実験機と生産機とでは違う。振動やきしみ音などいっさいの不安が解消されていた。

天候は晴れ。夜明けはまだだが、うっすらと闇が薄れてきたような気がする。濃灰色の空を切り裂くようにして、木暮のＦ－22Ｊは突き進んだ。

会敵は、まもなくだった。

レーダーに現われた複数の機影に、木暮は戦闘空域に入ったことを悟った。

ＩＦＦ確認。三〇五空のＦ－15第一波が、敵と激しくやりあっているらしい。

レーダー波を照射しつづければそれを拾われて姿が露呈《ろてい》する恐れもあったが、今はまずボックス・カーに追いつくことが先決だ。目視に頼り、いたずらに時間を浪費することは許されない。

「こちらゴースト1。三〇二空の木暮です。フライト・リーダー応答願います」

「…………」

応答はすぐにはなかった。空戦の真っ只中で余裕がないのだろう。

しばらくして雑音まじりの返答が入ってくる。

「こち（ら）ウィンド1。ゴース（ト）1、増援感（謝）する。敵は……」

応答の声はそこで爆発音にとって代わった。夜空に眩い火光が閃き、レーダーから味方の輝点が消滅していく。

明らかに状況は一変した。奴が、来たのだ。

木暮はレーダー・ディスプレイを凝視した。どんな変化でも見逃すまいと、神経を研ぎ澄ませる。

（これか）

数あるミサイルの軌跡の中からF－22のものと思われるものにあたりをつけ、鋭く機体をひねる。当然ながら、レーダーに反応はない。F－22のステルス性は、戦場でその機能をフルに発揮している。

だが、それは今回こちらにもいえることだ。レーダー使用の有無を、電波が乱れ飛ぶ混戦の空域で識別するのは不可能だ。つまり、あとは自分の目と耳、そして腕が頼りなのだ。

「駄目だ。ターゲットに近寄れない！」

「ウィンド3、被弾。やられました！」

三〇五空は苦戦していた。ここで敵F－22の跳梁《ちょうりょう》を許せば、いよいよ日本への原爆投下が現実のものとなる。絶対に避けねばならない。

自分の役割はF－22を撃墜し、現時点のみならず、今後の脅威も消し去ることだ。

木暮は、自分の為すべきことを再確認した。

発展型ヘルメット〝ゴッド・アイ〟の暗視モードを生かして、F－22を探す。だが、そうそう簡単に見つかるものではなかった。そのうちにもボックス・カーは日本本土に近づいていく。

「二尉。ボックス・カー撃墜にまわってくれ。俺はF－22と思われる敵を追う」

「待ってください、一尉。敵がステルス機だとすれば、二機であたるべきです。そのために自分は……敵ステルス機が二機、三機いる可能性もあります」

難色を示す竹中に、木暮は有無を言わせぬ口調で言った。

「二尉。俺がなんとか食い止める。君はボックス・カーを撃墜してくれ。なんとしてでもやり遂げるんだ。これは谷村の遺志だ。君が国を守る。未来を守るんだ」

「……ラジャ」

（それでいい。頼んだぞ）

なぜか、安堵した。

（これで自分が撃墜されたとしても、きっと世界を変えられる）

離れていく竹中機の軌跡をレーダー・ディスプレイで確認しながら、木暮は胸中でつぶやいた。

それから数分が経過してのこと、

「いた！」

木暮の推測は正しかった。戦闘空域を見おろす形で、妖《あや》しい緑の火の玉が浮かんでいたのだ。

F－22、単機である。

（焦るなよ）

木暮は自分に言い聞かせた。

先制発見という勝利の鍵は手にした。が、実際にその鍵を使って勝利という扉を開くまでは迂闊《うかつ》な行動は禁物だ。

慎重に機体を操る。敵の死角となる後ろ斜め下方に入り、アプローチに転ずる。

敵は気づいていない。日本仕様のF－22Jとオリジナルのアメリカ機F－22、ステルス性能は互角だ。

木暮のF－22Jは、夜空の中にしっかりと溶け込んでいるのだ。スロットルを開いて機速を上げるや否《いな》や、敵F－22が急速に膨らんでくる。

木暮は目視とマニュアル照準で、AAM（空対空ミサイル）をたて続けに放った。F－22に対しては、AAMのホーミング（誘導）精度は極端に落ちることがわかっている。ここは弾幕射撃の要領で敵に大火力を叩きつけて広範な網で絡めとろうと、木暮は考えたのだ。

「勝った」

木暮は勝利を確信した。

野性の勘というべきか、研ぎ澄まされたファイター・パイロットの危険予知能力とでもいうべきか、ディマイオは殺気を感じてとっさにF－22のラダー・ペダルを蹴り飛ばした。流れるような動作でスロットルを絞り、操縦桿を傾ける。熱源を探知した警戒装置のアラームが鳴りはじめたのは、完全に機体を立てなおした後だった。

失探したＡＡＭが次々と誤爆する。橙色《だいだいいろ》の爆発光が夜空を裂き、火球が打ち上げ花火のように連続して闇に咲いた。

「ふざけた真似しやがって」

ディマイオは多機能液晶ディスプレイに視線を流した。敵機の兆候はない。と、なれば……。

「あれか！」

ディマイオは憎しみを込めて頰を吊りあげた。

「劣等民族がステルス機など……」

Ｆ－22のパイロットであり、空自との合同訓練を幾度もこなしてきたディマイオは、Ｆ－22の空自への配備が間近であることを知っていた。すなわち、それが眼前に現われたとしてもなんら不思議とは思わない。

「……持つのは一〇〇年早いわ！」

向かってくる機影を、ディマイオははっきりと捉えた。機首を振って敵Ｆ－22Ｊ

に視線を向ける。ＨＭＤ（ヘルメット装着式照準装置）が自動照準を完了し、攻撃可能を示すサインがヘルメットのバイザーに投影される。

「Ｓｌａｙ《スレイ》 ｙｏｕ《ユー》（殺してやる）！」

胴体側面の扉が開き、内蔵されていたＡＡＭが切り離される。

これは短射程ＡＡＭの世界基準であるＩＲシーカー搭載のサイドワインダーであり、最新型のＡＩＭ－９Ｘだ。優れた運動性能とワイド・レンジ・シーカーによってほぼ正対する目標にも発射可能になったといわれるＡＩＭ－９Ｘが、尾部を輝かせて加速する。

炎が夜空を焦がした。

「あれでも駄目だというのか」

敵Ｆ－22を先制発見して五月雨《さみだれ》式にＡＡＭを放った木暮だったが、敵はそれをすべて躱《かわ》して反撃に転じてきた。

勝利の確信が音をたてて瓦解《がかい》した瞬間だったが、木暮はそれを引きずらなかった。

逆に、今度は敵のＡＡＭが木暮のＦ－22Ｊに向かって突進してくる。

木暮は機体をひねり、逆落としに急旋回をかけた。

Ｆ－１１７やＢ－２といったステルス性が最優先の機体と違って、Ｆ－22Ｊは戦闘機としての性能を極力維持した上でステルス性を付与した機体なのだ。応答性は悪くない。複雑な六角形をした大面積の主翼がしっかりと風をつかみ、意図した方向に機体がぴたりと向かっていく。

アフター・バーナーは焚《た》かない。短射程のＡＡＭは、熱源を追うＩＲシーカーを搭載するのが基本なのだ。

Ｆ－22Ｊは高熱のエンジン排気に冷風を吹きつけた上で排出するように考慮されているが、排除可能な危険性は残らず排除するのが戦場の鉄則である。

思惑どおり、敵ＡＡＭの追随は鈍い。

ＡＩＭ－９Ｘは単なるＩＲシーカーではなく、探知した熱源を画像として識別する能力を持つといわれているが、赤外線輻射そのものが小さいＦ－22Ｊが目標となればやはりその機能は大幅に減殺される。

光学式画像識別センサーが組み込まれていたとしても、この夜間では充分な能力発揮は困難だろう。つまり、彼我ともに有効なホーミング（誘導）機能を持つＡＡＭは手元にない。

となれば、電子機器はもはや役に立たないのだ。固定武装のバルカン砲での勝負である。中世の騎士のごとく、自分の腕を信じて旋回格闘戦＝ドッグ・ファイト＝に臨むだけだ。

月光を受けたコクピット内が淡く光る。複合材料を多用した軽量高強度の機体が、風を切り裂いていく。

「刺し違えてでも、奴を落とす」

木暮はスロットルをいっぱいに開いた。

もはやドッグ・ファイトあるのみと悟ったのは、ディマイオも同じだった。

前時代的だろうがなんだろうが、これこそが空戦の醍醐味だとディマイオは心を高鳴らせていた。スロットルを絞り、ラダーを利かせて操縦桿を倒す。

ディマイオの操縦は、ほぼ完璧だった。F－22の格闘性能を一〇〇とすれば、限りなくその一〇〇に近い動きをさせる。

「すぐに噛みちぎってやる」

旋回格闘戦がなぜドッグ・ファイトと呼ばれるか。簡単である。犬が喧嘩するときに互いに咬みつこうとして尻を追いかけまわすが、格闘戦はその様によく似ていた。

ディマイオは木暮のF－22Jを噛み殺すべく、獰猛な牙を剝き出しにして襲いかかった。ここぞとばかりに、アフター・バーナーの炎を閃かせて急接近する。

しかし、木暮もそうやすやすと射点にはつかせない。頃合いを見はからって急上昇をかけ、そのまま操縦桿を引きつけてループに転じる。星を仰ぎ、目指し、そして後にする。

だが、期待するディマイオの後ろ姿はそこにはない。素早く旋回したディマイオは、側面から木暮を狙う。

互いに反転と交錯を繰り返して、縦に横に高空を駆ける。

ステルス対ステルス——機体の性能は互角、腕も拮抗……男と男の意地と気迫のぶつかり合いだった。

「劣等民族が生意気なんだよ！　ジャーップ‼」

「俺は負けられん。最愛の娘、妻、そして失った親友のために、貴様を絶対に落とす」

ディマイオが木暮の側面に躍り出たかと思うと、木暮は緩急をつけた動きでディマイオをはぐらかす。木暮がようやくディマイオの後ろを捉えかけたかと思うと、ディマイオは急旋回で木暮の視界から逃れる。

エース・パイロット同士の戦いに、無駄弾はない。

彼我ともに目標をはっきりと捉えられない以上、発砲もありえない。そこにはたった一発のミサイルも弾丸もなかった。

銃撃音のまったくない奇妙な空戦は、しばらく続いた。

音速の影が月を横切り、星を隠す。


「正対する？　狂ったか！」

木暮はディマイオ機の針路に機体を乗せた。もちろん後ろ向きにではない。正確にいえば、自機の針路を一本の線上に逆向きに重ねたのだ。

相対速度はマッハ三を超えている。互いの機影が急速に膨らむ。

ついに木暮とディマイオは射線に目標を捉えたのだ。とはいえ、銃撃の機会はわずかだ。

機関砲がうなり、橙色の軌跡が交錯する。が、命中はない。木暮もディマイオも機体をわずかに滑らせて、紙一重で敵の銃撃を躱したのだ。機体と火箭《かせん》との距離は、ほんのセンチ単位のものだった。

「チキン・レースかよ。上等だぜ！」

ディマイオは、なおも向かってくる木暮機に向かってうそぶいた。

長砲身のM61A2二〇ミリバルカン砲は、空《くう》を切りつづけるばかりだ。

敵機影は雪だるま式に膨らんでくる。コクピットの前面に鏡のように映る。

視界いっぱいにそれが広がる！

「Pass away《パッサウェイ》（死んじまえ）！」

罵声《ばせい》を吐きながら、ディマイオは操縦桿を押し込んだ。

異音がかすかに伝わった。敵の銃撃がどこかをかすったらしい。

だが、木暮は怯まなかった。奴を落とさねば未来はない。今、この機会を逃したら、娘や妻を救うことはできない。不安、焦り、恐怖、すべての負の感情は、このとき木暮の脳裏から吹き飛んでいた。

「お父さん」

「あなた」

「木暮」

死を待つだけだった一人娘と、精神を病んでしまった妻、そして自分のミスがもとで死に追いやってしまった親友――心の奥底に三人の声が届いた気がした。

「京香、千秋、谷村。俺はやるぞ。見ていてくれ」

相討ちでもいいという意識は、完全に消し飛んでいた。

「奴を落とし、俺は生きて帰る。俺が生き残ってこその勝利だ」

表情こそ変わらない木暮だったが、内心には闘志の炎が静かに、だが強く輝いていた。

木暮は、その後何秒間かの記憶がない。自分がなにをしたのか、相手がどうだったのかをまったく覚えていない。木暮は無の境地に至って機を操っていたのだ。

ディマイオが降下に入ったのとほぼ同時に、木暮のF－22Jは上昇した。木暮、京香、千秋、谷村、四人の気持ちが操縦桿を動かしていた。

F－22Jはバレル・ロールに転じて、背面飛行から降下した。

並みのパイロットであれば、互いの距離はいったん開いて仕切りなおしになるところだったろう。だが、エース・パイロット同士の空戦ゆえに、結末は意外なものだった。

「なにい⁉」

眼前の光景に、ディマイオは裂けんばかりに目を見開いた。

「ありえん……」

コクピットの前面に、今離れたばかりのＦ－22Ｊの機影が広がっているではないか。

胴体と一体化したエア・インテークや左右に広がった双垂直尾翼、さらにはレーダー波反射面積を極小化するためにあらゆる継ぎ目が鋭角的にカットされている様さえ目に入る。

ディマイオは降下エネルギーを利用して急速反転をかける、シャンデルと呼ばれる機動を駆使した。ディマイオの計算では、反転をかける前の敵機が無防備な背中を眼前に晒《さら》すはずだったのだが……。

「Ｇｅｔ《ゲッ》！　Ｄｅｃｅａｓｅ《デシーズ》（死ね）！」

それがディマイオの最期の言葉だった。

Ｆ－22Ｊが黒い影となって視界いっぱいに広がった直後、ディマイオの意識は文字どおり暗転した。

圧縮、崩壊、爆発、燃焼、衝突に関する一連のプロセスがコンマ数秒の間に連鎖的に進行し、その中でディマイオの肉体はばらばらに引き裂かれて、大量の金属片とともに高空にぶち撒けられていったのだった。

「終わった、のか」

気がついたとき、木暮は射出座席とともに空中で揺らいでいた。

上空に白煙の塊《かたま》りが残っている。F－22JとF－22とが、激突、爆発した痕跡だ。

木暮は身体に違和感を覚えた。口の中に塩気を感じる。鮮血だ。鼻血も出ている。耐G《重力》限界を超えた身体の変調であった。

F－22は、こうした人間の身体的限界を考慮してリミッターがかけられている。パイロットが無理な機動をかけようとした場合にも、安全を優先して機械的制御を行なうためだ。

ところが、日本仕様のF－22Jは、熟成が進んでいなかったがためにこのリミッターが甘かった。

身体的限界を超えた木暮の要求に、機体は別の意味で応えたわけだ。

そこがディマイオの落とし穴になった。

本来あるはずのない挙動によって、二機は激突して空中に果てた。

木暮はその直前に無意識なまま緊急脱出のボタンに触れ、空中に脱出していたのだった。

第五章　決　着

一九四五年八月九日　奉天

白旗を大きく掲げたサイド・カーがやってきた。

サイド・カーといえばドイツ軍というのが相場だが、単なる先入観か、あるいは鹵《ろ》獲品《かくひん》かもしれない。

「撃つ、な」

発音は不自然だったが、運転手が発したのは日本語であった。日本語を話せる者を通訳兼任で送り出してきたに違いない。

「中隊長！」

騒ぎを聞きつけて、陸自北部方面隊第七師団第七四戦車連隊第二中隊長原崎京司一等陸尉は、部下たちの間から顔を出した。

サイド・カーから降り立った士官が、ロシア語でなにやら話しかけていた。中佐の階級章を付けている。前線での中佐は、副官などの高官だ。

下士官の階級章を付けた運転手が、日本語に訳して言った。

「君たちの指揮官に会わせてほしい。我々は一時休戦に応じ、今後の対応について話し合う用意がある」

「なに？」

原崎は驚きを隠せなかった。

先刻飛来した空自のF−2は、対地支援を目的としてのものではなかった。

日本軍がマリアナでアメリカ太平洋艦隊に大きな打撃を与えて勝利したこと。

同時にアメリカ本土へも攻撃を仕掛けて攻勢にあること。

日本はソ連との戦争を望まず今後の同盟関係について真剣な議論の場を持ちたいこと……。

F−2は、そういった内容の文書と写真が印刷されたビラを、ソ連側の領域に投下していったのである。

（これは一大事だ）

突如として訪れた状況の急展開に、原崎は身を震わせた。

一寸先は闇だという言葉を、裏返して実感する原崎だった。

一九四五年八月八日　スイス

マリアナ、シアトル、満州国奉天。

「世界大戦」という名にふさわしく同時広域的に行なわれていた戦闘が完全な意味での決着に向かうころ、ここスイスでの外交交渉も大詰めを迎えていた。

「ミスター・ダレス。そろそろ貴国も落としどころというものをお考えいただく時期ではありませんかな？」

大日本帝国全権特使にして海軍大将井上成美は、居並ぶアメリカの外交高官たちに向けて切り出した。

アレン・ダレスＯＳＳ（アメリカ戦略情報局）欧州本部長、ダレスの代理人として交渉窓口を務めてきたゲベルニッツ、統合参謀長会議議長ウィリアム・リーヒ海軍大将以下総勢一〇名のメンツであった。ダレスはもとよりリーヒの登場が、アメリカ側の本気を示しているといえた。

対する日本側は、井上に加えて外務大臣東郷茂徳《しげのり》、スイス駐在武官藤村義一《よしかず》海軍中佐ほか同じく一〇名である。

停戦、講和をめぐるこれまでの交渉は、アメリカ側主導で進んできた感が強かったが、今回は違う。井上は、有利に運んだ戦局同様の勢いでアメリカ側に迫ったのだ。

井上としても、「ここで決める。次はない」といった覚悟で臨んだ交渉である。硬軟両面の揺さぶりによって、なんとしてでもアメリカ側を納得させようという意気込みであった。

「先刻、最終兵器たる原子爆弾を積んだ貴国の爆撃機を、我が国近海で撃墜したとの情報が入っております。都市一つを吹き飛ばすことのできるあれは、貴国にとっても切り札的存在だったはず。我が国としては、もうこれ以上の戦闘行動は無益と考えております」

アメリカ側がいっせいにざわめく。原子爆弾の存在そのものを知らなかった者もいる様子だが、〝途方もない究極兵器〟だったということはわかっていたらしい。

それが失われただと？

疑問や責任を追及する視線が、リーヒとダレスに集まった。

「事実だ」

ダレスはただひと言、短く答えた。

「いったいどうするのだ？」

「軍の暴走だ」

「そこまで秘密主義で、なにが交渉だ」

アメリカの内紛を見て、井上は立ちあがった。すべては計算どおりである。

「静粛に願います。次は貴国の西海岸沖で生起した海戦ですが、これも終結しております。この場の結果次第では、不本意ながら我が艦隊に作戦継続の指示を出さねばなりません。我が戦艦の艦砲射撃がシアトルに降りそそぐ。そういった非人道的な行為は、我が国の本意ではありません。しかし、貴国の対応によってはそういった手段も採らねばならないということです」

「脅《おど》しか？」

「事実だ」

血相を変えるゲベルニッツに続いて、今度はリーヒが苦々しい声で答えた。

「軍はいったいなにをしていた？」

「我々外交官に、軍の尻拭いをしろというのか。ふざけるな！」

再びアメリカ側の内紛が始まる。

ここまでが硬。そして、次が軟だ。

井上に代わって藤村が続けた。

「これまで再三申しあげてきたように、我が国はこれ以上の戦争継続を望んでおりません。また、この一連の戦争を〝不幸な過去〟として考え、開戦以前の状態に各地域を戻すとともに、現地現民の原則にのっとり植民地時代の終わりを告げたいと考えております。すなわち、仏印、蘭印、フィリピンら、開戦後に占領した地域からの全面的撤退と、満州、台湾を含んでの独立の是非を問う住民投票を提案しております。いかがでしょうか。民主と自由の旗手を標榜《ひょうぼう》する貴国にとって、これは理にかなうのではありませんかな？　また、我が国としても、現時点での狭い目で見れば相応な打撃となります。貴国の〝勝利〟とお考えいただいてもけっこうです。それに、我々としては同時に全世界的な軍縮と平和条約の締結も提案したい。戦争で疲弊した国内を回復させるには、どこの国にも必要な措置でしょう。それも貴国の呼びかけとしてやっていただいてかまわない」

リーヒ、ダレス以外のアメリカの特使たちの表情が変わった。日本側の思いきった提案に興味をそそられているに違いない。顔を見あわせてうなずきあっている者さえいる。

「マレーやジャワは、イギリスやオランダのものだった。我が国の一存では決められない」

ダレスは渋い顔で抵抗した。だが、井上はすかさず切り返す。

「ですから、そこは貴国にリーダー・シップをとっていただきたい。戦後の貴国の優位性と指導力といった意味でプラスにもなるのではないですかな？」

これらが軟だ。日本も妥協すべきところは妥協する。要求するだけではアメリカは納得しない。攻め一辺倒ではまとまる話もまとまらないのだ。特に人一倍プライドが高いアメリカが相手となれば、花を持たせるのも有効な交渉手段であろう。

いったん休会を挟んで交渉は続けられた。戦争犯罪人や賠償金の有無、国際連盟に代わって戦後に立ちあげようとする組織のあり方等々、突っ込んだ意見も交わされたが、なかなか交渉はまとまらなかった。

ダレスは強気だった。そもそもアメリカをはじめとする連合国は、日本を無条件降伏に追い込むまで戦うと決めたはずだ。今さらそれを条件付きで停戦とし、講和にするのは難しいであろう。

だが、井上らが仕掛けた情報戦、すなわちアメリカ軍の戦果誇大、被害過少、政府の戦況説明の不正確さなどを暴く情報リークによって、アメリカ国内は動揺と混乱をきたしているはずだ。

そう、シアトル・タイムズとボストン・デイリー・ニューズの特ダネの発信元は日本だったのである。もちろん出所を悟られないように複数の経路を辿《たど》らせたことは、言うまでもない。

もうひと押しだと、井上は自分に言い聞かせた。

「さて、次に……」

議論を進める中で、一人の大使館付き武官が藤村に耳打ちした。藤村は眉をぴくりと震わせてから井上に歩み寄った。

「中将……」

小刻みにうなずきながら、井上はダレスとリーヒに小さな紙片が回されているのを見逃さなかった。

ここで井上は颯爽《さっそう》と立ちあがり、宣言するように口を開いた。

「我が国とソ連とが、現地停戦で合意しました」

場がいっせいにざわめく。アメリカに刺さった棘《とげ》、つまり連合国のしがらみが外れた瞬間でもあった。それだけではない。井上は、ここぞとばかりにたたみかけた。

「貴国が作り、現在は我が国が保管している原子爆弾ですが……」

どよめきが増した。これは完全なトップ・シークレットだ。この場で知っているのは、ダレス、ゲベルニッツ、リーヒ、井上、藤村の五人だけだ。日本外相の東郷すら知らない極秘情報だった。

マリアナ近海で重巡『インディアナポリス』から奪取したウラン型原子爆弾リトル・ボーイのことである。

「我が国が今後ソ連との関係を強化した場合、それをどう利用できるか、賢明な合衆国の皆さんはおわかりのはず」

「待て」

リーヒがたまらず待ったをかけた。

戦後のアメリカにとって最大の敵がソ連になるのは確実だ。国力、軍の規模、どれをとっても英仏日に比べてソ連が脅威になることは間違いない。

ここで日本がソ連と手を組み、なおかつ恐怖の原子爆弾がソ連に渡れば、アメリカにとってどれほどの打撃になるか。もはや許容できない範囲のものであることは明らかだった。

「この案件をホワイトハウスに持ち帰らせてほしい。本国で細部をもう一度検討してから返答させてもらいたい」

リーヒは絞り出すように言葉を発した。

「では、前向きに、というよりも、講和を前提に条件面を詰める、という解釈でよろしいですね?」

「イエス」

藤村の言葉に、リーヒははっきりと言った。

「戦闘行動のいっさいは中止。停戦の即時発効。で、かまいませんな?」

「イエス」

井上の視線に、ダレスは表情を歪《ゆが》めながら答えた。目、口、声、ダレスのどこをとっても、〝屈辱〟の二文字が滲《にじ》み出ていたような気がした井上と藤村であった。

長かった停戦、講和に向けての交渉は、ここに一応のピリオドが打たれた。あとは条件をなんとかすればいい。これで基本的に平和が蘇《よみがえ》る。悲劇的な沖縄戦や日本本土決戦が現実にならなかったことを喜ぼう。

安堵の表情の日本側交渉団であった。

一九四五年八月八日　シアトル沖

情報は時間差を伴うものだ。スイスで日米の交渉団が停戦で合意したものの、ここシアトル沖の海風にはいまだ血と硝煙の臭いが混じっていた。

「勝った」

誰もがそう思ったとき、戦艦『武蔵』は多数の水柱に囲まれた。しかも、太さ高さとも尋常ではない。少なくとも一六インチクラス以上の砲撃によるものだ。

（ありえん）

戦艦『武蔵』艦長吉村真武大佐は、前方で炎上している敵サウスダコタ級戦艦を見つめた。

激しい炎と黒煙に包まれる敵戦艦は、見るからに瀕死の状態だ。砲塔が生き残っていたとしても、とても砲撃などできる状態ではないはずだ。

吉村の考えはもっともだった。

「後ろです。右舷後方に敵艦。急速接近中！」

吉村をはじめ、昼戦艦橋にいる誰もが振り向いた。

やいた。

荒れ果てた司令塔内で、戦艦『サウスダコタ』艦長ホワード・ボード大佐はつぶやいた。

「『モンタナ』……」

艦の内外を席巻《せっけん》する炎はいっこうに弱まる気配がなく、この高温のために艦上には上昇気流が生じていた。各種の可燃物と化学物質の燃焼した黒煙が押し寄せ、風とともに渦を巻いて司令塔に吹き込んでいる。

ボードは傷ついた身体を、その強い風に晒《さら》していた。とうの昔に軍帽は焼けちぎれ、剝《む》き出しになった頭髪は煤《すす》をかぶりながら風に煽られている。骨折とおぼしき重傷を負った腕は包帯で吊られていたが、外された軍装の袖がばたばたと音をたてて後方になびいていた。

「『モンタナ』」

再びボードはつぶやいた。

『武蔵』を取り囲んだ水柱は、『サウスダコタ』の一撃によるものではなかった。

『サウスダコタ』が傾斜する艦体から放った最後の一撃は、遠く離れた海面にむなしく突き刺さっただけだった。

だが、そんな『サウスダコタ』の執念が呼び寄せたのか、信じ難《がた》い艦が現われたのだ。新型戦艦『モンタナ』である。

『モンタナ』は敵ヤマトクラス戦艦に対抗すべく、長くアメリカ海軍では必須とされていたパナマ運河航行という点をあきらめてまで計画された大型戦艦であった。

全長二八一・九四メートル、全幅三六・八八メートル、基準排水量六万五〇〇〇トンの巨体は、アメリカ海軍が保有する現時点での最大の戦艦アイオワ級をはるかに凌《しの》ぐもので、主砲も五〇口径一六インチ砲が一二門あり、アイオワ級の砲力を三〇パーセント以上も強化してある。口径こそヤマトクラス戦艦の一八インチに劣るものの、門数の優位で充分対抗可能であるとアメリカ海軍は考えていた。

だが、その『モンタナ』であるが……。

「ピュージェットサウンド海軍工廠で建造中だとは聞いておりましたが」

ＣＩＣ（戦闘情報管制センター）の情報管理士官ジョーダン・コリア少佐の言葉に、ボードはうなずいた。

「ああ。竣工は早くとも年明け早々のはずだった」

「と、いうことは『モンタナ』は未完成の状態で……」

ボードとコリアは、期待感というよりも心配そうな眼差しを『モンタナ』に送った。

『モンタナ』と敵ヤマトクラス戦艦二隻との砲戦が始まっている。

「一戦隊、一斉回頭！　針路〇三〇《まるさんまる》」

戦艦『武蔵』の昼戦艦橋に、第一戦隊司令官早川幹夫少将の大音声が轟《とどろ》いた。

太陽は東の水平線を離れ、天の高みへ昇ろうとしていた。海上の空気が夏の熱気に変わろうとしている。海面も淡い青色から光輝く白色に変わってきていた。

『武蔵』は大きく艦首を右に振った。時計回りに巨体が北東に向かう。『大和』も同様だ。

『大和』は『武蔵』の左舷に並走する態勢だったため、一斉回頭での序列は『武蔵』『大和』で変わりない。ただし、単縦陣である。

『大和』は被雷によって速力が落ちていたが、早川はあえて『武蔵』を『大和』に合わせようとはしなかった。『武蔵』はかまわず二七ノットの最大戦速で新たな敵戦艦に向かっていく。

「どう出る？」

戦艦『武蔵』艦長吉村真武大佐は、突如として出現した敵戦艦に双眼鏡を向けた。

塔状の艦橋構造物が見えることから、新型戦艦に違いない。予備役の旧式艦ということではなさそうだ。

「竣工間もないか、あるいは未成艦ではないでしょうか」

吉村の後ろで口を開いたのは、航海長目黒蓮史玖中佐だった。

「シアトルには比較的大きな海軍工廠があったはずですが、西海岸における敵の本拠地はずっと南のサンディエゴです。就役中の艦なら、待機なり修理中なり、サンディエゴにあるのが自然だと思います」

「かもしれん。が、とにかくだ。どんな状況にあった艦だろうと向かってくる敵には変わりない。叩くぞ」

「はっ」

「はっ」

早川の言葉に、吉村と目黒は応じた。

敵戦艦に動きはない。面舵《おもかじ》を切ってあくまで頭を押さえにくるか、あるいは急回頭して同航戦を挑んでくるかとも思ったが、針路はそのままだ。つまり、反航戦になる。

「距離、三、〇、〇」

「撃ち方はじめ！」

「撃ち方はじめ！」

発砲再開は彼我《ひが》ともにほぼ同時だった。

『武蔵』が前甲板にめくるめく炎を吐き出したかと思うと、右舷前方の敵艦上にも鮮烈な発砲炎が閃《ひらめ》いていた。

交錯した巨弾が降りそそぐ。

「全遠」という報告の直後、吉村は眉をひそめた。

敵弾は直前の海面に突き刺さって巨大な水柱を立ちあげている。しかも一本だけではない。二本、三本と連続した水柱が屹立《きつりつ》し、水中爆発の衝撃が足元から伝わってくる。同時に艦尾方向からも、異音が響く。

「初弾から全門斉射だと⁉」

吉村はうめいた。

敵は一射めから発砲可能なすべての砲を放ってきた。しかも照準は悪くない。

「第二射！」

急速に距離が詰まる中、彼我ともに砲声を海上に轟かせる。

「全近！」

『武蔵』が放った試射の二発は、今度は敵艦の手前に落ちた。修正がいきすぎたのだ。

第三射にかかる前に、敵弾が降りそそぐ。轟音《ごうおん》が頭上を圧したかと思うと、黒い影が視界をよぎる。『武蔵』の前後左右に海水の巨峰が突き立つ。

「かまうな。撃ち返せ！」

吉村は、射撃指揮所につながる高声電話に向かって叫んだ。

「第一一戦隊より入電。『我、敵戦艦への砲撃を開始す』」

「『大和』発砲！」

続けての報告に、早川はうなずいた。

敵駆逐隊との戦いを抜け出した『大淀』『仁淀』が、『武蔵』『大和』を追い抜いていく。遅れていた『大和』もようやく砲戦に加わった。

悲観的に考える必要はない。状況はまだ自分たちが有利だと、早川は考えていた。

衝撃が艦を揺るがす。『サウスダコタ』との砲戦で破壊されていた艦尾のカタパルトが、今度は残骸も含めて根こそぎ海中にさらわれていく。

反面、『武蔵』の弾着も敵戦艦の前後を捉える。夾叉《きょうさ》だ。

「よし！　こっちも夾叉した」

「次より全門斉射に移行します」

「よし」

第三砲塔も射界に入り、『武蔵』は全力射撃に入った。後方では『大和』が、前方では第一一戦隊が砲撃を浴びせている。

大小の発砲炎が明滅し、爆発音と砲声が渾然一体となって海上にぶち撒けられていく。

「命中！」

敵戦艦にも命中の炎があがった。『武蔵』の一撃によって砲塔一基が爆砕し、後檣がへし折れる。

『武蔵』と敵戦艦は二万メートルの距離を置いてすれ違った。敵戦艦はそのまま直進していく。

『武蔵』の第一、第二主砲塔は死角に入っていくが、今度は『大和』が敵戦艦に全力射撃を浴びせはじめる。火花が散り、閃光が躍った。

「ちょっと待て」

「撃ち方やめ」

早川、吉村らが気がついたとき、敵戦艦の発砲は止《や》んでいた。見たところ致命的な損害にはまだ至っていないようだったが、たしかに敵艦上から砲火は消えている。一〇秒経っても、二〇秒経っても、再び敵艦上に発砲の炎が戻ることはなかった。

「航海長の言うとおりだったな」

吉村は目黒に視線を流した。

数分前に、第一一戦隊から、敵戦艦からの反撃が極めて弱いと報告してきていた。それに加えて唐突な砲撃中止だ。

「敵は未成艦。副砲などの搭載は終わっておらず、主砲弾も試射程度の数しか艦内にはなかった。そういうことですか」

「だろうな」

「だからこそあっさりと反航戦におよんだ。めまぐるしく転舵して優位を占めようとか、『武蔵』と『大和』の間に割って入って混乱させようとか、砲戦を少しでも有利に運ぼうという操艦の仕方もあったかと思いますが、敵はそれをやらなかったわけではない。できなかったというわけです」

吉村、早川、目黒は、互いに視線を合わせつつ首を縦に振った。

目黒は複雑な視線を敵戦艦に送った。そこまで追いつめられながら、なお果敢に向かってきた闘志は賞賛に値する。決して責められるべきことではない。

あれは敗者ではないのだ。

「もういい。もう充分だ。『モンタナ』」

戦艦『サウスダコタ』艦長ホワード・ボード大佐は、移乗した駆逐艦『ポーター』艦上でつぶやいた。

残工事を一〇パーセント以上も残していたはずの『モンタナ』は、到底戦える状態ではなかった。だが、本土が敵の攻撃に晒されるという危急を見て、そして敵ヤマトクラス戦艦二隻との砲戦で傷つく『サウスダコタ』を救援すべく、未成の状態でありながら果敢に出撃して海戦に加わってくれたのだ。

しかし、その闘志と意気込みも、現実という壁の前に砕け散った。性能、装備、備蓄物資、そして数の劣勢を精神で覆《くつがえ》すことはできない。それが冷然と示された結果だった。

唯一、練度未熟な乗員で運用しながらも先制の命中弾を得たということのみが、せめてもの神の心遣いだったのかもしれない。

『モンタナ』はよろよろと海上を漂っていた。恐らく、外から見るよりも艦内は厳しい状況になっているはずだ。煙が充満し、水密の甘い隔壁から海水が勢いよく艦内になだれ込んでいるに違いない。

そして、もう一つ忘れてはならない重要なことがある。

「敬礼！」

ボードの号令に、兵が一斉に振り向いて敬礼の姿勢をとった。

横倒しになったまましばらく浮いていた『サウスダコタ』が、いよいよ波間に没しようとしていた。異音とともに海水が泡立ちはじめ、『サウスダコタ』は艦尾からゆっくりと海中に飲み込まれていく。穴だらけになった艦尾の航空甲板が没したとき、すでに残骸と化していた第三主砲塔がバーベットから外れて海面に滑り落ちた。

『サウスダコタ』は、轟々と海水を飲み込みながら沈んでいく。メインマストから艦橋構造物が、そして第二、第一主砲塔が、暗い海底に引き込まれていく。

そして、最後に艦首が垂直に立ちあがったところで、こらえていた感情が一気にボードの胸中から噴き出した。

男泣きだった。

つぶやくボードの双眸《そうぼう》から、とめどなく涙があふれ出た。

ボードだけではない。『サウスダコタ』から脱出してきた者の多くが涙し、嗚咽《おえつ》を漏らしていた。

もちろん悔し涙ではない。海で戦う男にとって、艦は〝もの〟としての存在を超えた友なのだ。かけがえのない〝親友〟なのだ。それが失われたことに対する悲しみと、これまでの感謝、そして別れを告げる涙だった。

「ありがとう」

「停戦を命ずる。いかなる状況にあろうとも、日本軍との交戦は今をもって中止とすべし」

停戦発効の連絡が届いたのは、それから間もなくのことだった。

エピローグ

一九四五年八月二四日　横須賀

「いやあ、あなた方でしたか。昨年、サイパン沖では危ないところを助けていただき、本当に感謝しております」

第一戦隊司令官早川幹夫少将と戦艦『武蔵』艦長吉村真武大佐は、太平洋を横断して横須賀に戻るや否《いな》やＤＤＧ（対空誘導弾搭載護衛艦）『あしがら』を訪れた。

戦時のこれまでは、各艦とも余裕がなく常に緊急待機の状態が続いていたため、海軍と海自との交流はごく限られたものだった。

早川と吉村が海自の護衛艦を訪れたのも、今になって初めてのことである。

「あなた方がいなかったら、我々は今ごろどうなっていたことか。ありがとう」

差し出された早川の手を、第七四護衛隊司令速見元康海将補はしっかりと握った。

「こちらこそ、世界に冠たる大和型戦艦の艦長と戦隊司令官に感謝されるとは、男冥利に尽きるというものです。『なせばなる。なさねばならぬ。自分を信じて行動せよ』が自分の口癖でしたが、こうした結果が得られて我々も嬉しい限りです」

速見は感慨深げに言った。

太平洋戦争最後の海戦となったシアトル沖海戦の翌日、日米の間で正式な停戦協定が結ばれた。講和の条件についてはなお細部のつめが残されているらしいが、それも近日中に解決する見通しだという。

勝利といっていいのかどうかはともかく、日本は負けなかった。戦争は終わったのだ。

「ところで、明日発《た》たれるというのは本当ですか。急な話で、自分たちの艦でも残念がっている者がたくさんいるのですが」

「命令ですから」

吉村の問いに、『あしがら』艦長武田五郎一等海佐は即答した。謹厳実直にして忠義一心の武田らしい言葉であった。速見が苦笑しながら続く。

「そもそも自分たちはここにいないはずの人間ですからな。あまり長居したら問題でしょう」

速見は必要以上のことを言わなかった。

撤収を急ぐ本当の理由は、現在沖縄近海に開いているディメンジョン・ゲイト＝次元の門＝のエネルギーが急速に弱まっているためであった。

硫黄島近辺に開いていたものなど、沖縄以外のディメンジョン・ゲイトはすでに消滅し、最悪の場合、過去と未来との連絡手段が永遠に絶たれる可能性があるのだ。

あの巨大隕石襲来のエネルギーが、いよいよ尽きかけているのかもしれない。

ただ、それならそれでいいと速見らは考えていた。ディメンジョン・ゲイトが残ったままだと、せっかく書き換えた歴史のシナリオがすぐまた差し替えられる可能性だって残る。下手をすれば、アメリカがより強力な戦力を送り込んでくれば今の日本など消し飛んでしまう可能性すらあるのだ。

陸海空三自衛隊は、こういった理由で可及的速やかに撤収することになったのだった。

この時代がどう変わっていくのかその行く末を見てみたい気もする速見だったが、自分には自分の居場所というものがあるのだ。

「せめて今晩だけでもお付き合い願えませんか。わずかな時間だけでもかまいません。『武蔵』の艦上で、ささやかながら親睦会を用意させていただきたいと思っております。せめてもの我々の感謝の気持ちです」

「承知いたしました。可能なかぎり出席させていただきたいと思います」

早川と速見、吉村と武田が、がっちりと互いの手を握った。時代を超えた海の武人たちの、健闘を称えあう姿であった。


港では、各種の輸送艦に次々と陸自の隊員が飲み込まれていた。

満州の戦塵をかぶった九〇式《きゅうまる》戦車が何両も輸送艦の内部に姿を消し、親交を深めた陸軍将兵と陸自の隊員たちとの間で、別れを惜しむ光景が随所に見られた。

「そうか。お前はこの時代に残るか」

輸送艦『くにさき』を背に、陸自北部方面隊第七師団第七四戦車連隊第二中隊長原崎京司一等陸尉は名残り惜しそうに目の前の男を見つめた。

「お前の腕は一流だ。状況判断、決断力、根気、積極性、どれをとっても俺は認めている。上の連中なんてなにもわかっていない。もっと明るい未来が見えてくるかもしれんぞ。少なくとも俺はお前を押すつもりだ。上がどう言おうとな」

「ありがとうございます」

原崎の前に立つ男＝香坂無口三等陸尉こと香坂明三尉＝は、そう言って原崎の目を見つめた。

「なにしろ自分は天涯孤独の身です。両親はすでに他界し、嫁も兄弟もいません。未来に戻っても待っていてくれる人はいないのです。それならと自分は考えたのであります。この時代で生きてみようかと。環境をがらりと変えてまた違った自分を見つけていきたいと。自分にはこの発展途上の世界が、なにか合っているような気がします」

「……お前、変わったな。堂々としている。意志も固そうだ」

原崎には、いつになく香坂が輝いているように見えた。

「はっ。お世話になりました。一尉」

そこで香坂は、踵《かかと》を揃えて敬礼の姿勢をとった。

「お元気で。一尉に教わったこと、良きはからいをいただいたこと、決して忘れません」

原崎は答礼した。

たしかにこれだけの出来事だ。時空転移から歴史改変——もしかしたら、自分たちが戻る未来は、自分たちが知っているものとはまったく違うものになっているかもしれない。恐らくその可能性は高いだろう。それを目的に未来の政府は自分たちを送り出したわけだから。

だとすれば、戻る者、戻らない者があってもいいじゃないか。これ以上の説得は不要だと、原崎も自分の考えを整理した。

「元気でな」

「はい。ますますのご活躍を」

そこで原崎は、すべての思いを断ち切るかのようにくるりと背を向けた。

「お前もな」

香坂に対してだけではない。この〝過去〟に対するすべての記憶を後にして、自分は再び旅立つのだ。

原崎は歩を進めた。

輸送艦『くにさき』への乗艦——それは未来への帰還を意味するのだ。

オペレーション・タイムレヴォルーション＝時の改革作戦＝は終わった。

過去を変える。歴史を塗り替える。その結果として、未来の世界を変える。そういった崇高なる理想のために、自分たちは戦ってきた。

戦争は、しない、させない。だからこそ戦わねばならなかったのだ。過去で。大いなる矛盾だ。陸海空三自衛隊を合わせた代償も決して少なくはなく、戦死傷者は一〇〇〇人を下らなかったが、それだけの犠牲を払ったのだ。理想が夢想で終わるはずがない。

自分たちを待つのは、平和に満ちた新たなる世界だ。自分たちは、その幕開けを切り開いたのだと信じたい。

原崎の視線は、前に向かったまま動かなかった。一歩として立ち止まることなく、また、一度として振り返ることなく、原崎は『くにさき』の艦内に静かに姿を消していった。

二〇一五年五月六日　沖縄

ハンガー（格納庫）には、地上に降り立ったばかりのF－22Jが翼を並べていた。

「いやはや、今日は完敗だったな」

空自南西航空方面隊第九航空団第三〇二飛行隊所属の木暮雄一郎一等空尉は、いかにも煩《わずら》わしそうにヘルメットを外した。模擬空戦の緊張と暑さで、木暮の顔は真っ赤だった。

「すみません、一尉。自分のフォローが悪くて」

ぺこりと頭を下げたのは、エレメント（二機編隊）で木暮のサポート役＝ウィングマン＝を務めている橋浦勇樹三等空尉だった。

「お前が謝ることはないさ。俺の腕がまだ未熟ってことよ」

「そのとおり」

「なにい！」

木暮は笑みを見せながら、目の前の男に拳を振りあげた。

「お前こそ勘違いするなよ。ウィングマンのおかげだってことをまったくわかっちゃいない。なんせF－22Jの開発者で腕利きとくりゃ、エレメント・リーダーが三流でも勝てるわな」

「なにい！」

「仲がいいって、羨《うらや》ましいもんだな」

橋浦が、後ろに立つ士官候補生の二人――川原太一と沼田一平に目を向けて白い歯を見せた。

木暮とじゃれあっているのは、木暮の親友でありライバルでもある谷村英人一等空尉だった。二人は空自の中でも指折りの敏腕パイロットとして、三〇二空の象徴的存在だった。

また、谷村のウィングマンを務めていたのは、谷村の異父弟にあたる竹中英次二等空尉だ。竹中は航空開発実験集団に所属していたころＦ－22Ｊの開発に携わっており、機体の特徴や癖といったものを知り抜いていた。無駄のない俊敏な飛行は、そこから来たものに違いない。

ちなみに二人の関係は、複雑だが良好らしい。周りから見れば、むしろ普通の兄弟以上に兄弟らしい二人だった。

「ところで木暮よ。俺はときどきこんな高性能な機体が本当に必要なのかと疑問に思うことがあるんだけどな」

谷村は真新しいＦ－22Ｊに視線を流した。

「たしかにいい機体だ。しかしな」

「いいんじゃないのか」

木暮は竹中に目配せしながら、言下に答えた。

「力のバランスが崩れれば、争いが起きる。我が日本、そして空自がそれなりの戦力を持っているから、野心をちらつかせる敵もいない。そうだろうよ」

木暮は自分で言って、うなずいた。

第二次大戦後、アジアは日本を頂点とする緩やかな地域共同体として発展してきた。

中国、朝鮮、そして戦後に独立を果たした東南アジア諸国は、軍民とも相互依存しながら成り立っている。

この大アジアとも呼べる連合共同体を、隣国のロシア、オーストラリア、そして太平洋を挟んだアメリカも、経済交流の点から無視できるわけがなかった。二一世紀に入るころには、それらは環太平洋連合ともいうべき一大国家連合として生まれ変わっていたのだ。

だが、そこで生み出されたもっとも重要なものは、富ではない。

（平和さ）

木暮は内心でつぶやいた。

皆生きている。そして、今この時代に戦争はない。オペレーション・タイムレヴォルーション＝時の改革作戦＝は完結した。

戦争は、しない、させない、という日本の理念は、見事に実現して平和な世界をもたらしたのである。

「ところで木暮よ。明日と明後日は非番だろ？　どうだ？　こっちは」

谷村が、なにかをつまんで投げるふりをした。ダーツだ。

「全日本（ハード・ダーツ・ペア選手権）までそう日がないからな。この前みたいなへまをされちゃ、ペア解消だぞ」

谷村はシルバーのピン・バッジを取り出した。西日本ハード・ダーツ・ペア選手権準優勝の証《あかし》だ。木暮のミスでゴールドを逃したことを、谷村はおもしろ半分に責めているのだ。

「全日本はきっちりやってみせるさ。でもな、悪い。明日と明後日は駄目なんだ。京香と約束があるんでな」

木暮は軽く手を挙げて、その場を後にした。そう、木暮には一人娘の京香との大事な約束があったのである。

二〇一五年五月七日　沖縄

「じゃあ、行ってきまーす」

快活な子供の声は、聞く者に活力を与え、安らぎをもたらす。そういった幸福な環境に、木暮の家庭はあった。

「遠足っていっても、お泊まりなんだから充分気をつけてね。京香、お父さんと一緒だってはしゃいでいるから」

「わかってるよ」

木暮は真新しいソフト・シューズに足をとおしながら、いたずらっぽい笑みを見せた。

今日は五歳の京香が指折り数えて待っていた幼稚園の遠足の日だ。久米島に友達と家族とともに出かけるのだ。天候は晴れ。雲ひとつない明るい空が、木暮たちを迎えていた。

「さてと」

木暮は妻、千秋の手を取った。

右手を開かせ、小さな箱を乗せてそれを握らせる。

「なに？　これ」

「なにって……」

「もしかして、あれ？　ん？　ん？」

千秋がにこにこして開けた箱には、光輝くサンゴのネックレスが入っていた。

「この前、演習でグアムに行っただろ？　そのお土産ってわけじゃなくて、今日は、ほら」

「そう。覚えていてくれたのね」

「結婚記念日！」

　木暮と千秋の幸福そうな声が重なった。

　悪しき世界は、根本から消え去った。超自然現象がもたらしたチャンスを、木暮たちはしっかりとものにしたのだ。

　日本は平和を謳歌していた。戦争もない、放射能汚染もない、この美しい世界が永遠に続くことを木暮は願っていた。

「いってらっしゃい」

　笑顔で木暮と京香を送り出す千秋の胸には、グアム特産の美しいサンゴがきらりと輝いていた。


（超次元自衛隊　完）

コスミック文庫

超次元自衛隊 下
米本土最終決戦！

2022年7月25日　初版発行

【著 者】
遙《はるか》　士《し》伸《のぶ》

【発行者】
相澤　晃

【発 行】
株式会社コスミック出版
〒154-0002 東京都世田谷区下馬 6-15-4
代表　TEL.03(5432)7081
営業　TEL.03(5432)7084
　　　FAX.03(5432)7088
編集　TEL.03(5432)7086
　　　FAX.03(5432)7090

【ホームページ】
http://www.cosmicpub.com/

【振替口座】
00110-8-611382

【印刷／製本】
中央精版印刷株式会社

ISBN978-4-7747-6398-9 C0193